W0025413

Hernani

Du même auteur
dans la même collection

L'ART D'ÊTRE GRAND-PÈRE.
LES BURGRAVES.
LES CHANSONS DES RUES ET DES BOIS.
LES CHÂTIMENTS (édition avec dossier).
CLAUDE GUEUX (édition avec dossier).
LES CONTEMPLATIONS.
CROMWELL.
LE DERNIER JOUR D'UN CONDAMNÉ (édition avec dossier, précédée d'une interview de Laurent Mauvignier).
LES FEUILLES D'AUTOMNE. LES CHANTS DU CRÉPUSCULE.
L'HOMME QUI RIT (deux volumes).
HUGO JOURNALISTE (Articles et chroniques).
LA LÉGENDE DES SIÈCLES (deux volumes).
LUCRÈCE BORGIA (édition avec dossier).
LES MISÉRABLES (trois volumes).
NOTRE-DAME DE PARIS (édition illustrée avec dossier).
ODES ET BALLADES. LES ORIENTALES.
QUATREVINGT-TREIZE (édition avec dossier).
RUY BLAS (édition avec dossier).
THÉÂTRE I : Amy Robsart. Marion de Lorme. Hernani. Le roi s'amuse.
THÉÂTRE II : Lucrèce Borgia. Ruy Blas. Marie Tudor. Angelo, tyran de Padoue.
LES TRAVAILLEURS DE LA MER (précédée d'une interview de Patrick Grainville).
WILLIAM SHAKESPEARE (édition avec dossier).

HUGO

Hernani

PRÉSENTATION
NOTES
DOSSIER
CHRONOLOGIE
BIBLIOGRAPHIE

par Florence Naugrette

GF Flammarion

ISBN : 978-2-0814-3361-8

Présentation

Dans la mémoire collective, avant d'être une pièce de théâtre, *Hernani* est une bataille. Celle de la bohème romantique contre les bourgeois néoclassiques, des chevelus contre les « genoux », au printemps 1830. Une bataille d'abord érigée en mythe par les romantiques eux-mêmes : Hugo, Dumas, Gautier l'ont racontée avec nostalgie dans leurs souvenirs, écrits des dizaines d'années plus tard. Une bataille qui a ensuite servi de point de repère chronologique pour périodiser le romantisme d'une manière d'autant plus étroite qu'on cherchait à en minorer l'importance.

Marquant le début du romantisme théâtral en France, elle appelait pour sa fin une autre date marquante : 1843. Longtemps, on apprit à l'école que *Les Burgraves* avaient chuté cette année-là, détrônés par la *Lucrèce* de Ponsard, et que Hugo, comprenant son erreur, avait alors renoncé au drame romantique, entraînant toute son école derrière lui dans ce reniement salutaire. En réalité, *Les Burgraves* ont été victimes d'une cabale, mais n'ont pas vraiment « chuté ». Et si Hugo a en effet arrêté pendant quelques années toute publication littéraire et dramatique après la mort de sa fille Léopoldine en septembre 1843, le drame romantique, lui, s'est prolongé jusqu'à la fin du XIXe siècle, avec un succès jamais démenti sur les scènes, renouvelé par de nouveaux auteurs. De même que le théâtre romantique n'est pas mort avec *Les Burgraves*, il n'est pas né avec *Hernani*. En 1829, sur cette même scène de la Comédie-Française, Dumas avait donné *Henri III et sa cour*, et Vigny *Le More de Venise*. Mais alors, pourquoi y eut-il « bataille » ? Par quoi fut-on choqué ? Où trouva-t-on matière à rire, à se scandaliser, à s'émouvoir ?

La création d'*Hernani*, perçue par les contemporains comme un « 14 juillet du goût », révélait aux yeux du public une évolution esthétique arrivée à maturité, le triomphe de l'école moderne à laquelle l'auteur, dans sa préface, donne le nom de « romantisme ». Elle fut orchestrée par une double publicité, immédiate et rétrospective. Celle-là transformait la première d'*Hernani* en jour mémorable, celle-ci en date mémorielle.

Aux sources du drame romantique

S'il y eut événement, ce n'est pas que Hugo venait d'inventer le drame romantique, reléguant brutalement le classicisme au magasin des antiquités. La critique des règles et de la hiérarchie des genres est antérieure à la préface de *Cromwell* (1827). Les théoriciens et auteurs du drame bourgeois avaient contesté, depuis le XVIIIe siècle, la séparation de la tragédie et de la comédie, dont l'étanchéité esthétique, socialement clivante, était devenue incompatible avec les idéaux des Lumières. Ils avaient également montré la relativité du goût classique, dont les règles, justifiées à leur époque par les exigences de la vraisemblance et des bienséances, et possédant leur charme propre, n'étaient plus des critères absolus du beau. Dans la préface de *Cromwell*, Hugo mentionne Beaumarchais dramaturge, et Goethe, mais ne renvoie pas toujours nommément à certains de ses devanciers, comme Diderot, Mercier, Lessing, Schiller, Schlegel, Manzoni, Stendhal et Guizot… dont il s'inspire dans sa promotion d'un théâtre où les genres seraient décloisonnés et fondus au creuset du drame. D'un côté, il relativise comme eux l'absolu du goût classique. De l'autre, il milite pour une fusion des publics dans une communauté d'âmes démocratique : combat difficile, à une époque où les spectacles pour l'élite sont génériquement et institutionnellement distincts des divertissements populaires.

Les registres tragique et comique, mêlés dans *Hernani*, l'étaient déjà dans le drame bourgeois. À l'âge classique, leurs tonalités ne s'excluaient d'ailleurs pas autant qu'on veut bien le croire : on riait déjà de bon cœur à certaines situations extraordinaires ou à certains vices des héros dans les tragédies de Corneille ou de Racine, et l'on appréciait le vocabulaire héroïque ou précieux employé parfois par Molière dans ses grandes comédies. Quant au pathétique, théorisé pour le drame bourgeois, il hérite par certains aspects de la « tristesse majestueuse » qui, selon Racine dans la préface de *Bérénice* (1670), fait tout le plaisir de la tragédie.

La veine du théâtre historique, à laquelle appartient *Hernani*, remonte à la Révolution. S'adaptant d'abord aux genres constitués, elle s'épanouit à la fin de la Restauration dans une forme dramatique réservée à la lecture, les « scènes historiques ». La mise en dialogue des épisodes du passé national faisait apparaître la multiplicité des acteurs de l'Histoire : non seulement les princes et les grands, mais aussi le peuple, force obscure que le monologue de don Carlos, au quatrième acte d'*Hernani*, illustre par la métaphore filée du « peuple-océan ». Drame historique, *Hernani* hérite ainsi, parmi bien d'autres, des tragédies historiques révolutionnaires comme *Charles IX ou la Saint-Barthélemy* de Marie-Joseph Chénier (1789), qui posait déjà la question du respect dû par un souverain à son peuple, des grandes fresques historiques allemandes comme le *Goetz von Berlichingen* de Goethe (1773) ou le *Wallenstein* de Schiller (1796-1799), mais aussi, plus récemment, de la tragédie historique *Les Vêpres siciliennes* de Casimir Delavigne (1819), dont le succès, à l'Odéon, avait été orchestré dans un article du *Conservateur littéraire* par le tout jeune Hugo[1].

1. Voir Dossier, p. 257.

Quant aux unités de temps et de lieu, elles ont déjà été malmenées. Depuis le début du siècle, la féerie, qui peut projeter les personnages d'un coup de baguette magique de Paris à Bagdad, ou certaines pièces de théâtre historique, tel le *Christophe Colomb* de Népomucène Lemercier (1809), qui transporte le spectateur, avec le héros, du continent au milieu de l'océan, ont habitué le public aux changements de lieux et aux écarts temporels entre les actes. En 1827, le mélodrame de Ducange *Trente Ans ou la Vie d'un joueur* faisait voir, d'un acte à l'autre, plusieurs tranches de vie du protagoniste. Dans *Hernani* aussi, le temps est discontinu, et l'action se déplace à chaque acte. Musset ira plus loin que Hugo, dans *Lorenzaccio* (1834), en changeant de lieu à l'intérieur d'un même acte, comme le faisait Shakespeare, et comme pouvaient se le permettre les scènes historiques destinées à la lecture. En rétablissant l'unité de lieu et de temps à l'échelle de l'acte, Hugo adopte donc un compromis entre la dramaturgie classique et la dramaturgie élisabéthaine.

La violence du drame romantique, pour sa part, se déployait déjà dans le mélodrame, dont l'esthétique « du débord[1] » comblait le spectateur d'émotions fortes. Ce genre populaire, joué depuis une trentaine d'années sur les scènes des boulevards, où une famille menacée par un traître incarnant le mal absolu retrouve son intégrité au dénouement après avoir subi les pires menaces, divertissait le public en le rassurant *in fine* à proportion des grandes peurs qu'il lui avait fait éprouver. Les veines gothique et fantastique produisaient aussi des spectacles inquiétants, parmi lesquels ne déparent ni la visite au tombeau de Charlemagne au quatrième acte d'*Hernani*, ni son dénouement sanglant, semblable, avec sa cascade de morts en scène, à la fin de plusieurs pièces de Shakespeare.

La proximité du dénouement d'*Hernani* avec celui de *Roméo et Juliette* tient à la vogue grandissante du dramaturge

1. Jean-Marie Thomasseau, *Drame et tragédie*, Hachette Supérieur, 1995, p. 146.

élisabéthain. Depuis la fin du XVIIIe siècle, on jouait à la Comédie-Française avec succès des adaptations de Shakespeare par Ducis : le grotesque y était gommé, les violences adoucies, les dénouements tragiques parfois réécrits dans le sens d'une fin heureuse. La traduction « littéraire » de Letourneur, plus fidèle à l'original, révisée par François Guizot et Amédée Pichot, avait été republiée en 1821 chez Ladvocat. Des comédiens anglais étaient venus jouer Shakespeare à Paris en langue originale, en 1822, puis en 1827. D'abord mal accueillis par un public hostile pour des raisons tout autant politiques qu'esthétiques, ils séduisirent la jeune génération romantique et suscitèrent des vocations : chez les acteurs, qui prirent modèle sur le « naturel » de leur jeu et sur les ressources visuelles de la pantomime ; chez les auteurs, qui, à la fin de la Restauration, adaptèrent les pièces de Shakespeare : Vigny fit ainsi ses premières armes en se confrontant à *Roméo et Juliette*, et en adaptant *Othello* (*Le More de Venise*) pour la Comédie-Française.

Mais alors, si tous les ingrédients esthétiques d'*Hernani* (le mélange des tonalités, l'abolition des unités de temps et de lieu, la veine historique, la fin sanglante) étaient déjà présents sur les scènes françaises avant 1830, d'où vint le scandale ? Du fait que Hugo importait à la Comédie-Française une sensibilité moderne flirtant avec le goût populaire des scènes secondaires, faisait des contraintes du vers un instrument de sa liberté – en renonçant à la majesté ornementale au profit du naturel, de la vérité concrète et de l'expression directe du sentiment –, et mariait le trivial et l'humour noir à une écriture puissamment poétique, lyrique et sensuelle.

À la conquête de la Comédie-Française

Le contexte institutionnel de la « bataille d'*Hernani* » est celui de la rivalité entre les lieux théâtraux, liée au système du privilège. Ce dernier, rétabli dès 1806-1807 après une courte période de liberté des théâtres sous la Révolution, opposait les théâtres publics aux théâtres secondaires privés. Les premiers – au départ l'Opéra, l'Opéra-Comique, la Comédie-Française, l'Odéon, puis le théâtre des Italiens – se partageaient les grands genres dont ils avaient le « privilège », et recevaient des subventions de l'État ; sur les boulevards, les seconds, soumis à la loi du marché, suivaient les goûts majoritaires d'un public plus populaire (même s'ils étaient fréquentés par tous les milieux) auquel étaient proposés les genres divertissants et spectaculaires du mélodrame, du vaudeville, de la féerie. En 1806-1807, Napoléon n'en tolère que quatre : l'Ambigu-Comique, la Gaîté, les Variétés et le Vaudeville. D'autres sont ensuite autorisés : à l'époque d'*Hernani* figurent parmi eux la Porte-Saint-Martin, temple du mélodrame, le Théâtre de Madame (ex-Gymnase-Dramatique), le Cirque-Olympique, sans compter les petits spectacles populaires qui fleurissent sur le boulevard du Temple, dont les Funambules, ou le Théâtre de Madame Saqui, danseuse acrobate.

Commissaire royal de la Comédie-Française depuis 1825, le baron Taylor, proche des romantiques *via* son ami Nodier, cherche à faire revenir les spectateurs à la Comédie-Française. Or, outre la perpétuation du répertoire classique, le cahier des charges de l'auguste établissement encourage l'écriture de pièces contemporaines écrites sur son modèle. Les auteurs néoclassiques, membres du comité de lecture, voient ainsi d'un mauvais œil l'école « moderne » leur faire de l'ombre, mais renflouer les caisses. Depuis quelque temps en effet, les pièces classiques ne font plus recette. Pour attirer de nouveau le public dans la Maison de Molière, Taylor sollicite donc les romantiques. En 1829, le *Henri III et sa cour* de Dumas, s'il choque le bon goût par l'emploi de l'inconvenant vocable « mouchoir », et par la scène violente où le duc de Guise tord le bras de sa femme avec un gant de fer, est un succès : en prose, la pièce ne concurrence pas vraiment la tragédie sur son propre terrain ; d'autre part, Henri III n'étant pas un souverain glorieux dans l'imaginaire collectif français, sa critique n'est pas perçue comme une attaque contre le régime. Quelques mois plus tard, *Le More de Venise*, de Vigny, adaptation d'*Othello*, passe la rampe : malgré quelques audaces, la pièce, n'étant qu'une adaptation, ne représente pas une véritable menace pour les auteurs « maison ». La même année, Hugo a cru pouvoir entrer lui aussi à la Comédie-Française, avec *Marion de Lorme*…

Depuis longtemps, il s'entraîne à écrire du théâtre, et il a pratiqué tous les genres dans des essais de jeunesse. Son mélodrame *Inez de Castro* a failli être joué au Panorama-Dramatique en 1822, mais a été barré par la censure. En 1827, son *Cromwell* n'est pas destiné à une représentation immédiate : avec ses 6414 vers, cette pièce est trois fois plus longue qu'une tragédie classique, et ne peut être portée telle quelle à la scène, avec ses innombrables personnages. *Amy Robsart*, adaptation du *Kenilworth* de Walter Scott écrite en collaboration avec son beau-frère Paul Foucher, connaît en 1828 une chute retentissante à l'Odéon ; Hugo se dévoile comme auteur des passages les plus sifflés pour ne pas laisser son beau-frère assumer seul l'échec. *Marion de Lorme* est en revanche une pièce parfaitement jouable, avec un nombre de personnages limité, une taille habituelle, et cette forme classique en cinq actes et en vers qui sera celle d'*Hernani* : elle se hisse au niveau d'exigence et de beauté de la tragédie classique. Hugo est alors bien connu, depuis ses *Odes et Ballades* ; en cette année 1829, il s'est déjà fait remarquer avec ses *Orientales* et le succès de scandale du *Dernier Jour d'un condamné*. *Marion de Lorme* serait la première pièce jouée en son nom propre. Acceptée par le comité de lecture de la Comédie-Française, elle est toutefois interdite au ministère, qui y voit une atteinte insupportable à l'image des Bourbons : Louis XIII (ancêtre de Charles X) s'y laisse en effet attendrir par une courtisane en pleurs et un bouffon, et son autorité politique est inférieure à celle de son ministre Richelieu. Une fois sa pièce refusée, Hugo proteste, obtient une entrevue en haut lieu, et refuse crânement toutes les compensations honorifiques et financières qu'on lui propose, mais se met sans tarder à l'écriture d'*Hernani*. Son action, déplacée en Espagne, ne risquera plus de heurter la sensibilité nationale ministérielle.

Avant la bataille : écriture, censure, répétitions

L'Espagne peuple les souvenirs d'enfance de Hugo. Son père y secondait Joseph Bonaparte depuis 1808, à la tête de l'armée d'occupation française. Il y fut rejoint par sa femme et leurs enfants en 1811. Mais, le ménage étant désuni, la mère, Victor et Eugène rentrèrent en France l'année suivante. Elle aimait un opposant à l'Empire, Lahorie, conspirateur qui fut fusillé en 1812. Hugo s'entendait bien avec cette figure paternelle de substitution, dont le modèle a peut-être nourri le personnage du proscrit Hernani. De même, les enfants Hugo, en Espagne, ne pouvaient qu'être partagés entre l'admiration pour les patriotes révoltés d'un côté, et l'Empereur que servait leur père de l'autre : ce souvenir informera la rivalité entre Charles Quint et Hernani (dont le nom est celui d'une bourgade traversée lors du voyage). Au Collège des Nobles de Madrid, Hugo et son frère ont subi les rebuffades de la jeunesse aristocratique espagnole : rancœur de l'occupé contre l'occupant, mépris de classe aussi. La couleur locale, si riche dans *Hernani*, comme elle le sera encore dans *Ruy Blas*, tient en partie à ces souvenirs vivaces. Elle tient également à la documentation utilisée par l'auteur, principalement des généalogies de la noblesse espagnole. Hugo s'inspire aussi de sa culture hispanisante : le *Romancero general* et le théâtre du Siècle d'or ; il a emprunté à la Bibliothèque royale *Las Comedias* de Guillén de Castro, les œuvres de Lope de Vega, et une anthologie d'auteurs espagnols où se trouvent Calderón et *La Célestine* de Rojas ; la préface d'*Hernani* donne comme autre source d'inspiration « *Le Cid*, *Don Sanche*, *Nicomède*, ou plutôt tout Corneille et tout Molière, ces grands et admirables poètes ». Les divers sous-titres prévus pour *Hernani* témoignent de la variété des modèles : « La Jeunesse de Charles Quint » est le sous-titre annoncé au moment où Hugo envisage une trilogie historique sur cette grande figure impériale ; « *Tres para una* », autre option, figurant sur le manuscrit, correspond à l'intrigue comique romanesque de la rivalité entre les trois prétendants ; au bout du compte, le sous-titre définitif, « L'honneur castillan », est un hommage au *Cid* et à la tragédie héroïque.

La pièce est écrite entre le 29 août et le 24 septembre. Le 30, Hugo la lit à ses amis. Début octobre, elle est reçue au Théâtre-Français à l'unanimité. La censure rend son jugement le 23 octobre. Après l'interdiction de *Marion de Lorme*, les autorités ont tout à perdre en victimisant une seconde fois Hugo. Aussi le censeur Brifaut, qui avait annoncé à Hugo l'interdiction de *Marion*, et ses collègues Laya, Sauvo et Chéron, autorisent-ils *Hernani*. Le baron Trouvé, chef de la division des belles-lettres, théâtres et journaux au ministère de l'Intérieur, adoptant les recommandations de son collaborateur Rives, demande quelques corrections. Hugo s'exécute pour les détails, mais négocie le maintien des vers auxquels il tient.

Les répétitions commencent le 6 décembre. Firmin, qui joue Hernani, et Michelot, qui incarne don Carlos, ont vingt ans de plus que leur personnage. Mlle Mars, à cinquante et un ans, est doña Sol : chef d'emploi [1] des jeunes premières, elle interprétait encore avec sa grâce habituelle Desdémone dans *Le More de Venise* et la duchesse de Guise dans *Henri III et sa cour*. Seul Joanny a l'âge de son rôle, celui du vieux don Ruy Gomez. Hugo rassure les artistes, déroutés par ses innovations. Il écoute les conseils de Mlle Mars, sans toujours les suivre, mais en respectant son entente de la scène : elle prévoit quels vers trop audacieux risquent d'être empoignés. Il s'adapte aux réalités du théâtre, ce qui

1. « Chef d'emploi » signifie qu'elle était la première dans la hiérarchie des actrices de la Comédie-Française spécialisées dans ce type de rôle. Elle pouvait donc choisir en premier si elle désirait interpréter ce rôle, ou le laisser à une autre.

explique l'écart important entre le manuscrit original, auquel il reviendra en 1836 pour l'édition Renduel, et l'édition *princeps*, établie sur le manuscrit du souffleur. Comme l'explique Evelyn Blewer[1], Hugo a modifié *Hernani* non seulement avant de le soumettre à la censure, mais aussi tout au long des répétitions (et il fera encore des coupures après la première, tenant compte des réactions du public, de ses amis et de la presse). Parmi les modifications consenties, la suppression de quelques bons mots grotesques ou allusions triviales, des concessions aux convenances, l'allègement de certaines tirades lyriques, le resserrement de l'action, des coupes dans le monologue de don Carlos, et la réécriture du dénouement vers une plus grande élévation tragique – il s'agit, en somme, d'« un travail lent et scrupuleux qui dément le mythe du novice intransigeant[2] ». Il faut dire que l'ambiance est fébrile : des auteurs classiques « maison », supplantés par la programmation de leurs jeunes rivaux qui relègue à plus tard la création de leurs propres pièces, tentent de démoraliser la troupe en prophétisant la déroute.

Le 3 janvier 1830, *Le Figaro* déclare que « des ennemis du romantisme » ont fait circuler une centaine de vers, vrais ou faux, pour livrer d'avance au public les endroits à siffler. Cette nouvelle alarmiste, et la représentation, dans *La Revue de Paris* jouée sur la scène du Vaudeville le 24 décembre 1829, d'une charge satirique contre Hugo, rebaptisé « Hernani », scandalisent l'intéressé : selon lui, la cabale qui commence à bruire dans les journaux est commanditée par la censure. Il s'en plaint le 5 janvier 1830 au ministre de l'Intérieur. Pour s'en défendre, Brifaut reconnaîtra, dans une lettre au *Moniteur* publiée le 6 mars 1830, avoir tout au plus cité de vive voix quelques vers.

Autre contrariété : Taylor a prévenu Hugo que la claque de la Comédie-Française n'est pas fiable, étant dévouée à ses

1. Sur la réécriture du manuscrit original en vue de la scène, et la genèse de la « bataille », voir la remarquable enquête d'Evelyn Blewer, qui corrige nombre d'idées reçues, *La Campagne d'Hernani, édition du manuscrit du souffleur*, Eurédit, 2002.
2. Evelyn Blewer, *ibid.*, p. 10-11.

rivaux Scribe et Delavigne. Hugo devra plutôt faire appel à ses amis. La « camaraderie » romantique se mobilise pour le soutenir. Pour la première, le 25 février 1830, il a donc réservé cinq cent cinquante places au parterre, plus les deuxièmes galeries. La jeunesse romantique est enrôlée par des « chefs d'escouades », dont Gérard de Nerval et Théophile Gautier. La métaphore militaire fleurit dans les récits rétrospectifs de la « bataille », comme dans ce souvenir de Gautier : « Dans l'armée romantique comme dans l'armée d'Italie, tout le monde était jeune. Les soldats pour la plupart n'avaient pas atteint leur majorité, et le plus vieux de la bande était le général en chef, âgé de vingt-huit ans[1]. » Hugo galvanise ses troupes. Dans *Victor Hugo raconté par un témoin de sa vie*, livre de souvenirs en partie dictés par lui-même à sa femme, il reconstituera approximativement le discours qu'il dit leur avoir tenu : « Je remets ma pièce entre vos mains, entre vos mains seules. La bataille qui va s'engager à *Hernani* est celle des idées, celle du progrès. C'est une lutte en commun. Nous allons combattre cette vieille littérature crénelée, verrouillée. [...] Ce siège est la lutte de l'ancien monde et du nouveau monde, nous sommes tous du monde nouveau[2]. » Afin d'éviter tout trafic, les billets offerts pour la première sont nominatifs ; de couleur rouge, ils sont revêtus de l'inscription « *Hierro* » (le fer), signe de ralliement. Le public payant s'arrache les places, pour ne pas manquer la chute annoncée.

Exceptionnellement, les portes ont été ouvertes dans l'après-midi, pour éviter les troubles à l'extérieur. Certains témoins romantiques se souviennent – mais quelle fiabilité

1. Théophile Gautier, *Le Bien public*, 3 mars 1872. Présenté par Françoise Court-Pérez dans son choix de textes de Théophile Gautier, *Victor Hugo*, Champion, 2000, p. 53.
2. Le texte publié en 1863 sous le titre *Victor Hugo raconté par un témoin de sa vie* a été écrit par Adèle, femme de Victor Hugo, puis corrigé, amendé, lissé et réorienté par plusieurs proches. Le manuscrit initial, plus disparate dans son style, mais aussi plus vivant et plus personnel, a été publié depuis, sous le titre *Victor Hugo raconté par Adèle Hugo*, édition dirigée par Guy Rosa et Anne Ubersfeld, Plon, 1985. La citation s'y trouve p. 459.

accorder à tous ces souvenirs reconstitués pour la légende ? – qu'entrés dans le théâtre ils se sont égayés pour faire passer le temps en chantant, en buvant, en faisant bombance, et en parant comme ils pouvaient à la clôture des lieux d'aisance. À son arrivée, le public payant aurait été édifié par l'état de la salle…

Avant le lever du rideau, l'ambiance est surchauffée. Hugo observe cette salle à travers le rideau de scène : il y voit se dessiner l'opposition entre « la richesse, l'oisiveté, la pensée stagnante, les idées rétrogrades » et, au parterre et aux secondes galeries, « l'ombre grouillant de têtes [qui] représentait le travail, la pauvreté, l'intelligence active, le progrès. C'était bien deux armées en présence, le passé et l'avenir [1] ». Gautier s'en souvient aussi :

> L'attitude générale était hostile, les coudes se faisaient anguleux, la querelle n'attendait pour jaillir que le moindre contact, et il n'était pas difficile de voir que ce jeune homme à longs cheveux trouvait ce monsieur à face bien rasée désastreusement crétin et ne lui cacherait pas longtemps cette opinion particulière [2].

Pourtant, la débâcle annoncée n'a pas lieu : le premier soir est un triomphe. Les deux premiers actes passent la rampe. Le troisième, attendu au tournant pour sa fameuse scène des portraits, est chahuté. Le quatrième manque de tout gâcher, car Michelot n'est guère brillant dans le monologue de don Carlos, mais Mlle Mars met tout le monde d'accord au dénouement. Le succès surprend les acteurs eux-mêmes. Joanny note : « Cette pièce a complètement réussi, malgré une opposition bien organisée. Et malgré la manière originale dont cet ouvrage est traité, les beautés qu'il renferme le rendront toujours supérieur aux lâches efforts de la malveillance [3]. »

1. *Ibid.*, p. 464.
2. Théophile Gautier, *Victor Hugo*, *op. cit.*, p. 81.
3. *Journal de l'acteur Joanny*, dans *Œuvres complètes* de Hugo, Club français du livre, 1970, t. III, p. 1443 (édition désormais désignée par l'abréviation CFL).

La première toutefois n'est qu'une étape. Hugo ne dispose pas de billets de faveur pour toutes les représentations, et ses amis ne reviennent pas à chaque fois, à l'exception du fidèle Gautier, qui fut là tous les soirs ! Les deuxième et troisième soirs, l'ouvrage, note Joanny, est « vigoureusement attaqué et vigoureusement défendu ». Le quatrième, la cabale fait rage, on en vient aux mains. Hugo indique dans son journal, le 7 mars :

> Le public siffle tous les soirs tous les vers ; c'est un rare vacarme, le parterre hue, les loges éclatent de rire. Les comédiens sont décontenancés et hostiles ; la plupart se moquent de ce qu'ils ont à dire. La presse a été à peu près unanime et continue tous les matins de railler la pièce et l'auteur. Si j'entre dans un cabinet de lecture, je ne puis prendre un journal sans y lire : « Absurde comme *Hernani* ; monstrueux comme *Hernani* ; niais, faux, ampoulé, prétentieux, extravagant et amphigourique comme *Hernani*. » Si je vais au théâtre pendant la représentation, je vois à chaque instant, dans les corridors où je me hasarde, des spectateurs sortir de leur loge et en jeter la porte avec indignation [1].

Mais la salle ne désemplit pas, ce qui étonne Joanny : « Il y a dans ceci quelque chose qui implique contradiction ; si la pièce est si mauvaise, pourquoi y vient-on ? Si l'on y vient avec tant d'empressement, pourquoi la siffle-t-on [2] ? » La représentation pour les élèves des collèges Bourbon et Charlemagne est l'une des rares à se passer bien. Début juin, les recettes baissent, et le 21, Joanny note : « Le public semble en avoir assez ; – et moi aussi. »

Comment expliquer que les partisans du classicisme boudent sa programmation, et se précipitent pour siffler *Hernani* ? que les journaux, à part les libéraux du *Globe*, méprisent la pièce, mais rivalisent entre eux en rendant compte de l'évolution de la bataille jour après jour ? Anne Ubersfeld débrouille ce paradoxe : il « implique une crise de la production dramatique extrêmement profonde. Qu'est-ce

1. CFL, t. III, p. 1450.
2. *Journal de l'acteur Joanny*, dans CFL, t. III, p. 1443.

qui est beau et bon pour les spectateurs du XIXe siècle, s'ils refusent justement d'aller voir ce qu'ils jugent beau et bon ? […] Le public lui-même est de moins en moins assuré de ses propres goûts[1] ». En somme, la bataille d'*Hernani* est un événement révélateur, qui entérine autant qu'il l'annonce une révolution du goût.

Beautés choquantes

Lors de la reprise d'*Hernani* en 1867, une partie du public connaît le texte presque par cœur, et le choc de 1830 est très atténué. Ce qui heurtait alors le goût classique est même ce qui, rétrospectivement, nous paraît le plus remarquable, suivant cette formule de Gautier :

> En art, l'extravagant vaut mieux que le plat. Tous les poètes de haute renommée ont commencé par heurter le goût contemporain. C'est une beauté choquante qui a été le tranchant du coin par lequel ils sont entrés dans la masse compacte des esprits : Molière a eu sa tarte à la crème, […] Victor Hugo, son vieillard stupide[2] ; de Musset, son point sur l'i[3].

Quelles sont ces « beautés choquantes » qui heurtèrent le goût du public de 1830, et qui nous ravissent encore aujourd'hui ?

On s'en fera une idée en rapprochant les passages chahutés, repérés par Hugo sur un exemplaire de l'édition originale annoté de sa main pendant une des premières représentations[4], et les points d'achoppement stigmatisés par les parodies d'*Hernani*. Quatre d'entre elles sont jouées peu après la création : *N, I, Ni, ou le Danger des Castilles*, à

1. Anne Ubersfeld, *Le Roman d'Hernani*, Comédie-Française/Mercure de France, 1985, p. 77.
2. Réplique d'*Hernani* (III, 7).
3. Théophile Gautier, *Histoire de l'art dramatique en France depuis vingt-cinq ans* [1858-1859], Slatkine, 1968, t. V, p. 297.
4. Étude de Jean Gaudon, « Sur Hernani », *Cahiers de l'A.I.E.F.*, n° 35, mai 1983.

la Porte-Saint-Martin; *Oh! qu'nenni ou le Mirliton fatal*, à la Gaîté; *Harnali, ou la Contrainte par cor*, au Vaudeville; *Hernani*, aux Variétés[1].

Difficile à admettre, l'irruption du matériel sur la scène tragique. D'où les rires qui fusent à «Vous devez avoir froid?» ou à «fais sécher le manteau» (I, 2). Au dénouement, la contrainte de partager le poison – «Ne te plains pas de moi, je t'ai gardé ta part» (V, 6) – déclenche les rires. Ce motif mélodramatique n'est pas neuf, mais l'évocation de ses effets corporels dans une pièce de forme tragique dérange. Aussi cette présence du corps est-elle outrée jusqu'au burlesque dans les parodies : au dénouement d'*Harnali*, où les amants mangent des boulettes empoisonnées, «colique» rime plaisamment avec «tragique» et «héroïque».

Le grotesque, pourtant plus discret dans *Hernani* que dans la suite du théâtre de Hugo, passe difficilement, qu'il s'agisse d'une expression familière dans la bouche d'un noble (la réplique «Est-il minuit?» de don Carlos, II, 1), de l'autodérision d'un personnage (les apitoiements de don Ruy sur son âge, III, 1) ou du contrepoint comique shakespearien (don Carlos répondant à Hernani, qui revendique ses anciens titres, par un ironique «En effet, j'avais oublié cette histoire», IV, 4). La dérision est d'autant plus sensible qu'elle côtoie le plus grand lyrisme exprimé en alexandrins.

La violence faite à ces derniers heurte la distinction entre genre noble et genre bas. Faut-il pour autant se fier au témoignage rétrospectif de Gautier, seul à se souvenir que la bataille débuta dès les deux premiers vers, à l'audacieux rejet «C'est bien à l'escalier/ Dérobé»? L'exemplaire annoté de la main de Hugo n'indique rien de tel. Il n'en reste pas moins que les rejets et les entorses à la régularité métrique de l'alexandrin sont perçus, dans les parodies, comme typiques du style romantique[2].

---

1. Les citations des parodies proviennent de la thèse à paraître de Claudia Manenti-Ronzeaud, mentionnée en bibliographie.
2. Voir aussi Dossier, p. 219 et 250.

Au-delà du mélange du comique et du tragique, tonalités proprement théâtrales, on est désarçonné par la porosité de ce théâtre avec le lyrisme, l'épopée, et le discours politique. La flamboyance du dialogue surprend dans les duos d'amour, comme dans l'expression sans détour d'un sentiment fort : le public rit à la réplique « Je reste et resterai tant que tu le voudras ! » (II, 4) comme à « Et que ferais-je, moi, cette nuit ? J'en mourrais » (V, 5). On n'est pas habitué, non plus, à l'expression imagée de l'amour, d'où le grand bruit qui accompagne ces vers splendides :

> Mais tu l'as, le plus doux et le plus beau collier,
> Celui que je n'ai pas, qui manque au rang suprême,
> Les deux bras d'une femme aimée, et qui vous aime !
>
> (IV, 4)

Considérée comme trop peu théâtrale, mais excessivement épique et descriptive, la scène des portraits passe pour une curiosité. Même chose pour le monologue-fleuve de don Carlos, il est vrai si difficile à interpréter – Redjep Mitrovitsa, dans la mise en scène d'Antoine Vitez en 1985, en fit un grandiose rêve éveillé[1]. Ces deux tirades mêlent audacieusement poésie et didactisme, au service de deux idéologies concurrentes : dans la première, le vieux féodal exprime les devoirs que commande la fidélité à son lignage aristocratique ; dans la seconde, le nouvel empereur se figure la soumission de son pouvoir aux secousses souterraines de la volonté populaire. Les parodistes stigmatisent les longues répliques hugoliennes : « Je parle et parlerai plus que tu ne voudras », dit le héros dans *N, I, Ni* ; et dans le pamphlet *Fanfan le troubadour*, il est question d'« Une tirade ous'qu'il dév'loppe/ Tout son pompeux galimatias,/ La belle chos', dit-il, que l'Europe !/ […] Pati pata/ Enfin voilà »).

On est aussi surpris par l'incohérence psychologique des personnages, dépourvus de l'unité attendue d'un sujet stable. C'est tout particulièrement le pardon d'Hernani au roi qui déroute : sa haine s'en va à une vitesse invraisemblable dès

1. Voir p. 153, note 3, et Dossier, p. 241.

qu'il recouvre à la fois doña Sol et ses titres. Aussi risible semble la métamorphose en spectre vengeur de don Ruy, modèle de loyauté et de noblesse d'âme. Les complexités de son cœur, qui font de ce personnage l'un des plus beaux du théâtre français, sont difficiles à admettre pour un public habitué au système des emplois sur lesquels sont recrutés les acteurs : à qui confier son rôle, puisqu'il est à la fois père noble de tragédie (emploi de Joanny), barbon de comédie, et traître de mélodrame ? En réalité, bien avant Claudel, le symbolisme et l'invention de la psychanalyse, Hugo abandonne une psychologie des caractères pour une psychologie des pulsions. Guy Rosa le formule ainsi : chez Hugo, la psychologie « manque, sous sa forme classique, parce que le sujet pris en compte par Hugo n'est plus le siège neutre de facultés et de dispositions indéfiniment analysables et recomposées en "types", mais un élan, une dynamique de l'être[1] ». Cette force psychique sourde qui anime la quête des personnages d'Hernani fait d'eux des figures identificatoires fascinantes pour le spectateur d'aujourd'hui.

Tragédie historique, romanesque et mélodramatique, comique, pathétique et onirique, spectaculaire et matérielle, mais sans réalisme, *Hernani* mélangeait furieusement les genres. Cette mise sous tension des registres, des sentiments, des caractères, des emplois et des styles, du corps et de l'idée, formait un cocktail détonant. Insupportable aux uns, la déflagration fut aux romantiques une délicieuse « commotion électrique », comme on disait alors pour métaphoriser le plaisir théâtral. Gautier s'en souvient avec nostalgie lors de la reprise de 1867, alors que Hugo se maintient en exil, et que certains « camarades » sont morts : « C'était le 25 février 1830, le jour d'*Hernani*, une date qu'aucun romantique n'a oubliée[2]. »

1. Guy Rosa, Introduction à *Ruy Blas*, Le Livre de Poche, 1987, p. 220.
2. Article du *Moniteur universel*, 25 juin 1867, repris dans Théophile Gautier, *Victor Hugo*, *op. cit.*, p. 149.

Gautier a amplement contribué à la légende d'*Hernani*, l'amplifiant dans ses chroniques dramatiques à chaque reprise de la pièce (en 1838, 1841, 1844, 1845, 1847 et 1867). En 1867, il a la nostalgie du temps où la jeunesse se sentait encore investie d'une mission :

> Tout le monde était jeune alors ! – enthousiastes, pleins de foi et résolus à vaincre ou mourir dans la grande bataille littéraire qui allait se livrer. […] Beaux temps où les choses de l'intelligence passionnaient à ce point la foule ! […] On sortait de là brisé, haletant, joyeux quand la soirée avait été bonne, invectivant les philistins quand elle avait été mauvaise, et les échos nocturnes, jusqu'à ce que chacun fût rentré chez soi, répétaient les fragments du monologue d'Hernani ou de don Carlos, car nous savions tous la pièce par cœur, et aujourd'hui nous-mêmes la soufflerions au besoin. Pour cette génération, *Hernani* a été ce que fut *Le Cid* pour les contemporains de Corneille[1].

De nombreux autres discours rétrospectifs, dont ceux de Dumas et d'Adèle Hugo, contribuent à transformer l'événement en légende. La bataille d'*Hernani* devient même un motif romanesque, comme dans *Jérôme Paturot à la recherche d'une position sociale*, de Louis Reybaud (1836), où le héros fictif rappelle son premier état de « poète chevelu », en prétendant avoir été chef de claque à *Hernani*.

Les nombreux discours qui remémorent l'événement le constituent comme tel. *Hernani* ne marque pas le début du romantisme français, mais il en est la pièce fétiche. Cinq mois avant la révolution de 1830 et la suppression de la censure[2], il appelle à la libéralisation de l'art qui doit accompagner le triomphe des libertés politiques malmenées à la fin de la Restauration. Tel est le sens de la célèbre formule de sa préface : « Le romantisme, tant de fois mal défini, n'est, à tout prendre, et c'est là sa définition réelle si l'on ne l'envisage que sous son côté militant, que le *libéralisme* en littérature. » Formule dont nous peinons aujourd'hui à saisir

---

1. *Ibid.*, p. 149-154.
2. La censure, abolie après la révolution de juillet 1830, sera rétablie en 1835. Entre ces deux dates, le drame romantique prospère.

la portée, mais que comprirent fort bien les contemporains. Si, à l'exception du *Globe*, la presse attaque violemment *Hernani*, c'est sans doute parce que l'élite bourgeoise redoute le décloisonnement des hiérarchies artistiques. Si l'esthétique des théâtres populaires envahit le temple du bon goût, à quels critères artistiques de distinction sociale se rattacher ? C'est cette inquiétude qu'exprime Armand Carrel, contre *Hernani* et sa préface :

> Chacun va, vient à peu près comme bon lui semble ; lit, écrit, pense, croit ou ne croit pas selon qu'il lui plaît, et rien de tout cela ne se pouvait sous l'Ancien Régime. Mais qu'est-ce que la liberté dans l'art, la révolution dans les formes littéraires ajouteront à la liberté et au bien-être de chacun [1] ?

Selon lui, le mélodrame suffit à édifier le peuple ; point n'est besoin de lui donner accès au grand art conçu pour l'élite. D'après Anne Ubersfeld [2], ce qui dérange ce journaliste publiciste libéral, c'est l'ambition qu'a Hugo d'écrire un théâtre libre, « art nouveau » pour un « peuple nouveau » – même si, dans la pièce de 1830, le peuple lui-même est encore peu représenté –, un théâtre qui ne soit plus esthétiquement et socialement clivant, mais de qualité pour tous. L'ambition démocratique et civilisatrice de son théâtre, Hugo la développera plus amplement dans ses préfaces ultérieures ; il tentera de la mettre en œuvre au théâtre de la Renaissance, qui ouvre en 1838 avec *Ruy Blas*, mais fera trop tôt faillite, faute de subventions publiques. Sous la IIe République, Hugo militera, à la commission des théâtres, pour la création d'un théâtre populaire subventionné. Idée révolutionnaire, qui ne se réalisera qu'un siècle plus tard, mais dont l'événement « *Hernani* » fut peut-être, rétrospectivement au moins, l'un des premiers jalons.

Florence NAUGRETTE

1. Armand Carrel, *Le National*, 24 mars 1830.
2. *Le Roman d'Hernani*, *op. cit.*, p. 81-97.

NOTE SUR L'ÉDITION

Nous reproduisons ici le texte de la pièce fourni par l'édition Furne (1841), que nous jugeons la meilleure ayant historiquement existé. Ce choix, semblable à celui d'Anne Ubersfeld pour l'édition « Bouquins » (Robert Laffont, 1985), diffère de celui d'autres éditions récentes, qui soit s'appuient sur l'édition Hetzel-Quantin (1880) recomposée par Paul Meurice ou sur l'édition Ollendorff, dite de l'Imprimerie nationale (1912), soit proposent des solutions composites. Il explique un écart de huit vers avec ces autres éditions, dû à des ajouts ultérieurs signalés ici en notes.

Le manuscrit original de Hugo (BNF, NaF 13386, bibliothèque-musée de la Comédie-Française, ms. 645) est disponible en fac-similé (Maisonneuve et Larose, 2002). Le manuscrit du souffleur, établi par un copiste, tient compte des modifications apportées par Hugo pour la scène, suite aux recommandations de la censure et au travail des répétitions. Il a été édité par Evelyn Blewer (Eurédit, 2002). C'est sur ce texte joué que s'appuie l'édition originale, publiée chez Mame et Delaunay le 9 mars 1830, puis annoncée chez Barba le 10 avril. Cette version a servi de base aux reprises d'*Hernani*, au moins jusqu'à l'exil. Hugo retourna à son manuscrit primitif, à quelques variantes près, pour l'édition de 1836 chez Renduel, dont il corrigea lui-même les épreuves ; mais il y maintint des modifications apportées pour la scène à la fin de l'acte V, et publiées en 1830. C'est cette édition que John J. Janc prend pour référence de son édition critique (University Press of America, 2001). Suite aux reprises de 1838, Hugo y apporta quelques retouches, de ponctuation surtout, pour l'édition Furne de 1841, que nous reproduisons ici, après l'avoir vérifiée. À la fin de sa vie, Hugo confia à Paul Meurice le soin d'établir l'édition Hetzel-Quantin, dite « définitive d'après les manuscrits originaux » ; Meurice revint à certaines leçons du manuscrit original non retenues depuis 1836, et incorpora à la version lue restaurée depuis 1836 et 1841 certains passages de la version jouée en 1830. Nous signalons en note les plus importantes de ces modifications.

Comme le veut l'usage dans la collection, nous avons unifié les graphies des noms propres et des noms communs lorsqu'elles étaient fluctuantes. Nous avons ainsi uniformisé l'orthographe de « Saragosse », qui, dans l'édition Furne, est parfois orthographié « Sarragosse ». De même, l'orthographe a été modernisée : nous avons restitué l'accent circonflexe sur « âme », rétabli l'accentuation des finales en « -ège » (qui dans l'édition Furne sont en « -ége » : piége, assiége, collége, cortége), et modernisé l'emploi du trait d'union, en écrivant par exemple « longtemps » (au lieu de « long-temps ») ou « tout à fait » (au lieu de « tout-à-fait »), etc.

En revanche, les graphies exigées par les lois poétiques ne sont bien évidemment pas modernisées. Parmi elles, celles que commande ponctuellement la rime (« croi », « sai », « Charle », etc.), et celles que commande la métrique (« encor » lorsque l'abandon du « e » muet devant consonne permet de faire compter le mot pour deux syllabes, « certe » lorsque la suppression du « s » devant voyelle permet de faire compter le mot pour une syllabe, et autres cas similaires, comme « eux-même », « paîrez » etc.)

Nous ne reproduisons pas les notes ajoutées par Hugo en 1836 pour l'édition Renduel, et reprises dans l'édition Furne : la plupart d'entre elles font sentir la différence entre le nouveau texte restitué en 1836 et celui de 1830.

L'annotation proposée dans cette édition intègre certains renseignements fournis par des sources rares et précieuses. Les passages sifflés le soir où Hugo annota son exemplaire de la première édition, en signalant les réactions hostiles du public, ont été relevés et commentés par Jean Gaudon dans *Victor Hugo et le théâtre. Stratégie et dramaturgie* (nouv. éd. revue et augmentée, Eurédit, 2008). Selon lui, ce fut possiblement juste après le brochage du livre, à partir du 8 mars, jour de la septième représentation. Hugo y indiqua les passages ayant déclenché « rires », « sifflets », « mouvements », « ricanement », ou « bruit » tel qu'« on n'entend rien ».

L'édition du manuscrit du souffleur, procurée par Evelyn Blewer (*La Campagne d'Hernani*, Eurédit, 2002), rectifie bon nombre d'idées reçues sur la genèse de la pièce et sur la « bataille ». Nous lui empruntons le matériau des notes indiquant les principaux changements opérés par Hugo sur son texte pendant les jours qui suivirent la première, de sa propre initiative, ou sur les conseils d'Émile Deschamps exprimés dans la lettre que celui-ci écrivit à l'auteur le 2 mars pour lui signaler des corrections souhaitables. Les modifications déjà apportées par Hugo à son manuscrit original avant la première, de son propre chef avant le dépôt à la censure, puis suivant les recommandations de celle-ci et à divers stades des répétitions, ne sont, à de très rares exceptions près, pas mentionnées ici, faute de place. On en trouvera le détail, strate par strate, dans l'édition d'Evelyn Blewer.

Ces notes intègrent aussi des renseignements sur les parodies d'*Hernani* fournis par les études de Sylvie Vielledent et Claudia Manenti-Ronzeaud mentionnées en bibliographie.

Hernani

PRÉFACE

L'auteur de ce drame écrivait il y a peu de semaines à propos d'un poète mort avant l'âge[1] :

« ... Dans ce moment de mêlée et de tourmente littéraire, qui faut-il plaindre, ceux qui meurent ou ceux qui combattent ? Sans doute, il est triste de voir un poète de vingt ans qui s'en va, une lyre qui se brise, un avenir qui s'évanouit ; mais n'est-ce pas quelque chose aussi que le repos ? N'est-il pas permis à ceux autour desquels s'amassent incessamment calomnies, injures, haines, jalousies, sourdes menées, basses trahisons ; hommes loyaux auxquels on fait une guerre déloyale ; hommes dévoués qui ne voudraient enfin que doter le pays d'une liberté de plus, celle de l'art, celle de l'intelligence ; hommes laborieux qui poursuivent paisiblement leur œuvre de conscience, en proie d'un côté à de viles machinations de censure et de police, en butte de l'autre, trop souvent, à l'ingratitude des esprits mêmes pour lesquels ils travaillent ; ne leur est-il pas permis de retourner quelquefois la tête avec envie vers ceux qui sont tombés derrière eux et qui dorment dans le tombeau ? *Invideo*, disait Luther dans le cimetière de Worms, *invideo, quia quiescunt*[2].

Qu'importe toutefois ? Jeunes gens, ayons bon courage ! si rude qu'on nous veuille faire le présent, l'avenir sera beau. Le

---

1. Le jeune poète et journaliste Charles Dovalle était mort en duel, à l'âge de vingt-deux ans, en novembre 1829. Hugo avait écrit ces lignes dans sa *Lettre-préface aux éditeurs des poésies de Charles Dovalle*, parue trois jours avant la première d'*Hernani*, et qui fut reprise ultérieurement dans *Littérature et philosophie mêlées.*
2. « Je les envie, parce qu'ils reposent. » Martin Luther (1483-1546) fut l'un des fondateurs du protestantisme. Après avoir reçu l'avis de son excommunication, il fut convoqué en 1521 devant la diète de Worms (ville allemande située en Rhénanie-Palatinat). Il y refusa de se rétracter. L'édit de Worms le mit alors, avec ses disciples, au ban de l'Empire.

romantisme, tant de fois mal défini, n'est, à tout prendre, et c'est là sa définition réelle si l'on ne l'envisage que sous son côté militant, que le *libéralisme* en littérature. Cette vérité est déjà comprise à peu près de tous les bons esprits, et le nombre en est grand ; et bientôt, car l'œuvre est déjà bien avancée, le libéralisme littéraire ne sera pas moins populaire que le libéralisme politique. La liberté dans l'art, la liberté dans la société, voilà le double but auquel doivent tendre d'un même pas tous les esprits conséquents et logiques ; voilà la double bannière qui rallie, à bien peu d'intelligences près (lesquelles s'éclaireront), toute la jeunesse si forte et si patiente aujourd'hui ; puis, avec la jeunesse et à sa tête, l'élite de la génération qui nous a précédés, tous ces sages vieillards qui, après le premier moment de défiance et d'examen, ont reconnu que ce que font leurs fils est une conséquence de ce qu'ils ont fait eux-mêmes, et que la liberté littéraire est fille de la liberté politique. Ce principe est celui du siècle, et prévaudra. Les *Ultras*[1] de tout genre, classiques ou monarchiques, auront beau se prêter secours pour refaire l'ancien régime de toutes pièces, société et littérature ; chaque progrès du pays, chaque développement des intelligences, chaque pas de la liberté fera crouler tout ce qu'ils auront échafaudé. Et, en définitive, leurs efforts de réaction auront été utiles. En révolution, tout mouvement fait avancer. La vérité et la liberté ont cela d'excellent que tout ce qu'on fait pour elles et tout ce qu'on fait contre elles les sert également. Or, après tant de grandes choses que nos pères ont faites et que nous avons vues, nous voilà sortis de la vieille forme sociale ; comment ne sortirions-nous pas de la vieille forme poétique ? À peuple nouveau, art nouveau. Tout en admirant la littérature de Louis XIV si bien adaptée à sa monarchie, elle saura bien avoir sa littérature propre et personnelle et nationale, cette France actuelle, cette France du dix-neuvième siècle à qui Mirabeau a fait sa liberté[2] et Napoléon sa puissance. »

1. Sous la Restauration, les ultraroyalistes, plus royalistes que le roi lui-même, étaient partisans des principes politiques de l'Ancien Régime.
2. Le comte de Mirabeau (1749-1791), brillant orateur, fut l'un des hommes politiques les plus influents au début de la Révolution française. Dès le mois de mai 1789, il contribua à l'instauration de la liberté de la presse. Il participa à la rédaction de la Déclaration des droits de l'homme et du citoyen. Hugo lui consacre une étude en 1834 (voir « Sur Mirabeau », dans *Littérature et philosophie mêlées*).

Qu'on pardonne à l'auteur de ce drame de se citer ici lui-même ; ses paroles ont si peu le don de se graver dans les esprits, qu'il aurait souvent besoin de les rappeler. D'ailleurs, aujourd'hui, il n'est peut-être point hors de propos de remettre sous les yeux des lecteurs les deux pages qu'on vient de transcrire. Ce n'est pas que ce drame puisse en rien mériter le beau nom d'*art nouveau*, de *poésie nouvelle*, loin de là ; mais c'est que le principe de la liberté en littérature vient de faire un pas ; c'est qu'un progrès vient de s'accomplir, non dans l'art, ce drame est trop peu de chose, mais dans le public ; c'est que, sous ce rapport du moins, une partie des pronostics hasardés plus haut viennent de se réaliser.

Il y avait péril, en effet, à changer ainsi brusquement d'auditoire, à risquer sur le théâtre des tentatives confiées jusqu'ici seulement au papier *qui souffre tout*[1] ; le public des livres est bien différent du public des spectacles, et l'on pouvait craindre de voir le second repousser ce que le premier avait accepté. Il n'en a rien été. Le principe de la liberté littéraire, déjà compris par le monde qui lit et qui médite, n'a pas été moins complètement adopté par cette immense foule, avide des pures émotions de l'art, qui inonde chaque soir les théâtres de Paris. Cette voix haute et puissante du peuple, qui ressemble à celle de Dieu, veut désormais que la poésie ait la même devise que la politique : TOLÉRANCE ET LIBERTÉ.

Maintenant, vienne le poète ! il y a un public.

Et cette liberté, le public la veut telle qu'elle doit être, se conciliant avec l'ordre, dans l'État, avec l'art, dans la littérature. La liberté a une sagesse qui lui est propre, et sans laquelle elle n'est pas complète. Que les vieilles règles de d'Aubignac[2] meurent avec les vieilles coutumes de Cujas[3],

---

1. Allusion à la pièce *Cromwell*, qui n'avait pas été jouée, et dont la publication était destinée à la lecture.

2. Auteur de *La Pratique du théâtre* (1657), un des traités qui fixèrent la doctrine classique à partir de l'observation des productions de son époque et en se réclamant d'Aristote.

3. Jacques Cujas (1522-1590), jurisconsulte français, plaida pour une refonte des anciens droits coutumiers en vue de leur unification sur le

cela est bien ; qu'à une littérature de cour succède une littérature de peuple, cela est mieux encore ; mais surtout qu'une raison intérieure se rencontre au fond de toutes ces nouveautés. Que le principe de liberté fasse son affaire, mais qu'il la fasse bien. Dans les lettres, comme dans la société, point d'étiquette, point d'anarchie ; des lois. Ni talons rouges, ni bonnets rouges [1].

Voilà ce que veut le public, et il veut bien. Quant à nous, par déférence pour ce public qui a accueilli, avec tant d'indulgence, un essai qui en méritait si peu, nous lui donnons ce drame aujourd'hui tel qu'il a été représenté. Le jour viendra peut-être de le publier tel qu'il a été conçu par l'auteur*, en indiquant et en discutant les modifications que la scène lui a fait subir. Ces détails de critique peuvent ne pas être sans intérêt ni sans enseignements, mais ils sembleraient minutieux aujourd'hui ; la liberté de l'art est admise, la question principale est résolue ; à quoi bon s'arrêter aux questions secondaires ? Nous y reviendrons du reste quelque jour, et nous parlerons aussi, bien en détail, en la ruinant par les raisonnements et par les faits, de cette censure dramatique qui est le seul obstacle à la liberté du théâtre, maintenant qu'il n'y en a plus dans le public. Nous essaierons, à nos risques et périls et par dévouement aux

* Ce jour, prédit par l'auteur, est venu. Nous donnons dans cette édition *Hernani* tout entier, tel que le poète l'avait écrit, avec les développements de passion, les détails de mœurs et les saillies de caractères que la représentation avait retranchés. Quant à la discussion critique que l'auteur indique, elle sortira d'elle-même, pour tous les lecteurs, de la comparaison qu'ils pourront faire entre l'*Hernani* tronqué du théâtre et l'*Hernani* de cette édition. Espérons tout des progrès que le public des théâtres fait chaque jour. Mai 1836 (*Note de l'éditeur*)[2].

---

territoire français dans un nouveau droit écrit. Elle sera effectuée par le Code Napoléon. La formulation de Hugo prête à confusion.

1. Porter des talons rouges était un signe distinctif de noblesse arboré par certains courtisans depuis le XVIIe siècle. Le bonnet rouge est le bonnet révolutionnaire.

2. Cette note de l'éditeur accompagnait l'édition Renduel (1836), qui fut la première à revenir au manuscrit original de Hugo (voir la Note sur l'édition, p. 26). Elle fut reprise dans toutes les éditions ultérieures.

choses de l'art, de caractériser les mille abus de cette petite inquisition de l'esprit, qui a, comme l'autre Saint-Office, ses juges secrets, ses bourreaux masqués, ses tortures, ses mutilations, et sa peine de mort. Nous déchirerons, s'il se peut, ces langes de police dont il est honteux que le théâtre soit encore emmailloté au dix-neuvième siècle.

Aujourd'hui il ne doit y avoir place que pour la reconnaissance et les remerciements. C'est au public que l'auteur de ce drame adresse les siens, et du fond du cœur. Cette œuvre, non de talent, mais de conscience et de liberté, a été généreusement protégée contre bien des inimitiés par le public, parce que le public est toujours, aussi lui, consciencieux et libre. Grâces lui soient donc rendues, ainsi qu'à cette jeunesse puissante qui a porté aide et faveur à l'ouvrage d'un jeune homme sincère et indépendant comme elle ! C'est pour elle surtout qu'il travaille, parce que ce serait une gloire bien haute que l'applaudissement de cette élite de jeunes hommes, intelligente, logique, conséquente, vraiment libérale en littérature comme en politique, noble génération qui ne se refuse pas à ouvrir les deux yeux à la vérité et à recevoir la lumière des deux côtés.

Quant à son œuvre en elle-même, il n'en parlera pas. Il accepte les critiques qui en ont été faites, les plus sévères comme les plus bienveillantes, parce qu'on peut profiter à toutes. Il n'ose se flatter que tout le monde ait compris du premier coup ce drame, dont le *Romancero general*[1] est la véritable clef. Il prierait volontiers les personnes que cet ouvrage a pu choquer de relire *Le Cid*, *Don Sanche*, *Nicomède*[2], ou plutôt tout Corneille et tout Molière, ces grands et admirables poètes. Cette lecture, si pourtant elles veulent bien faire d'abord la part de l'immense infériorité de

---

1. Recueil de poèmes épiques espagnols (« romances »), constitué au XVIe siècle, parmi lesquels se trouve la légende du Cid. Le frère aîné de Victor Hugo, Abel, en avait traduit une partie, en 1822 (*Romances historiques traduites de l'espagnol*), et Victor Hugo raconte s'être procuré le *Romancero general* en 1825, à Reims, à l'occasion du sacre de Charles X.
2. *Le Cid* (1636), *Don Sanche d'Aragon* (1650) et *Nicomède* (1651) sont des pièces de Corneille, très admiré de Hugo.

l'auteur d'*Hernani*, les rendra peut-être moins sévères pour certaines choses qui ont pu les blesser dans la forme ou dans le fond de ce drame. En somme, le moment n'est peut-être pas encore venu de le juger. *Hernani* n'est jusqu'ici que la première pierre d'un édifice qui existe tout construit dans la tête de son auteur, mais dont l'ensemble peut seul donner quelque valeur à ce drame. Peut-être ne trouvera-t-on pas mauvaise un jour la fantaisie qui lui a pris de mettre, comme l'architecte de Bourges, une porte presque moresque à sa cathédrale gothique.

En attendant, ce qu'il a fait est bien peu de chose, il le sait. Puissent le temps et la force ne pas lui manquer pour achever son œuvre ! Elle ne vaudra qu'autant qu'elle sera terminée. Il n'est pas de ces poètes privilégiés qui peuvent mourir ou s'interrompre avant d'avoir fini, sans péril pour leur mémoire ; il n'est pas de ceux qui restent grands, même sans avoir complété leur ouvrage, heureux hommes dont on peut dire ce que Virgile disait de Carthage ébauchée :

Pendent opera interrupta, minæque
Murorum ingentes[1] !

9 mars 1830.

1. Virgile, *Énéide*, IV, 88-89 : « Les travaux interrompus demeurent en suspens : murs qui dressaient leurs puissantes menaces » (traduction de Maurice Rat).

PERSONNAGES

HERNANI.
DON CARLOS.
DON RUY GOMEZ DE SILVA.
DOÑA SOL DE SILVA.
LE ROI DE BOHÊME.
LE DUC DE BAVIÈRE.
LE DUC DE GOTHA.
LE BARON DE HOHENBOURG.
LE DUC DE LUTZELBOURG.
IAQUEZ.
DON SANCHO.
DON MATIAS.
DON RICARDO.
DON GARCI SUAREZ.
DON FRANCISCO.
DON JUAN DE HARO.
DON PEDRO GUZMAN DE LARA.
DON GIL TELLEZ GIRON.
DOÑA JOSEFA DUARTE.
UN MONTAGNARD.
UNE DAME.
PREMIER CONJURÉ.
DEUXIÈME CONJURÉ.
TROISIÈME CONJURÉ.
CONJURÉS DE LA LIGUE SACRO-SAINTE[1], ALLEMANDS ET ESPAGNOLS.
MONTAGNARDS, SEIGNEURS, SOLDATS, PAGES, PEUPLE, etc.

Espagne – 1519.

1. Cette ligue hostile à Charles Quint se constitua en 1521. Léger anachronisme.

I

LE ROI

SARAGOSSE

ACTE I

Une chambre à coucher. La nuit. Une lampe sur une table[1].

Scène I[2]

DOÑA JOSEFA DUARTE, *vieille, en noir, avec le corps*[3] *de sa jupe cousu de jais, à la mode d'Isabelle la Catholique*[4], DON CARLOS[5]

DOÑA JOSEFA, *seule.*

Elle ferme les rideaux cramoisis de la fenêtre et met en ordre quelques fauteuils. On frappe à une petite porte dérobée à droite. Elle écoute. On frappe un second coup.

Serait-ce déjà lui ?

Un nouveau coup.

C'est bien à l'escalier

---

1. Tous les décors d'*Hernani*, à la création, étaient des réemplois. Le cahier du machiniste Dupont, conservé à la Comédie-Française, permet de les identifier. Pour l'acte I, on reprit le décor de la chambre de Desdémone pour *Le More de Venise* de Vigny l'année précédente.
2. Cette scène s'inspire, dans son principe dramatique, de deux pièces du dramaturge espagnol Lope de Vega (1562-1635), *La Vengeance adroite* et *Le Certain pour le douteux*.
3. Partie du vêtement entourant le buste.
4. Reine d'Espagne (1451-1504). Ce personnage est donc habillé selon une mode ancienne.
5. Charles Ier (1500-1558), roi d'Espagne depuis 1516 et futur empereur Charles Quint.

Dérobé[1].

Un quatrième coup.

Vite, ouvrons !

Elle ouvre la petite porte masquée. Entre don Carlos, le manteau sur le nez et le chapeau sur les yeux.

Bonjour, beau cavalier.

Elle l'introduit. Il écarte son manteau et laisse voir un riche costume de velours et de soie, à la mode castillane de 1519. Elle le regarde sous le nez et recule étonnée.

Quoi, seigneur Hernani, ce n'est pas vous ! – Main-forte !
Au feu !

DON CARLOS,
lui saisissant le bras.

Deux mots de plus, duègne[2], vous êtes morte !

Il la regarde fixement. Elle se tait effrayée.

5 Suis-je chez doña Sol ? fiancée au vieux duc
De Pastrana, son oncle, un bon seigneur, caduc,
Vénérable et jaloux ? Dites ? La belle adore
Un cavalier sans barbe et sans moustache encore,
Et reçoit tous les soirs, malgré les envieux,
10 Le jeune amant sans barbe à la barbe du vieux.

1. Théophile Gautier raconte *a posteriori* que la contestation commença à cet enjambement audacieux, opposant un « classique » indigné et « un [élève] romantique de l'atelier de Devéria » (*Le Bien public*, 6 novembre 1872, repris par Françoise Court-Pérez dans son choix de textes de Théophile Gautier sur *Victor Hugo*, Champion, 2000, p. 78-79). Mais l'exemplaire annoté par Hugo ne fait état d'aucun commentaire à cet endroit. Et Adèle Hugo témoigne : « Pendant cette minute d'émotion, Mme Tousez disait le premier vers de la pièce qui avait été signalé à cause du rejet : escalier/Dérobé. Soit que Mme Tousez eût esquivé le danger par sa manière de dire, soit que les ennemis trouvassent mal habile à eux de se dévoiler si tôt, le vers passa sans encombre » (*Victor Hugo raconté par Adèle Hugo*, édition dirigée par Guy Rosa et Anne Ubersfeld, Plon, 1985, p. 464).
2. Femme âgée, chargée de veiller sur la conduite d'une jeune fille.

Suis-je bien informé ?

Elle se tait. Il la secoue par le bras.

Vous répondrez peut-être ?

DOÑA JOSEFA

Vous m'avez défendu de dire deux mots, maître.

DON CARLOS

Aussi n'en veux-je qu'un. – Oui, – non. – Ta dame est bien
Doña Sol de Silva ? parle.

DOÑA JOSEFA

Oui. – Pourquoi ?

DON CARLOS

Pour rien.

15 Le duc, son vieux futur, est absent à cette heure ?

DOÑA JOSEFA

Oui.

DON CARLOS

Sans doute elle attend son jeune ?

DOÑA JOSEFA

Oui.

DON CARLOS

Que je meure !

DOÑA JOSEFA

Oui.

DON CARLOS

Duègne ! c'est ici qu'aura lieu l'entretien ?

DOÑA JOSEFA

Oui.

DON CARLOS

Cache-moi céans[1] !

DOÑA JOSEFA

Vous !

DON CARLOS

Moi.

DOÑA JOSEFA

Pourquoi ?

DON CARLOS

Pour rien.

DOÑA JOSEFA

Moi vous cacher !

DON CARLOS

Ici.

DOÑA JOSEFA

Jamais !

DON CARLOS,
tirant de sa ceinture une bourse et un poignard.

Daignez, madame,
20 Choisir de cette bourse ou bien de cette lame.

DOÑA JOSEFA, *prenant la bourse.*

Vous êtes donc le diable ?

DON CARLOS

Oui, duègne.

DOÑA JOSEFA,
ouvrant une armoire étroite dans le mur.

Entrez ici.

1. Ici, à l'intérieur (lexique de la comédie classique).

DON CARLOS, *examinant l'armoire.*

Cette boîte !

DOÑA JOSEFA, *la refermant.*

Va-t'en si tu n'en veux pas !

DON CARLOS, *rouvrant l'armoire.*

Si !

L'examinant encore.

Serait-ce l'écurie où tu mets d'aventure
Le manche du balai qui te sert de monture ?

Il s'y blottit avec peine[1].

25 Ouf !

DOÑA JOSEFA,
joignant les mains avec scandale.

Un homme ici !

DON CARLOS,
dans l'armoire restée ouverte.

C'est une femme, – est-ce pas[2], –
Qu'attendait ta maîtresse ?

DOÑA JOSEFA

Ô ciel ! j'entends le pas
De doña Sol. – Seigneur, fermez vite la porte.

Elle pousse la porte de l'armoire qui se referme.

DON CARLOS,
de l'intérieur de l'armoire.

Si vous dites un mot, duègne, vous êtes morte !

---

1. Les parodistes utilisèrent ce jeu de scène (voir Dossier, p. 220).
2. N'est-ce pas.

DOÑA JOSEFA, *seule.*

Qu'est cet homme ? Jésus[1] mon Dieu ! si j'appelais ?…
30 Qui ? – Hors madame et moi, tout dort dans le palais.
– Bah ! l'autre va venir ; la chose le regarde.
Il a sa bonne épée, et que le ciel nous garde
De l'enfer !

Pesant la bourse.

Après tout, ce n'est pas un voleur.

Entre doña Sol, en blanc. Doña Josefa cache la bourse.

Scène 2

DOÑA JOSEFA, DON CARLOS, *caché*, DOÑA SOL, *puis* HERNANI

DOÑA SOL

Josefa !

DOÑA JOSEFA

Madame !

DOÑA SOL

Ah ! je crains quelque malheur.
35 Hernani devrait être ici !

Bruit de pas à la petite porte.

Voici qu'il monte !
Ouvre avant qu'il ne frappe, et fais vite, et sois prompte !

Josefa ouvre la petite porte. Entre Hernani. Grand manteau, grand chapeau. Dessous, un costume de montagnard d'Aragon, gris, avec

1. Première occurrence du nom « Jésus », dont la censure avait demandé la suppression à Hugo « partout où il se trouve ». Celui-ci fut maintenu, sans doute parce qu'il s'agit d'une invocation et non d'un juron.

une cuirasse de cuir ; une épée, un poignard et un cor à sa ceinture.

DOÑA SOL, *courant à lui.*

Hernani !

HERNANI

Doña Sol ! ah ! c'est vous que je vois
Enfin ! et cette voix qui parle est votre voix !
Pourquoi le sort mit-il mes jours si loin des vôtres ?
40 J'ai tant besoin de vous pour oublier les autres !

DOÑA SOL, *touchant ses vêtements.*

Jésus ! votre manteau ruisselle ! il pleut donc bien ?

HERNANI

Je ne sais.

DOÑA SOL

Vous devez avoir froid[1] ?

HERNANI

Ce n'est rien.

DOÑA SOL

Ôtez donc ce manteau !

HERNANI

Doña Sol, mon amie !
Dites-moi, quand la nuit vous êtes endormie,
45 Calme, innocente et pure, et qu'un sommeil joyeux
Entrouvre votre bouche et du doigt clôt vos yeux,
Un ange vous dit-il combien vous êtes douce
Au malheureux que tout abandonne et repousse ?

DOÑA SOL

Vous avez bien tardé, seigneur ! mais dites-moi

---

1. Le soir où Hugo annota son exemplaire, ce vers déclencha des rires : c'est le prosaïsme corporel qui choqua (voir Présentation, p. 21).

50 Si vous avez froid ?

HERNANI

Moi ! je brûle près de toi !
Ah ! quand l'amour jaloux bouillonne dans nos têtes,
Quand notre cœur se gonfle et s'emplit de tempêtes,
Qu'importe ce que peut un nuage des airs
Nous jeter en passant de tempête et d'éclairs !

DOÑA SOL,
lui défaisant son manteau.

55 Allons ! donnez la cape et l'épée avec elle !

HERNANI,
la main sur son épée.

Non. C'est mon autre amie, innocente et fidèle. –
Doña Sol, le vieux duc, votre futur époux,
Votre oncle, est donc absent ?

DOÑA SOL

Oui, cette heure est à nous.

HERNANI

Cette heure ! et voilà tout. Pour nous, plus rien qu'une heure !
60 Après, qu'importe ! Il faut qu'on oublie ou qu'on meure.
Ange ! une heure avec vous ! une heure, en vérité,
À qui voudrait la vie, et puis l'éternité !

DOÑA SOL

Hernani !

HERNANI, *amèrement.*

Que je suis heureux que le duc sorte !
Comme un larron qui tremble et qui force une porte,
65 Vite, j'entre, et vous vois, et dérobe au vieillard
Une heure de vos chants et de votre regard,
Et je suis bien heureux, et sans doute on m'envie
De lui voler une heure, et lui me prend ma vie !

DOÑA SOL

Calmez-vous.

Remettant le manteau à la duègne.

Josefa, fais sécher le manteau[1].

Josefa sort.
Elle s'assied et fait signe à Hernani de venir près d'elle.

70 Venez là.

HERNANI, *sans l'entendre.*

Donc le duc est absent du château ?

DOÑA SOL, *souriant.*

Comme vous êtes grand !

HERNANI

Il est absent !

DOÑA SOL

Chère âme,

Ne pensons plus au duc.

HERNANI

Ah ! pensons-y, madame !
Ce vieillard ! il vous aime, il va vous épouser !
Quoi donc ! vous prit-il pas l'autre jour un baiser ?
75 N'y plus penser !

DOÑA SOL, *riant.*

C'est là ce qui vous désespère !
Un baiser d'oncle ! au front ! presque un baiser de père !

HERNANI

Non. Un baiser d'amant, de mari, de jaloux.
Ah ! vous serez à lui, madame, y pensez-vous !

1. Même remarque : c'est l'attention portée aux choses matérielles, ici, qui dérange.

Ô l'insensé vieillard, qui, la tête inclinée,
80 Pour achever sa route et finir sa journée,
A besoin d'une femme, et va, spectre glacé,
Prendre une jeune fille ! Ô vieillard insensé !
Pendant que d'une main il s'attache à la vôtre,
Ne voit-il pas la mort qui l'épouse de l'autre ?
85 Il vient dans nos amours se jeter sans frayeur ?
Vieillard, va-t'en donner mesure au fossoyeur[1] !
– Qui fait ce mariage ? on vous force, j'espère !

DOÑA SOL

Le roi, dit-on, le veut.

HERNANI

Le roi ! le roi ! mon père
Est mort sur l'échafaud, condamné par le sien[2].
90 Or, quoiqu'on ait vieilli depuis ce fait ancien,
Pour l'ombre du feu roi, pour son fils, pour sa veuve[3],
Pour tous les siens, ma haine est encor toute neuve !
Lui, mort, ne compte plus. Et, tout enfant, je fis
Le serment de venger mon père sur son fils.
95 Je te cherchais partout, Carlos, roi des Castilles[4] !
Car la haine est vivace entre nos deux familles.
Les pères ont lutté sans pitié, sans remords,
Trente ans ! Or, c'est en vain que les pères sont morts,
Leur haine vit. Pour eux la paix n'est point venue,
100 Car les fils sont debout, et le duel continue.
Ah ! c'est donc toi qui veux cet exécrable hymen !
Tant mieux. Je te cherchais, tu viens dans mon chemin !

DOÑA SOL

Vous m'effrayez !

1. Vers acclamé par les romantiques le soir de la première.
2. Charles Ier est le fils de Philippe Ier le Beau (1478-1506), roi des Pays-Bas (1482-1506) et de Castille (1504-1506).
3. Jeanne la Folle (1479-1555).
4. La Vieille-Castille (capitale : Burgos) et la Nouvelle-Castille (capitale : Madrid).

HERNANI

Chargé d'un mandat d'anathème[1],
Il faut que j'en arrive à m'effrayer moi-même !
105 Écoutez : l'homme auquel, jeune, on vous destina,
Ruy de Silva, votre oncle, est duc de Pastrana,
Riche homme[2] d'Aragon, comte et grand de Castille.
À défaut de jeunesse, il peut, ô jeune fille,
Vous apporter tant d'or, de bijoux, de joyaux,
110 Que votre front reluise entre des fronts royaux,
Et pour le rang, l'orgueil, la gloire et la richesse,
Mainte reine peut-être envîra sa duchesse !
Voilà donc ce qu'il est. Moi, je suis pauvre, et n'eus,
Tout enfant, que les bois où je fuyais pieds nus.
115 Peut-être aurais-je aussi quelque blason illustre
Qu'une rouille de sang à cette heure délustre[3] ;
Peut-être ai-je des droits, dans l'ombre ensevelis,
Qu'un drap d'échafaud noir cache encor sous ses plis,
Et qui, si mon attente un jour n'est pas trompée,
120 Pourront de ce fourreau sortir avec l'épée.
En attendant, je n'ai reçu du ciel jaloux
Que l'air, le jour et l'eau, la dot qu'il donne à tous.
Or du duc ou de moi souffrez qu'on vous délivre.
Il faut choisir des deux : l'épouser, ou me suivre.

DOÑA SOL

125 Je vous suivrai.

HERNANI

Parmi nos rudes compagnons,
Proscrits, dont le bourreau sait d'avance les noms,
Gens dont jamais le fer ni le cœur ne s'émousse,
Ayant tous quelque sang à venger qui les pousse ?
Vous viendrez commander ma bande, comme on dit ?

1. Anathème : sentence d'excommunication, condamnation.
2. *Rico hombre* (en espagnol) : propriétaire, grand seigneur.
3. Ternit.

130 Car, vous ne savez pas, moi, je suis un bandit[1] !
Quand tout me poursuivait dans toutes les Espagnes[2],
Seule, dans ses forêts, dans ses hautes montagnes,
Dans ses rocs, où l'on n'est que de l'aigle aperçu,
La vieille Catalogne en mère m'a reçu.
135 Parmi ses montagnards, libres, pauvres et graves,
Je grandis, et demain, trois mille de ses braves,
Si ma voix dans leurs monts fait résonner ce cor,
Viendront… – Vous frissonnez ! réfléchissez encor.
Me suivre dans les bois, dans les monts, sur les grèves,
140 Chez des hommes pareils aux démons de vos rêves.
Soupçonner tout, les yeux, les voix, les pas, le bruit.
Dormir sur l'herbe, boire au torrent, et la nuit
Entendre, en allaitant quelque enfant qui s'éveille,
Les balles des mousquets siffler à votre oreille.
145 Être errante avec moi, proscrite, et s'il le faut
Me suivre où je suivrai mon père, – à l'échafaud.

DOÑA SOL

Je vous suivrai[3].

HERNANI

Le duc est riche, grand, prospère.
Le duc n'a pas de tache au vieux nom de son père.
Le duc peut tout. Le duc vous offre avec sa main
150 Trésors, titres, bonheur…

DOÑA SOL

Nous partirons demain.
Hernani, n'allez pas sur mon audace étrange
Me blâmer. Êtes-vous mon démon ou mon ange ?

1. Rires dans le public, le soir où Hugo annota son exemplaire (de même aux vers 488, 593, 700, 863, 1203) : employé dans une tragédie, le terme « bandit », qui relevait à l'époque du registre familier, choquait. Émile Deschamps conseilla à son ami Hugo de limiter le plus possible les nombreuses occurrences de ce mot dans la pièce.
2. Les provinces espagnoles.
3. La répétition de cette réplique fut parodiée. Dans *Harnali*, Quasifol dit cinq fois de suite, après chaque nouvelle réplique d'Harnali : « Je te suivrai. »

Je ne sais. Mais je suis votre esclave. Écoutez,
Allez où vous voudrez, j'irai. Restez, partez,
155 Je suis à vous. Pourquoi fais-je ainsi ? je l'ignore.
J'ai besoin de vous voir et de vous voir encore
Et de vous voir toujours. Quand le bruit de vos pas
S'efface, alors je crois que mon cœur ne bat pas,
Vous me manquez, je suis absente de moi-même ;
160 Mais dès qu'enfin ce pas que j'attends et que j'aime
Vient frapper mon oreille, alors il me souvient
Que je vis, et je sens mon âme qui revient !

HERNANI,
la serrant dans ses bras.

Ange !

DOÑA SOL

À minuit. Demain. Amenez votre escorte.
Sous ma fenêtre. Allez, je serai brave et forte.
165 Vous frapperez trois coups.

HERNANI

Savez-vous qui je suis,
Maintenant ?

DOÑA SOL

Monseigneur, qu'importe ! je vous suis.

HERNANI

Non. Puisque vous voulez me suivre, faible femme,
Il faut que vous sachiez quel nom, quel rang, quelle âme,
Quel destin est caché dans le pâtre Hernani.
170 Vous voulez d'un brigand ? voulez-vous d'un banni ?

DON CARLOS,
— *ouvrant avec fracas la porte de l'armoire.*

Quand aurez-vous fini de conter votre histoire ?
Croyez-vous donc qu'on soit à l'aise en cette armoire[1] ?

1. Le prosaïsme du texte et du jeu de scène suscitèrent des rires, le soir où Hugo annota son exemplaire. Les parodistes utilisèrent abondamment ce jeu de scène mélodramatique.

Hernani recule étonné. Doña Sol pousse un cri et se réfugie dans ses bras, en fixant sur don Carlos des yeux effarés.

HERNANI,
la main sur la garde de son épée.

Quel est cet homme?

DOÑA SOL

Ô ciel! au secours!

HERNANI

Taisez-vous,
Doña Sol! vous donnez l'éveil aux yeux jaloux.
175 Quand je suis près de vous, veuillez, quoi qu'il advienne,
Ne réclamer jamais d'autre aide que la mienne.

À don Carlos.

Que faisiez-vous là?

DON CARLOS

Moi? – Mais, à ce qu'il paraît,
Je ne chevauchais pas à travers la forêt [1].

HERNANI

Qui raille après l'affront s'expose à faire rire
180 Aussi son héritier!

DON CARLOS

Chacun son tour. – Messire,
Parlons franc. Vous aimez madame et ses yeux noirs,
Vous y venez mirer les vôtres tous les soirs [2],
C'est fort bien. J'aime aussi madame, et veux connaître
Qui j'ai vu tant de fois entrer par la fenêtre,

1. Là encore, rires dans le public le soir où Hugo annota son exemplaire.
2. Les «yeux noirs» parurent osés à Deschamps : «Ôtez : Madame et ses yeux noirs. Je ne sais pas pourquoi, mais c'est trop bien pour eux» (lettre à Victor Hugo du 2 mars 1830). Hugo modifia, après la troisième représentation, ces trois vers : «Chacun son tour messire./ Vous aimez cette dame et ses doux entretiens./ Vous venez tous les soirs mirer vos yeux aux siens.»

185 Tandis que je restais à la porte.

HERNANI

En honneur,
Je vous ferai sortir par où j'entre, seigneur.

DON CARLOS

Nous verrons. J'offre donc mon amour à madame.
Partageons. Voulez-vous ? J'ai vu dans sa belle âme
Tant d'amour, de bonté, de tendres sentiments,
190 Que madame, à coup sûr, en a pour deux amants.
– Or, ce soir, voulant mettre à fin [1] mon entreprise,
Pris, je pense, pour vous, j'entre ici par surprise,
Je me cache, j'écoute, à ne vous celer rien [2] ;
Mais j'entendais très mal et j'étouffais très bien.
195 Et puis, je chiffonnais ma veste à la française [3].
Ma foi, je sors !

HERNANI

Ma dague aussi n'est pas à l'aise
Et veut sortir !

DON CARLOS, *le saluant.*

Monsieur, c'est comme il vous plaira.

HERNANI, *tirant son épée.*

En garde !

Don Carlos tire son épée.

DOÑA SOL,
se jetant entre eux deux.

Hernani ! Ciel !

DON CARLOS

Calmez-vous, señora.

---

1. Faire aboutir.
2. Pour ne rien vous cacher.
3. Habit de cour à collet droit.

HERNANI, *à don Carlos.*

Dites-moi votre nom.

DON CARLOS

Hé ! dites-moi le vôtre !

HERNANI

200 Je le garde, secret et fatal, pour un autre
Qui doit un jour sentir, sous mon genou vainqueur,
Mon nom à son oreille, et ma dague à son cœur !

DON CARLOS

Alors, quel est le nom de l'autre ?

HERNANI

Que t'importe !

En garde ! défends-toi !

Ils croisent leurs épées. Doña Sol tombe tremblante sur un fauteuil. On entend des coups à la porte.

DOÑA SOL,
se levant avec effroi.

Ciel ! on frappe à la porte !

Les champions[1] *s'arrêtent. Entre Josefa par la petite porte et tout effarée.*

HERNANI, *à Josefa.*

205 Qui frappe ainsi ?

DOÑA JOSEFA, *à doña Sol.*

Madame ! un coup inattendu !
C'est le duc qui revient !

DOÑA SOL, *joignant les mains.*

Le duc ! tout est perdu !

Malheureuse !

---

1. Rivaux qui se battent.

DOÑA JOSEFA,
jetant les yeux autour d'elle.

Jésus[1] ! l'inconnu ! les épées !
On se battait. Voilà de belles équipées[2] !

Les deux combattants remettent leurs épées dans le fourreau. Don Carlos s'enveloppe dans son manteau et rabat son chapeau sur ses yeux. On frappe.

HERNANI

Que faire ?

On frappe.

UNE VOIX, *au-dehors.*

Doña Sol, ouvrez-moi !

Doña Josefa fait un pas vers la porte. Hernani l'arrête.

HERNANI

N'ouvrez pas.

DOÑA JOSEFA, *tirant son chapelet.*

210 Saint Jacques monseigneur[3], tirez-nous de ce pas !

On frappe de nouveau.

HERNANI,
montrant l'armoire à don Carlos.

Cachons-nous.

DON CARLOS

Dans l'armoire ?

---

1. Hugo avait ici obéi à la censure, en faisant dire à doña Josefa, en 1830, « Mon Dieu ! » plutôt que « Jésus ! » (voir p. 42, note 1).
2. Rires dans le public le soir où Hugo annota son exemplaire.
3. La duègne invoque sans doute saint Jacques le Majeur, patron de l'Espagne, martyrisé en 44, et dont les reliques étaient vénérées à Compostelle. Sifflets dans le public le soir où Hugo annota son exemplaire.

HERNANI

Entrez-y. Je m'en charge.

Nous y tiendrons tous deux.

DON CARLOS

Grand merci, c'est trop large[1].

HERNANI,
montrant la petite porte.

Fuyons par là.

DON CARLOS

Bonsoir, pour moi, je reste ici.

HERNANI

Ah ! tête et sang, monsieur ! Vous me paîrez ceci !

À doña Sol.

215 Si je barricadais l'entrée ?

DON CARLOS, *à Josefa.*

Ouvrez la porte.

HERNANI

Que dit-il ?

DON CARLOS, *à Josefa interdite.*

Ouvrez donc, vous dis-je !

On frappe toujours. Doña Josefa va ouvrir en tremblant.

---

1. Même remarque. Dumas prétendit (faut-il le croire ?) avoir convaincu Hugo, au cours des répétitions, de supprimer, afin d'adoucir le grotesque de l'évocation et de la situation, les quatre vers suivants, barrés sur le manuscrit original : « Monsieur, est-ce une gaine à mettre des chrétiens ?/ Voyons, nous nous serrons, vous y tenez, j'y tiens,/ Le duc ouvre en entrant cette boîte où nous sommes,/ Pour y prendre un cigare, il y trouve deux hommes. » On mentionne ici les vers rayés sur le manuscrit, que Dumas cite de mémoire très approximativement.

DOÑA SOL

Je suis morte !

Scène 3

LES MÊMES, DON RUY GOMEZ DE SILVA, *barbe et cheveux blancs, en noir ; valets avec des flambeaux.*

DON RUY GOMEZ

Des hommes chez ma nièce à cette heure de nuit !
Venez tous ! cela vaut la lumière et le bruit.

À doña Sol.

Par saint Jean d'Ávila[1], je crois que, sur mon âme,
220 Nous sommes trois chez vous[2], c'est trop de deux, madame[3].

Aux deux jeunes gens.

Mes jeunes cavaliers, que faites-vous céans ? –
Quand nous avions le Cid et Bernard[4], ces géants
De l'Espagne et du monde allaient par les Castilles
Honorant les vieillards et protégeant les filles.
225 C'étaient des hommes forts et qui trouvaient moins lourds
Leur fer et leur acier que vous votre velours.
Ces hommes-là portaient respect aux barbes grises[5],
Faisaient agenouiller leur amour aux églises,
Ne trahissaient personne, et donnaient pour raison
230 Qu'ils avaient à garder l'honneur de leur maison.

1. Ce futur saint est né dans la petite ville de Castille en 1500. Il y a donc anachronisme, car il n'avait pas encore été canonisé en 1519.
2. Le sous-titre initialement prévu, sur le manuscrit, était « *tres para una* » (« trois pour une »).
3. Ce vers suscita des rires dans le public, le soir où Hugo annota son exemplaire. Hugo supprima donc après la première représentation cette entrée en scène de don Ruy, mais la rétablit rapidement.
4. Le Cid : héros espagnol du XIe siècle. Bernard del Carpio : héros castillan du IXe siècle, qui, selon la légende, aurait vaincu Roland.
5. Ce vers provoqua des rires dans le public le soir où Hugo annota son exemplaire.

S'ils voulaient une femme, ils la prenaient sans tache,
En plein jour, devant tous, et l'épée, ou la hache,
Ou la lance à la main! – Et quant à ces félons
Qui, le soir, et les yeux tournés vers leurs talons,
235 Ne fiant qu'à la nuit leurs manœuvres infâmes,
Par-derrière aux maris volent l'honneur des femmes,
J'affirme que le Cid, cet aïeul de nous tous,
Les eût tenus pour vils et fait mettre à genoux,
Et qu'il eût, dégradant leur noblesse usurpée,
240 Souffleté leur blason du plat de son épée!
Voilà ce que feraient, j'y songe avec ennui[1],
Les hommes d'autrefois aux hommes d'aujourd'hui.
– Qu'êtes-vous venus faire ici? C'est donc à dire
Que je ne suis qu'un vieux dont les jeunes vont rire?
245 On va rire de moi, soldat de Zamora[2]!
Et quand je passerai, tête blanche, on rira!
Ce n'est pas vous du moins qui rirez!

HERNANI

Duc...

DON RUY GOMEZ

Silence!
Quoi! vous avez l'épée, et la dague[3], et la lance,
La chasse, les festins, les meutes, les faucons[4],
250 Les chansons à chanter le soir sous les balcons,
Les plumes au chapeau, les casaques de soie,
Les bals, les carrousels, la jeunesse, la joie,
Enfants, l'ennui vous gagne! À tout prix, au hasard,

1. Chagrin, tourment (sens classique).
2. Vieille ville du Léon, âprement disputée entre Maures et chrétiens lors de mémorables batailles au temps de la Reconquête (901, 985, 1093), et où se trouve la maison du Cid. Le vers provoqua des rires dans le public le soir où Hugo annota son exemplaire. L'auteur supprima ensuite ce vers et les sept suivants.
3. Épée courte. Sur le manuscrit original, Hugo a écrit « bague » (cet anneau placé au bord d'une carrière ou d'une arène devait être enlevé par le cavalier avec sa lance). L'erreur du copiste s'est perpétuée.
4. Chasser au faucon était réservé aux gentilshommes.

Il vous faut un hochet. Vous prenez un vieillard !
255 Ah ! vous l'avez brisé, le hochet ! mais Dieu fasse[1]
Qu'il vous puisse en éclats rejaillir à la face ! –
Suivez-moi[2] !

HERNANI

Seigneur duc…

DON RUY GOMEZ

Suivez-moi ! suivez-moi !
Messieurs ! avons-nous fait cela pour rire ? Quoi !
Un trésor est chez moi : c'est l'honneur d'une fille,
260 D'une femme, l'honneur de toute une famille ;
Cette fille, je l'aime, elle est ma nièce, et doit
Bientôt changer sa bague à[3] l'anneau de mon doigt.
Je la crois chaste et pure et sacrée à tout homme ;
Or il faut que je sorte une heure, et moi qu'on nomme
265 Ruy Gomez de Silva, je ne puis l'essayer
Sans qu'un larron d'honneur[4] se glisse à mon foyer !
Arrière ! lavez donc vos mains, hommes sans âmes,
Car, rien qu'en y touchant, vous nous tachez nos femmes !
Non. C'est bien. Poursuivez. Ai-je autre chose encor ?

Il arrache son collier.

270 Tenez, foulez aux pieds, foulez ma Toison d'or[5].

Il jette son chapeau.

Arrachez mes cheveux, faites-en chose vile !
Et vous pourrez demain vous vanter par la ville
Que jamais débauchés, dans leurs jeux insolents,
N'ont sur plus noble front souillé cheveux plus blancs !

---

1. Après les premières représentations, Hugo supprima ce vers et les dix-neuf suivants.
2. Provocation en duel.
3. Contre.
4. Un voleur d'honneur, un séducteur.
5. Ordre de chevalerie très illustre, créé par Philippe le Bon en 1429 (voir p. 67, note 1). Son nom rappelle la quête mythique de Jason et des Argonautes.

DOÑA SOL

275 Monseigneur…

DON RUY GOMEZ, *à ses valets.*

Écuyers ! écuyers ! à mon aide !
Ma hache, mon poignard, ma dague de Tolède[1] !

Aux deux jeunes gens.

Et suivez-moi tous deux.

DON CARLOS, *faisant un pas.*

Duc, ce n'est pas d'abord
De cela qu'il s'agit. Il s'agit de la mort
De Maximilien, empereur d'Allemagne[2].

Il jette son manteau et découvre son visage, caché par son chapeau.

DON RUY GOMEZ

280 Raillez-vous ?… Dieu ! le Roi !

DOÑA SOL

Le Roi !

HERNANI,
dont les yeux s'allument.

Le Roi d'Espagne !

DON CARLOS, *gravement.*

Oui, Carlos. – Seigneur duc, es-tu donc insensé ?
Mon aïeul l'empereur est mort. Je ne le sai
Que de ce soir. Je viens tout en hâte et moi-même
Dire la chose à toi, féal[3] sujet que j'aime,
285 Te demander conseil, incognito, la nuit,

---

1. Ville de Nouvelle-Castille réputée pour ses fabriques d'armes blanches. L'expression « dague de Tolède » plut beaucoup aux romantiques.
2. Maximilien Ier (1459-1519) : empereur du Saint Empire romain germanique, mort le 12 janvier 1519. Cet empire sur lequel il régnait depuis 1508 n'étant pas héréditaire, des élections furent nécessaires.
3. Fidèle, loyal.

Et l'affaire est bien simple, et voilà bien du bruit !

Don Ruy Gomez renvoie ses gens d'un signe. Il s'approche de don Carlos, que doña Sol examine avec crainte et surprise, et sur lequel Hernani, demeuré dans un coin, fixe des yeux étincelants.

DON RUY GOMEZ

Mais pourquoi tarder tant à m'ouvrir cette porte ?

DON CARLOS

Belle raison ! tu viens avec toute une escorte !
Quand un secret d'État m'amène en ton palais,
290 Duc, est-ce pour l'aller dire à tous tes valets ?

DON RUY GOMEZ

Altesse, pardonnez... l'apparence...

DON CARLOS

Bon père,
Je t'ai fait gouverneur du château de Figuère[1] ;
Mais qui dois-je à présent faire ton gouverneur ?

DON RUY GOMEZ

Pardonnez...

DON CARLOS

Il suffit. N'en parlons plus, seigneur.
295 Donc l'empereur est mort.

DON RUY GOMEZ

L'aïeul[2] de votre altesse
Est mort ?

DON CARLOS

Duc, tu m'en vois pénétré de tristesse.

---

1. Figueras, ville forte proche de la frontière française.
2. Maximilien était le grand-père de don Carlos. Son fils, Philippe le Beau, avait épousé l'infante d'Espagne Jeanne la Folle.

DON RUY GOMEZ

Qui lui succède ?

DON CARLOS

Un duc de Saxe est sur les rangs[1].
François Premier, de France, est un des concurrents.

DON RUY GOMEZ

Où vont se rassembler les électeurs d'empire ?

DON CARLOS

300 Ils ont choisi, je crois, Aix-la-Chapelle, – ou Spire,
– Ou Francfort[2].

DON RUY GOMEZ

Notre roi, dont Dieu garde les jours,
N'a-t-il pensé jamais à l'empire ?

DON CARLOS

Toujours.

DON RUY GOMEZ

C'est à vous qu'il revient[3].

DON CARLOS

Je le sais.

DON RUY GOMEZ

Votre père
Fut archiduc d'Autriche, et l'empire, j'espère,
305 Aura ceci présent, que c'était votre aïeul[4]
Celui qui vient de choir de la pourpre[5] au linceul.

---

1. Frédéric III de Saxe, dit Frédéric le Sage. Il retira *in extremis* sa candidature en faveur de don Carlos (voir l'acte IV, scène 4).
2. L'élection eut lieu à Francfort. À l'acte IV, Hugo la situera à Aix-la-Chapelle.
3. En tant que chef de la maison d'Autriche.
4. L'empereur Maximilien était le père de Philippe le Beau, donc le grand-père de don Carlos.
5. Emblème de la dignité impériale.

DON CARLOS

Et puis on est bourgeois de Gand[1].

DON RUY GOMEZ

Dans mon jeune âge
Je le vis, votre aïeul. Hélas! seul je surnage
D'un siècle tout entier. Tout est mort à présent.
310 C'était un empereur magnifique et puissant.

DON CARLOS

Rome est pour moi.

DON RUY GOMEZ

Vaillant, ferme, point tyrannique.
Cette tête allait bien au vieux corps germanique!

Il s'incline sur les mains du roi et les baise.

Que je vous plains! – Si jeune, en un tel deuil plongé[2]!

DON CARLOS

Le pape veut ravoir la Sicile que j'ai;
315 Un empereur ne peut posséder la Sicile.
Il me fait empereur : alors, en fils docile,
Je lui rends Naple. – Ayons l'aigle[3], et puis nous verrons
Si je lui laisserai rogner les ailerons. –

DON RUY GOMEZ

Qu'avec joie il verrait, ce vétéran du trône,
320 Votre front déjà large aller à sa couronne!
Ah! seigneur, avec vous nous le pleurerons bien
Cet empereur très grand, très bon et très chrétien!

---

1. « On est » signifie ici « je suis » : don Carlos est né à Gand ; cette capitale du comté de Flandre, qu'il tient de sa grand-mère, lui donne droit de bourgeoisie.
2. Après les premières représentations, Hugo supprima ce vers et les cinq suivants.
3. Insigne de l'Empire.

DON CARLOS

Le Saint-Père est adroit. – Qu'est-ce que la Sicile ?
C'est une île qui pend à mon royaume, une île,
325 Une pièce, un haillon, qui, tout déchiqueté,
Tient à peine à l'Espagne et qui traîne à côté.
– Que ferez-vous, mon fils, de cette île bossue,
Au monde impérial au bout d'un fil cousue ?
Votre empire est mal fait : vite, venez ici,
330 Des ciseaux ! et coupons ! – Très Saint-Père, merci !
Car de ces pièces-là, si j'ai bonne fortune,
Je compte au Saint Empire en recoudre plus d'une,
Et si quelques lambeaux m'en étaient arrachés,
Rapiécer mes états d'îles et de duchés !

DON RUY GOMEZ

335 Consolez-vous ! Il est un empire des justes
Où l'on revoit les morts plus saints et plus augustes !

DON CARLOS

Ce roi François Premier, c'est un ambitieux !
Le vieil empereur mort, vite ! il fait les doux yeux[1]
À l'empire ! A-t-il pas sa France très chrétienne ?
340 Ah ! la part est pourtant belle, et vaut qu'on s'y tienne !
L'empereur mon aïeul disait au roi Louis[2] :
– Si j'étais Dieu le père, et si j'avais deux fils,
Je ferais l'aîné Dieu, le second roi de France. –

Au duc.

Crois-tu que François puisse avoir quelque espérance ?

DON RUY GOMEZ

345 C'est un victorieux.

DON CARLOS

Il faudrait tout changer.

---

1. Le deuxième hémistiche provoqua des rires dans le public le soir où Hugo annota son exemplaire.
2. Louis XII, roi de France de 1498 à 1515.

La bulle d'or[1] défend d'élire un étranger.

DON RUY GOMEZ

À ce compte, seigneur, vous êtes roi d'Espagne ?

DON CARLOS

Je suis bourgeois de Gand[2].

DON RUY GOMEZ

La dernière campagne[3]
A fait monter bien haut le roi François Premier.

DON CARLOS

350 L'aigle qui va peut-être éclore à mon cimier[4]
Peut aussi déployer ses ailes.

DON RUY GOMEZ

Votre altesse
Sait-elle le latin ?

DON CARLOS

Mal.

DON RUY GOMEZ

Tant pis. La noblesse
D'Allemagne aime fort qu'on lui parle latin[5].

DON CARLOS

Ils se contenteront d'un espagnol hautain,
355 Car il importe peu, croyez-en le roi Charle,
Quand la voix parle haut quelle langue elle parle.
– Je vais en Flandre. Il faut que ton roi, cher Silva,
Te revienne empereur. Le roi de France va

1. Depuis 1356, les élections au Saint Empire se faisaient suivant ce règlement.
2. Gand faisait partie de l'Empire.
3. Celle de François Ier en Italie (victoire de Marignan en 1515).
4. Ornement de la partie supérieure du casque.
5. Ces trois vers provoquèrent rires et sifflets dans le public le soir où Hugo annota son exemplaire.

Tout remuer. Je veux le gagner de vitesse.
360 Je partirai sous peu.

DON RUY GOMEZ

Vous nous quittez, altesse,
Sans purger l'Aragon de ces nouveaux bandits[1]
Qui partout dans nos monts lèvent leurs fronts hardis !

DON CARLOS

J'ordonne au duc d'Arcos d'exterminer la bande.

DON RUY GOMEZ

Donnez-vous aussi l'ordre au chef qui la commande
365 De se laisser faire ?

DON CARLOS

Hé ! quel est ce chef ? son nom ?

DON RUY GOMEZ

Je l'ignore. On le dit un rude compagnon.

DON CARLOS

Bah ! je sais que pour l'heure il se cache en Galice[2],
Et j'en aurai raison avec quelque milice[3].

DON RUY GOMEZ

De faux avis alors le disaient près d'ici.

DON CARLOS

370 Faux avis ! – Cette nuit tu me loges.

DON RUY GOMEZ,
s'inclinant jusqu'à terre.

Merci,

Altesse !

1. Deschamps ayant recommandé à Hugo de supprimer « bandits », « de ces nouveaux bandits » fut remplacé par « des rebelles maudits ».
2. Région située au nord-ouest de l'Espagne, au bord de l'Atlantique, donc loin de Saragosse.
3. Ici, expédition militaire.

Il appelle ses valets.

Faites tous honneur au roi mon hôte !

Les valets rentrent avec des flambeaux. Le duc les range sur deux haies jusqu'à la porte du fond. Cependant, doña Sol s'approche lentement d'Hernani. Le roi les épie tous deux.

DOÑA SOL, *bas à Hernani.*

Demain, sous ma fenêtre, à minuit, et sans faute.
Vous frapperez des mains trois fois.

HERNANI, *bas.*

Demain.

DON CARLOS, *à part.*

Demain !

Haut à doña Sol vers laquelle il fait un pas avec galanterie.

Souffrez que pour rentrer je vous offre la main.

Il la reconduit à la porte. Elle sort.

HERNANI,
la main dans sa poitrine sur la poignée de sa dague.

375 Mon bon poignard !

DON CARLOS, *revenant, à part.*

Notre homme a la mine attrapée[1].

Il prend à part Hernani.

Je vous ai fait l'honneur de toucher votre épée,
Monsieur. Vous me seriez suspect pour cent raisons.
Mais le roi don Carlos répugne aux trahisons.
Allez. Je daigne encor protéger votre fuite.

1. Ce vers déclencha rires et sifflets le soir où Hugo annota son exemplaire.

DON RUY GOMEZ,
revenant et montrant Hernani.

380 Qu'est ce seigneur ?

DON CARLOS

Il part. C'est quelqu'un de ma suite.

Ils sortent avec les valets et les flambeaux, le duc précédant le roi une cire[1] *à la main.*

Scène 4

HERNANI, *seul.*

Oui, de ta suite, ô roi ! de ta suite ! – j'en suis[2].
Nuit et jour, en effet, pas à pas, je te suis !
Un poignard à la main, l'œil fixé sur ta trace,
Je vais ! Ma race en moi poursuit en toi ta race !
385 Et puis, te voilà donc mon rival ! un instant
Entre aimer et haïr je suis resté flottant,
Mon cœur pour elle et toi n'était point assez large,
J'oubliais en l'aimant ta haine qui me charge,
Mais puisque tu le veux, puisque c'est toi qui viens
390 Me faire souvenir, c'est bon, je me souviens !
Mon amour fait pencher la balance incertaine
Et tombe tout entier du côté de ma haine.
Oui, je suis de ta suite, et c'est toi qui l'as dit !
Va, jamais courtisan de ton lever maudit,
395 Jamais seigneur baisant ton ombre, ou majordome
Ayant à te servir abjuré son cœur d'homme,
Jamais chiens de palais dressés à suivre un roi

1. Un flambeau de cire.
2. Maladroitement souligné par l'acteur Firmin (qui ne marqua pas la pause au tiret, mais prononça le second hémistiche d'un trait), le jeu de mots fit rire. Plusieurs journaux citèrent le vers, qui fut parodié. Deschamps, le 2 mars, conseilla à Hugo de le modifier. Après avoir noté sur son exemplaire la réaction du public, Hugo, au plus tôt à la huitième représentation, corrigea le vers ainsi : « Oui, de ta suite, ô roi. Tu l'as dit, oui ! j'en suis. »

Ne seront sur tes pas plus assidus que moi !
Ce qu'ils veulent de toi, tous ces grands de Castille,
400 C'est quelque titre creux, quelque hochet qui brille,
C'est quelque mouton d'or qu'on se va pendre au cou[1] ;
Moi, pour vouloir si peu je ne suis pas si fou !
Ce que je veux de toi, ce n'est point faveurs vaines,
C'est l'âme de ton corps, c'est le sang de tes veines.
405 C'est tout ce qu'un poignard, furieux et vainqueur,
En y fouillant longtemps peut prendre au fond d'un cœur !
Va devant ! je te suis. Ma vengeance qui veille
Avec moi toujours marche et me parle à l'oreille !
Va ! je suis là, j'épie et j'écoute, et sans bruit
410 Mon pas cherche ton pas et le presse et le suit !
Le jour tu ne pourras, ô roi, tourner la tête,
Sans me voir immobile et sombre dans ta fête,
La nuit tu ne pourras tourner les yeux, ô roi,
Sans voir mes yeux ardents luire derrière toi[2] !

Il sort par la petite porte.

1. Allusion à l'ordre de la Toison d'or, dont l'insigne est un bélier attaché par le milieu du corps à un collier d'or. L'expression « mouton d'or » fit rire et fut sifflée, mais Hugo la maintint.
2. Ces huit derniers vers furent supprimés peu après la première représentation. Mais les parodistes eurent le temps de repérer l'image des yeux du bandit brillant derrière le roi, et de l'exploiter.

II
LE BANDIT
SARAGOSSE

ACTE II

Un patio[1] du palais de Silva.– À gauche, les grands murs du palais, avec une fenêtre à balcon. Au-dessous de la fenêtre, une petite porte. À droite et au fond, des maisons et des rues. –
Il est nuit. On voit briller çà et là, aux façades des édifices, quelques fenêtres encore éclairées[2].

Scène 1

DON CARLOS, DON SANCHO SANCHEZ DE ZUNIGA, *comte de Monterey*, DON MATIAS CENTURION, *marquis d'Almuñan*, DON RICARDO DE ROXAS, *seigneur de Casapalma.*

Ils arrivent tous quatre, don Carlos en tête, chapeaux rabattus, enveloppés de longs manteaux dont leurs épées soulèvent le bord inférieur.

DON CARLOS, *examinant le balcon.*

415 Voilà bien le balcon, la porte... mon sang bout.

Montrant la fenêtre qui n'est pas éclairée.

Pas de lumière encor!

Il promène ses yeux sur les autres croisées[3] éclairées.

1. Cour dallée intérieure, servant de promenoir.
2. Le cahier du machiniste Dupont indique notamment divers éléments de décor repris du *More de Venise* de Vigny, joué l'année précédente.
3. Fenêtres.

Des lumières partout
Où je n'en voudrais pas, hors à cette fenêtre
Où j'en voudrais !

DON SANCHO

Seigneur, reparlons de ce traître.
Et vous l'avez laissé partir !

DON CARLOS

Comme tu dis[1] !

DON MATIAS

420 Et peut-être c'était le major des bandits !

DON CARLOS

Qu'il en soit le major ou bien le capitaine,
Jamais roi couronné n'eut mine plus hautaine.

DON SANCHO

Son nom, seigneur ?

DON CARLOS,
les yeux fixés sur la fenêtre.

Muñoz… Fernan…

Avec le geste d'un homme qui se rappelle tout à coup.

Un nom en i !

DON SANCHO

Hernani, peut-être ?

DON CARLOS

Oui.

DON SANCHO

C'est lui !

1. Ce vers et le suivant déclenchèrent des rires dans le public le soir où Hugo annota son exemplaire. Sur le manuscrit original, la scène commençait ici.

DON MATIAS

C'est Hernani!

425 Le chef!

DON SANCHO, *au roi.*

De ses propos vous reste-t-il mémoire?

DON CARLOS,
qui ne quitte pas la fenêtre des yeux.

Hé! je n'entendais rien dans leur maudite armoire[1]!

DON SANCHO

Mais pourquoi le lâcher lorsque vous le tenez?

Don Carlos se tourne gravement et le regarde en face.

DON CARLOS

Comte de Monterey, vous me questionnez[2].

Les deux seigneurs reculent et se taisent.

Et d'ailleurs, ce n'est point le souci qui m'arrête.
430 J'en veux à sa maîtresse et non point à sa tête.
J'en suis amoureux fou! Les yeux noirs[3] les plus beaux,
Mes amis! deux miroirs! deux rayons! deux flambeaux!
Je n'ai rien entendu de toute leur histoire
Que ces trois mots : – Demain, venez à la nuit noire! –
435 Mais c'est l'essentiel. Est-ce pas excellent?
Pendant que ce bandit, à mine de galant,
S'attarde à quelque meurtre, à creuser quelque tombe,
Je viens tout doucement dénicher sa colombe.

---

1. Le soir où il annota son exemplaire, Hugo inscrivit ici « sifflets et rires ».
2. « Questionner » signifie ici « demander des comptes », ce qu'un sujet ne peut pas faire à son roi. Dans le manuscrit original, un dialogue de trente-huit vers (coupés ensuite pour la scène) dévoilait l'identité d'Hernani. Sa suppression permet un effet ultérieur : le dévoilement de cette identité à l'acte IV.
3. Ces « yeux noirs » firent sensation. Hugo modifia le texte à cet endroit après la troisième représentation, supprimant la mention de ces yeux noirs, et du « bandit ».

DON RICARDO

Altesse, il eût fallu, pour compléter le tour,
440 Dénicher la colombe en tuant le vautour.

DON CARLOS, *à don Ricardo.*

Comte ! un digne conseil ! vous avez la main prompte[1] !

DON RICARDO, *s'inclinant profondément.*

Sous quel titre plaît-il au roi que je sois comte ?

DON SANCHO, *vivement.*

C'est méprise !

DON RICARDO, *à don Sancho.*

Le roi m'a nommé comte.

DON CARLOS

Assez !

Bien.

À Ricardo.

J'ai laissé tomber ce titre. Ramassez[2].

DON RICARDO, *s'inclinant de nouveau.*

445 Merci, seigneur !

DON SANCHO, *à don Matias.*

Beau comte ! un comte de surprise[3] !

Le roi se promène au fond du théâtre, examinant avec impatience les fenêtres éclairées. Les deux seigneurs causent sur le devant de la scène.

---

1. Hugo écourta et modifia ce vers et les dix qui précèdent, sans doute pour suivre la recommandation de Deschamps, d'éliminer les « bandits » et les « yeux noirs ».
2. L'exemplaire annoté par Hugo indique que la pièce, à cet endroit, suscita « mouvements et sifflets » de la part du public.
3. Ce vers fut sifflé le soir où Hugo annota son exemplaire.

DON MATIAS, *à don Sancho.*

Mais que fera le roi, la belle une fois prise ?

DON SANCHO,
regardant Ricardo de travers.

Il la fera comtesse, et puis dame d'honneur.
Puis qu'il en ait un fils, il sera roi[1].

DON MATIAS

Seigneur !
Allons donc, un bâtard ! Comte, fût-on altesse,
450 On ne saurait tirer un roi d'une comtesse !

DON SANCHO

Il la fera marquise ; alors, mon cher marquis...

DON MATIAS

On garde les bâtards pour les pays conquis.
On les fait vice-rois[2]. C'est à cela qu'ils servent.

Don Carlos revient.

DON CARLOS,
regardant avec colère toutes les fenêtres éclairées.

Dirait-on pas des yeux jaloux qui nous observent ?
455 Enfin ! en voilà deux qui s'éteignent ! allons !
Messieurs, que les instants de l'attente sont longs !
Qui fera marcher l'heure avec plus de vitesse ?

DON SANCHO

C'est ce que nous disons souvent chez votre altesse.

DON CARLOS

Cependant que chez vous mon peuple le redit.

La dernière fenêtre éclairée s'éteint.

1. « Mouvements » dans le public le soir où Hugo annota son exemplaire.
2. Le vice-roi est délégué par le roi pour gouverner à sa place dans un royaume ou une province ayant eu rang de royaume.

460 – La dernière est éteinte ! –

Tourné vers le balcon de doña Sol toujours noir.

Ô vitrage maudit !
Quand t'éclaireras-tu ? – Cette nuit est bien sombre !
Doña Sol, viens briller comme un astre dans l'ombre !

À don Ricardo.

Est-il minuit ?

DON RICARDO

Minuit bientôt [1].

DON CARLOS

Il faut finir
Pourtant ! À tout moment l'autre peut survenir.

La fenêtre de doña Sol s'éclaire. On voit son ombre se dessiner sur les vitraux lumineux.

465 Mes amis ! un flambeau ! son ombre à la fenêtre !
Jamais jour ne me fut plus charmant à voir naître.
Hâtons-nous ! faisons-lui le signal qu'elle attend.
Il faut frapper des mains trois fois. – Dans un instant,

---

1. Le manuscrit du souffleur porte : « Quelle heure est-il ? – Minuit bientôt. » Cet échange déclencha rires et sifflets, le soir où Hugo annota son exemplaire. Adèle Hugo se souvient qu'il fut hué à la première. Deschamps en recommanda la suppression : « Michelot le dit mal, et comme ce mot, si juste en lui-même, vient après des vers poétiques délicieux, le changement subit de ton prête à rire. » Une réplique aussi prosaïque dans la bouche d'un roi choquait le goût classique, au nom duquel « il eût été si simple de lui répondre : Du haut de ma demeure,/ Seigneur, l'horloge enfin sonne la douzième heure » (*Victor Hugo raconté par un témoin de sa vie*, CFL, t. III, p. 1338). Gautier note ironiquement : « S'il s'était servi d'une belle périphrase, on aurait été poli ; par exemple : "L'heure/ Atteindra bientôt sa dernière demeure" » (*Le Bien public*, 6 novembre 1872, repris dans Théophile Gautier, *Victor Hugo*, *op. cit.*, p. 80). Hugo remplaça « Quelle heure est-il ? » par « Est-il minuit ? », reporta cette correction sur le manuscrit original, et la fit publier dans l'édition Renduel (1836). Dans « Réponse à un acte d'accusation » (*Les Contemplations*, 1856), il se souvint de l'épisode avec amusement : « On entendit un roi dire : "Quelle heure est-il ?" »

Mes amis, vous allez la voir!... – Mais notre nombre
470 Va l'effrayer peut-être... – Allez tous trois dans l'ombre,
Là-bas, épier l'autre. Amis, partageons-nous
Les deux amants. Tenez, à moi la dame, à vous
Le brigand.

DON RICARDO

Grand merci!

DON CARLOS

S'il vient, de l'embuscade
Sortez vite, et poussez au drôle une estocade[1].
475 Pendant qu'il reprendra ses esprits sur le grès[2]
J'emporterai la belle, et nous rirons après.
N'allez pas cependant le tuer! C'est un brave
Après tout, et la mort d'un homme est chose grave.

Les deux seigneurs s'inclinent et sortent. Don Carlos les laisse s'éloigner, puis frappe des mains à deux reprises. À la deuxième fois la fenêtre s'ouvre, et doña Sol paraît en blanc sur le balcon.

Scène 2

DON CARLOS, DOÑA SOL

DOÑA SOL, *au balcon.*

Est-ce vous, Hernani?

DON CARLOS, *à part.*

Diable! ne parlons pas!

Il frappe de nouveau des mains.

---

1. Coup donné de la pointe de l'épée (l'estoc).
2. Sur le pavé.

DOÑA SOL

480 Je descends.

Elle referme la fenêtre, dont la lumière disparaît. Un moment après, la petite porte s'ouvre et doña Sol en sort sa lampe à la main, sa mante[1] *sur les épaules.*

DOÑA SOL, *entrouvrant la porte.*

Hernani !

Don Carlos rabat son chapeau sur son visage et s'avance précipitamment vers elle.

DOÑA SOL,
laissant tomber sa lampe.

Dieu ! ce n'est point son pas[2] !

Elle veut rentrer. Don Carlos court à elle et la retient par le bras.

DON CARLOS

Doña Sol !

DOÑA SOL

Ce n'est point sa voix ! Ah ! malheureuse !

DON CARLOS

Eh ! quelle voix veux-tu, qui soit plus amoureuse ?
C'est toujours un amant, et c'est un amant roi !

DOÑA SOL

Le roi !

DON CARLOS

Souhaite, ordonne, un royaume est à toi !
485 Car celui dont tu veux briser la douce entrave
C'est le roi ton seigneur ! c'est Carlos ton esclave !

---

1. Manteau de femme simple et ample.
2. Situation dramatique imitée du *Tisserand de Ségovie* (1634) du dramaturge espagnol Juan Ruiz de Alarcón.

DOÑA SOL,
cherchant à se dégager de ses bras.

Au secours, Hernani !

DON CARLOS

Le juste et digne effroi !
Ce n'est pas ton bandit qui te tient, c'est le roi !

DOÑA SOL

Non. Le bandit, c'est vous. – N'avez-vous pas de honte ?
490 Ah ! pour vous à la face une rougeur me monte.
Sont-ce là les exploits dont le roi fera bruit ?
Venir ravir de force une femme la nuit !
Que mon bandit vaut mieux cent fois ! Roi, je proclame
Que, si l'homme naissait où le place son âme,
495 Si Dieu faisait le rang à la hauteur du cœur,
Certe, il serait le roi, prince, et vous le voleur[1] !

DON CARLOS, *essayant de l'attirer.*

Madame…

DOÑA SOL

Oubliez-vous que mon père était comte ?

DON CARLOS

Je vous ferai duchesse.

DOÑA SOL, *le repoussant.*

Allez ! c'est une honte !

Elle recule de quelques pas.

Il ne peut être rien entre nous, don Carlos.
500 Mon vieux père a pour vous versé son sang à flots.
Moi je suis fille noble, et de ce sang jalouse.

1. Ces deux vers provocants furent adoucis par Hugo avant les répétitions, et devinrent : « Si le cœur seul faisait le brigand et le roi –/ À lui serait le sceptre et le poignard à toi. »

Trop pour la concubine[1], et trop peu pour l'épouse !

DON CARLOS

Princesse !

DOÑA SOL

Roi Carlos, à des filles de rien
Portez votre amourette, ou je pourrais fort bien,
505 Si vous m'osez traiter d'une façon infâme,
Vous montrer que je suis dame, et que je suis femme !

DON CARLOS

Eh bien ! partagez donc et mon trône et mon nom.
Venez ! vous serez reine, impératrice !

DOÑA SOL

Non.
C'est un leurre. – Et d'ailleurs, altesse, avec franchise,
510 S'agit-il pas de vous[2], s'il faut que je le dise,
J'aime mieux avec lui, mon Hernani, mon roi,
Vivre errante, en dehors du monde et de la loi,
Ayant faim, ayant soif, fuyant toute l'année,
Partageant jour à jour sa pauvre destinée,
515 Abandon, guerre, exil, deuil, misère et terreur,
Que d'être impératrice avec un empereur[3] !

DON CARLOS

Que cet homme est heureux !

DOÑA SOL

Quoi ! pauvre, proscrit même !...

---

1. Pour la scène, le mot fut remplacé par « favorite ». Ce synonyme plus décent fut quand même sifflé le soir où Hugo annota son exemplaire. En 1867, les spectateurs réclamèrent le texte original.
2. Même s'il ne s'agissait pas de vous.
3. Le vers déclencha des « ricanements » le soir où Hugo annota son exemplaire. Il fut supprimé, avec les trois qui le précédaient, quelques jours après la première.

DON CARLOS

Qu'il fait bien d'être pauvre et proscrit, puisqu'on l'aime !
– Moi, je suis seul ! – Un ange accompagne ses pas !
520 – Donc vous me haïssez[1] ?

DOÑA SOL

Je ne vous aime pas[2].

DON CARLOS,
la saisissant avec violence.

Hé bien ! que vous m'aimiez ou non, cela n'importe !
Vous viendrez, et ma main plus que la vôtre est forte.
Vous viendrez ! je vous veux ! Pardieu, nous verrons bien
Si je suis roi d'Espagne et des Indes[3] pour rien !

DOÑA SOL, *se débattant.*

525 Seigneur ! oh ! par pitié ! – Quoi ! vous êtes altesse !
Vous êtes roi. Duchesse, ou marquise, ou comtesse,
Vous n'avez qu'à choisir. Les femmes de la cour
Ont toujours un amour tout prêt pour votre amour[4].
Mais mon proscrit, qu'a-t-il reçu du Ciel avare ?
530 Ah ! vous avez Castille, Aragon et Navarre,
Et Murcie, et Léon, dix royaumes encor !
Et les Flamands[5], et l'Inde avec les mines d'or !
Vous avez un empire auquel nul roi ne touche,
Si vaste, que jamais le soleil ne s'y couche[6] !

---

1. Cet hémistiche déclencha des ricanements le soir où Hugo annota son exemplaire.
2. Dans un contexte et pour un sens inverses, cette litote est un hommage au « Va, je ne te hais point » adressé par Chimène à Rodrigue à l'acte III, scène 4 du *Cid* (1636) de Corneille.
3. Depuis 1492, les Espagnols ont conquis les Indes occidentales. Ce vers et les trois précédents furent aussi supprimés quelques jours après la première représentation. Puis Hugo supprima tout le dialogue de « Quoi ! pauvre, proscrit même ! » à « mais mon proscrit ».
4. Ces deux vers furent sifflés le soir où Hugo annota son exemplaire.
5. Le roi d'Espagne a hérité la Flandre des ducs de Bourgogne.
6. Hugo reprend cette image au *Don Carlos* (1787) de Schiller, où le roi dit à la reine : « On me nomme l'homme le plus riche du monde chrétien ; le soleil ne se couche point dans mes états » (acte I, scène 6, traduction de Barante). Ce vers déclencha des rires dans le public le soir où Hugo annota son exemplaire.

535 Et quand vous avez tout, voudrez-vous, vous, le roi,
Me prendre, pauvre fille, à lui qui n'a que moi ?

Elle se jette à ses genoux. Il cherche à l'entraîner.

DON CARLOS

Viens ! Je n'écoute rien ! Viens ! Si tu m'accompagnes,
Je te donne, choisis, quatre de mes Espagnes[1] !
Dis, lesquelles veux-tu ? Choisis !

Elle se débat dans ses bras.

DOÑA SOL

Pour mon honneur,
540 Je ne veux rien de vous que ce poignard, seigneur !

Elle lui arrache le poignard de sa ceinture. Il la lâche et recule.

Avancez maintenant ! faites un pas !

DON CARLOS

La belle !
Je ne m'étonne plus si l'on aime un rebelle[2] !

Il veut faire un pas. Elle lève le poignard.

DOÑA SOL

Pour un pas, je vous tue et me tue !

Il recule encore. Elle se détourne et crie avec force.

Hernani[3] !
Hernani !

---

1. De mes provinces espagnoles. Ce vers provoqua des rires dans le public le soir où Hugo annota son exemplaire.
2. Ce vers fut sifflé le soir où Hugo annota son exemplaire.
3. Ces deux vers déclenchèrent des rires dans le public le soir où Hugo annota son exemplaire.

DON CARLOS

Taisez-vous !

DOÑA SOL, *le poignard levé.*

Un pas ! tout est fini.

DON CARLOS

545 Madame ! à cet excès ma douceur est réduite.
J'ai là pour vous forcer trois hommes de ma suite…

HERNANI,
surgissant tout à coup derrière lui.

Vous en oubliez un !

Le roi se retourne et voit Hernani, immobile derrière lui, dans l'ombre, les bras croisés sous le long manteau qui l'enveloppe, et le large bord de son chapeau relevé. – Doña Sol pousse un cri, court à Hernani et l'entoure de ses bras.

Scène 3

DON CARLOS, DOÑA SOL, HERNANI

HERNANI,
immobile, les bras toujours croisés et ses yeux étincelants fixés sur le roi.

Oh ! le ciel m'est témoin
Que volontiers je l'eusse été chercher plus loin !

DOÑA SOL

Hernani, sauvez-moi de lui !

HERNANI

Soyez tranquille,

550 Mon amour !

DON CARLOS

Que font donc mes amis par la ville?
Avoir laissé passer ce chef de bohémiens!

Appelant.

Monterey!

HERNANI

Vos amis sont au pouvoir des miens.
Et ne réclamez pas leur épée impuissante;
Pour trois qui vous viendraient, il m'en viendrait soixante,
555 Soixante dont un seul vous vaut tous quatre. Ainsi
Vidons entre nous deux notre querelle ici.
Quoi! vous portiez la main sur cette jeune fille!
C'était d'un imprudent, seigneur roi de Castille,
Et d'un lâche[1]!

DON CARLOS, *souriant avec dédain.*

Seigneur bandit[2], de vous à moi
560 Pas de reproche!

HERNANI

Il raille! oh! je ne suis pas roi!
Mais quand un roi m'insulte et pour surcroît me raille,
Ma colère va haut et me monte à sa taille,
Et, prenez garde, on craint, quand on me fait affront,
Plus qu'un cimier[3] de roi la rougeur de mon front!
565 Vous êtes insensé si quelque espoir vous leurre.

Il lui saisit le bras.

Savez-vous quelle main vous étreint à cette heure?
Écoutez : Votre père a fait mourir le mien,
Je vous hais. Vous avez pris mon titre et mon bien,

---

1. La censure demanda le remplacement de cet adjectif, adressé à un roi, mais autorisa finalement Hugo à le maintenir.
2. L'expression déclencha rires et sifflets dans le public le soir où Hugo annota son exemplaire.
3. Voir p. 63, note 4.

Je vous hais. Nous aimons tous deux la même femme,
570 Je vous hais, je vous hais, – oui, je te hais dans l'âme[1] !

DON CARLOS

C'est bien.

HERNANI

Ce soir pourtant ma haine était bien loin.
Je n'avais qu'un désir, qu'une ardeur, qu'un besoin,
Doña Sol ! – plein d'amour, j'accourais… Sur mon âme !
Je vous trouve essayant contre elle un rapt infâme !
575 Quoi ! vous que j'oubliais, sur ma route placé !…
Seigneur, je vous le dis, vous êtes insensé[2] !
Don Carlos, te voilà pris dans ton propre piège !
Ni fuite, ni secours ! je te tiens et t'assiège !
Seul, entouré partout d'ennemis acharnés,
580 Que vas-tu faire ?

DON CARLOS, *fièrement.*

Allons ! vous me questionnez !

HERNANI

Va, va, je ne veux pas qu'un bras obscur te frappe.
Il ne sied pas qu'ainsi ma vengeance m'échappe !
Tu ne seras touché par un autre que moi,
Défends-toi donc.

Il tire son épée.

---

1. Ce vers déclencha des rires dans le public, le soir où Hugo annota son exemplaire. *Le Corsaire*, journal hostile à Hugo, se gaussa : « Hernani déteste don Carlos ; et lui répète dix fois de suite : "Je te hais". » On retrouve le vers moqué dans les parodies. À don Pathos qui a tenté de lui « dénicher sa poule », N, I, Ni lance : « Du fin fond de mon cœur, je t'haïs ! je t'haïs/ Je t'haïs ! je t'haïs !… ». Et dans *Harnali*, le héros dit à Charlot, « Je t'haïs ! chaque soir tu nous donnes la chasse ;/ Je t'haïs ! je t'haïs ! je ne peux pas te voir ;/ Je t'haïs le matin, et je t'haïs le soir,/ Soit que je reste assis, soit que je me promène :/ Je te hais le dimanche et toute la semaine. »
2. Le baron Trouvé, à la censure, avait demandé la suppression de cet adjectif adressé au roi. Hugo obtint le droit de le maintenir, mais, à l'occasion d'une coupure de ce passage postérieure à la première, il l'élimina.

DON CARLOS

Je suis votre seigneur le roi.

585 Frappez, mais pas de duel.

HERNANI

Seigneur, qu'il te souvienne
Qu'hier encor ta dague a rencontré la mienne.

DON CARLOS

Je le pouvais hier. J'ignorais votre nom,
Vous ignoriez mon titre. Aujourd'hui, compagnon,
Vous savez qui je suis et je sais qui vous êtes.

HERNANI

590 Peut-être.

DON CARLOS

Pas de duel. Assassinez-moi. Faites!

HERNANI

Crois-tu donc que les rois à moi me sont sacrés[1]?
Çà, te défendras-tu?

DON CARLOS

Vous m'assassinerez.
Ah! vous croyez, bandits, que vos brigades viles
Pourront impunément s'épandre dans les villes?

Hernani recule. Don Carlos fixe des yeux d'aigle sur lui.

595 Que teints de sang, chargés de meurtres, malheureux!
Vous pourrez après tout faire les généreux!
Et que nous daignerons, nous, victimes trompées,
Anoblir vos poignards du choc de nos épées!
Non, le crime vous tient. Partout vous le traînez.

---

1. La censure obligea Hugo à modifier ce vers, politiquement inacceptable. Il devint donc, dans la version jouée : « Crois-tu donc que pour nous il soit des noms sacrés ? » *Le Corsaire* cita néanmoins ce vers, qui put lui avoir été communiqué par une indiscrétion.

600 Nous, des duels avec vous ! arrière ! assassinez.

Hernani, sombre et pensif, tourmente quelques instants de la main la poignée de son épée, puis se retourne brusquement vers le roi, et brise la lame sur le pavé.

HERNANI

Va-t'en donc !

Le roi se tourne à demi vers lui et le regarde avec hauteur.

Nous aurons des rencontres meilleures.
Va-t'en.

DON CARLOS

C'est bien, monsieur. Je vais dans quelques heures
Rentrer, moi votre roi, dans le palais ducal[1].
Mon premier soin sera de mander le fiscal[2].
605 A-t-on fait mettre à prix votre tête ?

HERNANI

Oui.

DON CARLOS

Mon maître,
Je vous tiens[3] de ce jour sujet rebelle et traître.
Je vous en avertis, partout, je vous poursuis.
Je vous fais mettre au ban du royaume.

HERNANI

J'y suis
Déjà.

DON CARLOS

Bien.

1. « Ducal » signifie ici « de celui qui gouverne ».
2. Officier chargé des poursuites judiciaires.
3. Je vous considère.

HERNANI

Mais la France est auprès de l'Espagne.
610 C'est un port[1].

DON CARLOS

Je vais être empereur d'Allemagne.
Je vous fais mettre au ban de l'empire.

HERNANI

À ton gré,
J'ai le reste du monde où je te braverai.
Il est plus d'un asile où ta puissance tombe.

DON CARLOS

Et quand j'aurai le monde ?

HERNANI

Alors, j'aurai la tombe.

DON CARLOS

615 Je saurai déjouer vos complots insolents.

HERNANI

La vengeance est boiteuse[2], elle vient à pas lents,
Mais elle vient.

DON CARLOS,
riant à demi, avec dédain.

Toucher à la dame qu'adore
Ce bandit !

HERNANI,
dont les yeux se rallument.

Songes-tu que je te tiens encore !
Ne me rappelle pas, futur césar romain[3],
620 Que je t'ai là, chétif et petit dans ma main,

1. Refuge.
2. L'image déclencha des rires, le soir où Hugo annota son exemplaire.
3. C'est-à-dire : futur empereur.

Et que, si je serrais cette main trop loyale,
J'écraserais dans l'œuf ton aigle impériale[1] !

DON CARLOS

Faites !

HERNANI

Va-t'en ! va-t'en !

Il ôte son manteau et le jette sur les épaules du roi.

Fuis, et prends ce manteau.
Car dans nos rangs pour toi je crains quelque couteau.

Le roi s'enveloppe du manteau.

625 Pars tranquille à présent ! Ma vengeance altérée
Pour tout autre que moi fait ta tête sacrée[2].

DON CARLOS

Monsieur[3], vous qui venez de me parler ainsi,
Ne demandez un jour ni grâce ni merci !

Il sort.

Scène 4

HERNANI, DOÑA SOL

DOÑA SOL,
saisissant la main d'Hernani.

Maintenant ! fuyons vite !

---

1. Comme emblème de l'empire, « aigle » est un nom féminin. Cette image, qui fut sifflée, fit le bonheur des parodistes et caricaturistes. Voir, dans le Dossier (p. 218), la lithographie de Langlumé intitulée *Sublime d'Hernani. Plat romantique*, où ce vers devient « Je crèverai dans l'œuf ta panse impériale. »
2. L'adjectif « sacrée » est attribut du complément d'objet direct « tête ».
3. Le soir où Hugo annota son exemplaire, cette apostrophe fit rire.

HERNANI,
la repoussant avec une douceur grave.

Il vous sied, mon amie,
630 D'être dans mon malheur toujours plus raffermie,
De n'y point renoncer, et de vouloir toujours
Jusqu'au fond, jusqu'au bout accompagner mes jours.
C'est un noble dessein, digne d'un cœur fidèle !
Mais tu le vois, mon Dieu, pour tant accepter d'elle,
635 Pour emporter joyeux dans mon antre avec moi
Ce trésor de beauté qui rend jaloux un roi,
Pour que ma doña Sol me suive et m'appartienne,
Pour lui prendre sa vie et la joindre à la mienne,
Pour l'entraîner sans honte encore et sans regrets,
640 Il n'est plus temps ! je vois l'échafaud de trop près.

DOÑA SOL

Que dites-vous ?

HERNANI

Ce roi que je bravais en face
Va me punir d'avoir osé lui faire grâce.
Il fuit ! Déjà peut-être il est dans son palais.
Il appelle ses gens, ses gardes, ses valets,
645 Ses seigneurs, ses bourreaux… [1].

DOÑA SOL

Hernani ! Dieu ! je tremble !
Eh bien, hâtons-nous donc alors ! Fuyons ensemble !

HERNANI

Ensemble ! Non, non. L'heure en est passée ! Hélas,
Doña Sol, à mes yeux quand tu te révélas,
Bonne, et daignant m'aimer d'un amour secourable,
650 J'ai bien pu vous offrir, moi, pauvre misérable,
Ma montagne, mon bois, mon torrent, – ta pitié

1. Cet hémistiche fut sifflé le soir où Hugo annota son exemplaire.

M'enhardissait[1], – mon pain de proscrit, la moitié
Du lit vert et touffu que la forêt me donne.
Mais t'offrir la moitié de l'échafaud! pardonne,
655 Doña Sol, l'échafaud, c'est à moi seul!

DOÑA SOL

Pourtant
Vous me l'aviez promis[2]!

HERNANI,
tombant à ses genoux.

Ange! ah! dans cet instant
Où la mort vient peut-être, où s'approche dans l'ombre
Un sombre dénoûment pour un destin bien sombre,
Je le déclare ici, proscrit, traînant au flanc
660 Un souci profond, né dans un berceau sanglant,
Si noir que soit le deuil qui s'épand sur ma vie,
Je suis un homme heureux, et je veux qu'on m'envie,
Car vous m'avez aimé! car vous me l'avez dit!
Car vous avez tout bas béni mon front maudit!

DOÑA SOL,
penchée sur sa tête.

665 Hernani!

HERNANI

Loué soit le sort doux et propice
Qui me mit cette fleur au bord du précipice!

Il se relève.

Et ce n'est pas pour vous que je parle en ce lieu,
Je parle pour le ciel qui m'écoute et pour Dieu[3]!

DOÑA SOL

Souffre que je te suive!

---

1. À cet endroit, et depuis le vers précédent, «rires» notés par Hugo sur son exemplaire.
2. Même remarque.
3. Ce vers et les trois précédents furent supprimés.

HERNANI

Oh ! ce serait un crime
670 Que d'arracher la fleur en tombant dans l'abîme !
Va, j'en ai respiré le parfum ! c'est assez !
Renoue à d'autres jours tes jours par moi froissés.
Épouse ce vieillard ! C'est moi qui te délie.
Je rentre dans ma nuit. Toi, sois heureuse, oublie !

DOÑA SOL

675 Non, je te suis ! Je veux ma part de ton linceul !
Je m'attache à tes pas !

HERNANI,
la serrant dans ses bras.

Oh ! laisse-moi fuir seul !
[Je suis banni, je suis proscrit, je suis funeste[1] !

Il la quitte avec un mouvement convulsif et veut fuir.

DOÑA SOL,
douloureusement et joignant les mains.

Hernani ! tu me fuis !

---

1. Au cours des répétitions, Hugo avait développé et réorganisé ainsi ce passage (les vers cités ci-dessous ne figurent ni sur le manuscrit original, ni sur le manuscrit du souffleur, mais furent réintégrés par Paul Meurice dans l'édition Hetzel-Quantin de 1880) :

HERNANI, *la serrant dans ses bras.*
Oh ! laisse-moi fuir seul !

Il la quitte avec un mouvement convulsif et veut fuir.

DOÑA SOL, *douloureusement et joignant les mains.*
Hernani ! tu me fuis ! Ainsi donc, insensée,
Avoir donné sa vie, et se voir repoussée,
Et n'avoir, après tant d'amour et tant d'ennui,
Pas même le bonheur de mourir près de lui.

HERNANI
Je suis banni ! je suis proscrit ! je suis funeste !

DOÑA SOL
Ah ! vous êtes ingrat !

HERNANI, *revenant sur ses pas.*
Eh bien ! non ! non, je reste.

HERNANI,
revenant sur ses pas.

Hé bien, non ! non, je reste.
Tu le veux, me voici. Viens, oh ! viens dans mes bras !
680 Je reste et resterai tant que tu le voudras[1].
Oublions-les ! restons ! –

Il s'assied sur un banc de pierre.

Sieds-toi sur cette pierre[2] !

Il se place à ses pieds.

Des flammes de tes yeux inonde ma paupière.
Chante-moi quelque chant comme parfois le soir
Tu m'en chantais, avec des pleurs dans ton œil noir[3] !
685 Soyons heureux ! buvons, car la coupe est remplie[4],
Car cette heure est à nous, et le reste est folie[5] !
Parle-moi, ravis-moi ! N'est-ce pas qu'il est doux
D'aimer et de savoir qu'on vous aime à genoux ?
D'être deux ? d'être seuls ? Et que c'est douce chose
690 De se parler d'amour la nuit, quand tout repose ?
Oh ! laisse-moi dormir et rêver sur ton sein,
Doña Sol ! mon amour ! ma beauté[6] !...

Bruit de cloches au loin.

1. Ce vers déclencha des rires le soir où Hugo annota son exemplaire, sans doute à cause du polyptote, figure de style qui donne deux formes du même mot (ici le verbe « rester », conjugué au présent et au futur).
2. Ce jeu de scène fut parodié. Dans *Harnali*, le héros dit à Quasifol : « Nous n'avons pas de chaise, assieds-toi sur la borne. *(Elle s'assied sur la borne, et Harnali par terre.)* »
3. L'œil « noir » de doña Sol, dont il est question à plusieurs reprises dans la pièce, et qu'avait signalé Deschamps à Hugo, fit le bonheur des parodistes. Ce passage devient, dans *N, I, Ni*, cette adresse du héros à Parasol : « Chante-moi quelques chants, comme parfois, l'hiver,/ Tu m'en chantais avec des pleurs dans ton œil vert... »
4. La métaphore parut osée : on siffla le vers, le soir où Hugo annota son exemplaire.
5. Peu après la première, Hugo supprima ce vers et les trois précédents.
6. Ce vers, où l'expression du sentiment amoureux est intense, déclencha des rires le soir où Hugo annota son exemplaire.

DOÑA SOL, *se levant effarée.*

Le tocsin[1] !

Entends-tu le tocsin ?

HERNANI,
toujours à ses genoux.

Eh non ! c'est notre noce

Qu'on sonne.

Le bruit des cloches augmente. Cris confus, flambeaux et lumières à toutes les fenêtres, sur tous les toits, dans toutes les rues[2].

DOÑA SOL

Lève-toi ! fuis ! Grand Dieu ! Saragosse

695 S'allume !

HERNANI,
se soulevant à demi.

Nous aurons une noce aux flambeaux !

DOÑA SOL

C'est la noce des morts ! la noce des tombeaux !

Bruit d'épées. Cris.

HERNANI,
se recouchant sur le banc de pierre.

Rendormons-nous !

UN MONTAGNARD,
l'épée à la main, accourant.

Seigneur ! les sbires, les alcades[3]

Débouchent dans la place en longues cavalcades !

Alerte, monseigneur !

---

1. Sonnerie de cloche répétée, pour donner l'alarme.
2. Dans sa mise en scène de 1974, Robert Hossein transforma cette mobilisation aux flambeaux en incendie de la ville de Saragosse : la motivation politique de la fuite d'Hernani était ruinée par ce contresens.
3. Sbires : agents de police. Alcades : officiers de justice.

Hernani se lève.

DOÑA SOL, *pâle.*

Ah ! tu l'avais bien dit !

LE MONTAGNARD

700 Au secours !...

HERNANI, *au montagnard.*

Me voici. C'est bien.

Cris confus, au-dehors.

Mort au bandit !

HERNANI, *au montagnard.*

Ton épée...

À doña Sol.

Adieu donc !

DOÑA SOL

C'est moi qui fais ta perte !

Où vas-tu ?

Lui montrant la petite porte.

Viens, fuyons par cette porte ouverte !

HERNANI

Dieu ! laisser mes amis ! que dis-tu ?

Tumulte et cris.

DOÑA SOL

Ces clameurs

Me brisent.

Retenant Hernani.

Souviens-toi que, si tu meurs, je meurs.

HERNANI, *la tenant embrassée.*

705 Un baiser !

DOÑA SOL

Mon époux ! mon Hernani ! mon maître !...

HERNANI,
la baisant sur le front.

Hélas ! c'est le premier !

DOÑA SOL

C'est le dernier peut-être[1].

Il part. Elle tombe sur le banc.

1. Dans *N, I, Ni*, pour souligner la hardiesse de l'héroïne (le censeur Brifaut voyait dans doña Sol une « dévergondée »), les répliques sont comme inversées, et leur sens appuyé : « N, I, NI : Quittons-nous… Un baiser… peut-être le dernier ! (*Il l'embrasse.*)/ PARASOL : Heureusement pour moi, ce n'est pas le premier. »

III

LE VIEILLARD

LE CHÂTEAU DE SILVA
DANS LES MONTAGNES D'ARAGON

ACTE III

La galerie des portraits de la famille de Silva ; grande salle, dont ces portraits, entourés de riches broderies et surmontés de couronnes ducales et d'écussons[1] *dorés, font la décoration. Au fond, une haute porte gothique. Entre chaque portrait, une panoplie*[2] *complète, toutes de siècles différents*[3].

Scène 1

DOÑA SOL, *blanche et debout près d'une table* ;
DON RUY GOMEZ DE SILVA, *assis dans son grand fauteuil ducal en bois de chêne.*

DON RUY GOMEZ

Enfin ! c'est aujourd'hui ! dans une heure on sera
Ma duchesse ! plus d'oncle ! et l'on m'embrassera !
Mais m'as-tu pardonné ? J'avais tort. Je l'avoue.
710 J'ai fait rougir ton front, j'ai fait pâlir ta joue,
J'ai soupçonné trop vite, et je n'aurais point dû
Te condamner ainsi sans avoir entendu.
Que l'apparence a tort ! injustes que nous sommes !
Certe, ils étaient bien là, les deux beaux jeunes hommes !
715 C'est égal ; je devais n'en pas croire mes yeux.

---

1. Plaques décoratives portant un blason.
2. Ensemble d'armes assemblées pour former décoration.
3. Pour cet acte aussi, les décors sont du réemploi. Le cahier du machiniste Dupont indique « le petit gothique bleu » ; « les coulisses sont fermées de chaque côté par de petits châssis obliques ayant un géométral chaque, c'est une galerie de tableaux ». Pour le fond, on réutilise le rideau gothique du *Cid d'Andalousie* (Lebrun, 1825).

Mais que veux-tu, ma pauvre enfant ! quand on est vieux !

DOÑA SOL, *immobile et grave.*

Vous reparlez toujours de cela. Qui vous blâme ?

DON RUY GOMEZ

Moi, j'eus tort. Je devais savoir qu'avec ton âme
On n'a point de galants lorsqu'on est doña Sol,
720 Et qu'on a dans le cœur de bon sang espagnol !

DOÑA SOL

Certe ! il est bon et pur, monseigneur, et peut-être
On le verra bientôt.

DON RUY GOMEZ,
se levant et allant à elle.

Écoute : on n'est pas maître
De soi-même, amoureux comme je suis de toi,
Et vieux. On est jaloux, on est méchant ; pourquoi ?
725 Parce que l'on est vieux[1] ; parce que beauté, grâce,
Jeunesse dans autrui, tout fait peur, tout menace ;
Parce qu'on est jaloux des autres et honteux
De soi. Dérision ! Que cet amour boiteux[2],
Qui nous remet au cœur tant d'ivresse et de flamme,
730 Ait oublié le corps en rajeunissant l'âme !
– Quand passe un jeune pâtre, – Oui, c'en est là ! – souvent,
Tandis que nous allons, lui chantant, moi rêvant,
Lui dans son pré vert, moi dans mes noires allées,
Souvent je dis tout bas : – Ô mes tours crénelées,
735 Mon vieux donjon ducal, que je vous donnerais,
Oh ! que je donnerais mes blés et mes forêts,
Et les vastes troupeaux qui tondent[3] mes collines,
Mon vieux nom, mon vieux titre, et toutes mes ruines[4],

1. Le soir où Hugo annota son exemplaire, cet hémistiche déclencha des ricanements.
2. Même remarque.
3. Broutent. Même sens dans « Les Animaux malades de la peste » de La Fontaine : « Je tondis de ce pré la largeur de ma langue » (*Fables*, VII, I).
4. Ce vers déclencha des rires le soir où Hugo annota son exemplaire.

Et tous mes vieux aïeux, qui bientôt m'attendront,
740 Pour sa chaumière neuve et pour son jeune front! –
Car ses cheveux sont noirs, car son œil reluit comme[1]
Le tien. Tu peux le voir et dire : Ce jeune homme!
Et puis penser à moi qui suis vieux. Je le sais[2]!
Pourtant j'ai nom Silva; mais ce n'est plus assez!
745 Oui, je me dis cela. Vois à quel point je t'aime.
Le tout[3], pour être jeune et beau comme toi-même!
Mais à quoi vais-je ici rêver? Moi, jeune et beau!
Qui te dois de si loin devancer au tombeau!

DOÑA SOL

Qui sait?

DON RUY GOMEZ

Mais va, crois-moi, ces cavaliers frivoles
750 N'ont pas d'amour si grand qu'il ne s'use en paroles.
Qu'une fille aime et croie un de ces jouvenceaux,
Elle en meurt, il en rit. Tous ces jeunes oiseaux,
À l'aile vive et peinte, au langoureux ramage[4],
Ont un amour qui mue ainsi que leur plumage[5].
755 Les vieux, dont l'âge éteint la voix et les couleurs,
Ont l'aile plus fidèle, et, moins beaux, sont meilleurs.
Nous aimons bien. – Nos pas sont lourds? nos yeux arides?
Nos fronts ridés? Au cœur on n'a jamais de rides.
Hélas! quand un vieillard aime, il faut l'épargner.
760 Le cœur est toujours jeune et peut toujours saigner.
Oh! mon amour n'est point comme un jouet de verre

---

1. L'audace de cet enjambement choqua. Dans *Le Temps*, le 16 mars, le critique commenta : « Notre oreille ne peut souffrir des enjambements si durs, des coupes si baroques. »
2. Ce vers déclencha des ricanements le soir où Hugo annota son exemplaire.
3. Je donnerais le tout.
4. Chant des oiseaux (métaphore des beaux discours amoureux des jeunes gens). La rime avec « plumage » est un hommage à La Fontaine (« Le Corbeau et le Renard », *Fables*, I, II).
5. Le vers déclencha rires et sifflets le soir où Hugo annota son exemplaire. Plusieurs journaux le citèrent. Hugo remplaça « mue » par « change » avant la troisième représentation.

Qui brille et tremble ; oh non ! c'est un amour sévère,
Profond, solide, sûr, paternel, amical,
De bois de chêne, ainsi que mon fauteuil ducal !
765 Voilà comme je t'aime, et puis je t'aime encore
De cent autres façons : comme on aime l'aurore,
Comme on aime les fleurs, comme on aime les cieux[1] !
De te voir tous les jours, toi, ton pas gracieux,
Ton front pur, le beau feu de ta fière prunelle,
770 Je ris, et j'ai dans l'âme une fête éternelle[2] !

DOÑA SOL

Hélas !

DON RUY GOMEZ

Et puis, vois-tu ? le monde trouve beau,
Lorsqu'un homme s'éteint, et lambeau par lambeau
S'en va, lorsqu'il trébuche au marbre de la tombe,
Qu'une femme, ange pur, innocente colombe,
775 Veille sur lui, l'abrite et daigne encor souffrir
L'inutile vieillard qui n'est bon qu'à mourir !
C'est une œuvre sacrée et qu'à bon droit on loue
Que ce suprême effort d'un cœur qui se dévoue,
Qui console un mourant jusqu'à la fin du jour,
780 Et, sans aimer peut-être, a des semblants d'amour !
Oh ! tu seras pour moi cet ange au cœur de femme
Qui du pauvre vieillard réjouit encor l'âme,
Et de ses derniers ans lui porte la moitié,
Fille par le respect et sœur par la pitié !

DOÑA SOL

785 Loin de me précéder, vous pourrez bien me suivre,
Monseigneur. Ce n'est pas une raison pour vivre
Que d'être jeune. Hélas ! je vous le dis, souvent

---

1. Ce vers déclencha des ricanements le soir où Hugo annota son exemplaire.
2. Ce vers, comme plusieurs passages de la réplique suivante de don Ruy Gomez (v. 776, 780 et 784), déclencha des rires le soir où Hugo annota son exemplaire.

Les vieillards sont tardifs[1], les jeunes vont devant !
Et leurs yeux brusquement referment leur paupière,
790 Comme un sépulcre ouvert dont retombe la pierre[2] !

DON RUY GOMEZ

Oh ! les sombres discours ! mais je vous gronderai,
Enfant ! un pareil jour est joyeux et sacré.
Comment, à ce propos, quand l'heure nous appelle,
N'êtes-vous pas encor prête pour la chapelle ?
795 Mais vite ! habillez-vous. Je compte les instants.
La parure de noce !

DOÑA SOL

Il sera toujours temps.

DON RUY GOMEZ

Non pas.

Entre un page.

Que veut Iaquez ?

LE PAGE

Monseigneur, à la porte,
Un homme, un pèlerin, un mendiant, n'importe,
Est là qui vous demande asile.

DON RUY GOMEZ

Quel qu'il soit,
800 Le bonheur entre avec l'étranger qu'on reçoit,
Qu'il vienne. – Du dehors a-t-on quelques nouvelles ?
Que dit-on de ce chef de bandits infidèles[3]
Qui remplit nos forêts de sa rébellion ?

---

1. Lents.
2. Ce vers et le suivant déclenchèrent des rires le soir où Hugo annota son exemplaire.
3. Ce vers déclencha des ricanements le soir où Hugo annota son exemplaire (il est question d'une « bande vivace » sur le manuscrit du souffleur).

LE PAGE

C'en est fait d'Hernani ; c'en est fait du lion
805 De la montagne.

DOÑA SOL, *à part.*

Dieu !

DON RUY GOMEZ, *au page.*

Quoi ?

LE PAGE

La troupe est détruite.
Le roi, dit-on, s'est mis lui-même à leur poursuite.
La tête d'Hernani vaut mille écus du roi
Pour l'instant ; mais on dit qu'il est mort.

DOÑA SOL, *à part.*

Quoi ! sans moi,
Hernani !

DON RUY GOMEZ

Grâce au ciel ! il est mort, le rebelle !
810 On peut se réjouir maintenant, chère belle.
Allez donc vous parer, mon amour, mon orgueil.
Aujourd'hui, double fête !

DOÑA SOL, *à part.*

Oh ! des habits de deuil !

Elle sort.

DON RUY GOMEZ, *au page.*

Fais-lui vite porter l'écrin que je lui donne.

Il se rassied dans son fauteuil.

Je veux la voir parée ainsi qu'une madone[1],
815 Et, grâce à ses doux yeux et grâce à mon écrin,

1. Représentation de la Vierge. On rit à cette comparaison le soir où Hugo annota son exemplaire.

Belle à faire à genoux tomber un pèlerin.
À propos, et celui qui nous demande un gîte !
Dis-lui d'entrer, fais-lui nos excuses, cours vite.

Le page salue et sort.

Laisser son hôte attendre ! ah ! c'est mal !

La porte du fond s'ouvre. Paraît Hernani déguisé en pèlerin[1]*. Le duc se lève.*

Scène 2

DON RUY GOMEZ, HERNANI *déguisé en pèlerin.*

Hernani s'arrête sur le seuil de la porte.

HERNANI

Monseigneur,

820 Paix et bonheur à vous !

DON RUY GOMEZ,
le saluant de la main.

À toi paix et bonheur,

Mon hôte !

Hernani entre. Le duc se rassied.

– N'es-tu pas pèlerin ?

HERNANI, *s'inclinant.*

Oui.

DON RUY GOMEZ

Sans doute

Tu viens d'Armillas[2] ?

---

1. On trouve un semblable déguisement chez Alarcón, et dans deux mélodrames du dramaturge français Louis Charles Caigniez, *Les Enfants du bûcheron* (1809) et *Henriette et Adhémar* (1810).
2. Village proche de Saragosse.

HERNANI

Non. J'ai pris une autre route.
On se battait par là.

DON RUY GOMEZ

La troupe du banni,
N'est-ce pas ?

HERNANI

Je ne sais.

DON RUY GOMEZ

Le chef, le Hernani,
825 Que devient-il ? sais-tu ?

HERNANI

Seigneur, quel est cet homme ?

DON RUY GOMEZ

Tu ne le connais pas ? tant pis ! la grosse somme[1]
Ne sera point pour toi. Vois-tu ? ce Hernani,
C'est un rebelle au roi, trop longtemps impuni.
Si tu vas à Madrid, tu le pourras voir pendre.

HERNANI

830 Je n'y vais pas.

DON RUY GOMEZ

Sa tête est à qui veut la prendre.

HERNANI, *à part.*

Qu'on y vienne !

DON RUY GOMEZ

Où vas-tu, bon pèlerin[2] ?

1. L'expression fit rire dans le public le soir où Hugo annota son exemplaire.
2. Ricanements dans le public le soir où Hugo annota son exemplaire.

HERNANI

Seigneur,
Je vais à Saragosse.

DON RUY GOMEZ

Un vœu fait en l'honneur
D'un saint ? de Notre-Dame ?...

HERNANI

Oui, duc, de Notre-Dame.

DON RUY GOMEZ

Del Pilar[1] ?

HERNANI

Del Pilar.

DON RUY GOMEZ

Il faut n'avoir point d'âme
835 Pour ne point acquitter les vœux qu'on fait aux saints.
Mais, le tien accompli, n'as-tu d'autres desseins ?
Voir le pilier, c'est là tout ce que tu désires ?

HERNANI

Oui, je veux voir brûler les flambeaux et les cires,
Voir Notre-Dame, au fond du sombre corridor,
840 Luire en sa châsse[2] ardente avec sa chape[3] d'or,
Et puis m'en retourner.

DON RUY GOMEZ

Fort bien. – Ton nom, mon frère ?
Je suis Ruy de Silva.

HERNANI, *hésitant.*

Mon nom ?...

---

1. Dans la cathédrale de Saragosse, la Vierge placée contre un pilier (« pilar ») faisait l'objet d'un culte.
2. Cadre où est disposée la statue.
3. Manteau de cérémonie dont on revêt la statue.

DON RUY GOMEZ

Tu peux le taire
Si tu veux. Nul n'a droit de le savoir ici.
Viens-tu pas demander asile ?

HERNANI

Oui, duc.

DON RUY GOMEZ

Merci.
845 Sois le bienvenu ! – Reste, ami, ne te fais faute[1]
De rien. Quant à ton nom, tu te nommes mon hôte.
Qui que tu sois, c'est bien ; et, sans être inquiet,
J'accueillerais Satan, si Dieu me l'envoyait[2].

La porte du fond s'ouvre à deux battants. Entre doña Sol, en parure de mariée. Derrière elle, pages, valets, et deux femmes portant sur un coussin de velours un coffret d'argent ciselé, qu'elles vont déposer sur une table, et qui renferme un riche écrin, couronne de duchesse, bracelets, colliers, perles et brillants[3] pêle-mêle. – Hernani, haletant et effaré, considère doña Sol avec des yeux ardents sans écouter le duc.

Scène 3

LES MÊMES, DOÑA SOL, PAGES, VALETS, FEMMES

DON RUY GOMEZ, *continuant.*

– Voici ma Notre-Dame à moi. L'avoir priée
850 Te portera bonheur !

1. Ne te prive.
2. Sifflets dans le public le soir où Hugo annota son exemplaire.
3. Diamants taillés.

Il va présenter la main à doña Sol, toujours pâle et grave.

Ma belle mariée,
Venez ! – Quoi ! pas d'anneau ! pas de couronne encor !

HERNANI, *d'une voix tonnante.*

Qui veut gagner ici mille carolus[1] d'or ?

Tous se retournent étonnés. Il déchire sa robe de pèlerin, la foule aux pieds et en sort en costume de montagnard.

Je suis Hernani.

DOÑA SOL,
à part, avec joie.

Ciel ! vivant !

HERNANI, *aux valets.*

Je suis cet homme
Qu'on cherche !

Au duc.

Vous vouliez savoir si je me nomme
855 Perez ou Diego ? – Non, je me nomme Hernani !
C'est un bien plus beau nom, c'est un nom de banni,
C'est un nom de proscrit ! Vous voyez cette tête ?
Elle vaut assez d'or pour payer votre fête !

Aux valets.

Je vous la donne à tous ! vous serez bien payés !
860 Prenez ! liez mes mains ! liez mes pieds ! liez !
Mais non, c'est inutile, une chaîne me lie
Que je ne romprai point !

DOÑA SOL, *à part.*

Malheureuse !

---

1. Monnaie frappée sous Charles VIII, roi de France. Son nom est associé par Hugo à celui du roi Charles Ier d'Espagne.

DON RUY GOMEZ

Folie !

Çà, mon hôte est un fou !

HERNANI

Votre hôte est un bandit !

DOÑA SOL

Oh ! ne l'écoutez pas !

HERNANI

J'ai dit ce que j'ai dit.

DON RUY GOMEZ

865 Mille carolus d'or ! Monsieur, la somme est forte,
Et je ne suis pas sûr de tous mes gens !

HERNANI

Qu'importe !

Tant mieux, si dans le nombre il s'en trouve un qui veut !

Aux valets.

Livrez-moi ! vendez-moi !

DON RUY GOMEZ,
s'efforçant de le faire taire.

Taisez-vous donc ! on peut

Vous prendre au mot !

HERNANI

Amis ! l'occasion est belle !

870 Je vous dis que je suis le proscrit, le rebelle,
Hernani[1] !

DON RUY GOMEZ

Taisez-vous !

1. Pour limiter la répétition de « Hernani », Hugo supprima les quatre vers précédents, et remplaça les trois premières syllabes de celui-ci par « Livrez-moi – ».

HERNANI

Hernani !

DOÑA SOL,
d'une voix éteinte, à son oreille.

Oh ! tais-toi !

HERNANI,
se détournant à demi vers doña Sol.

On se marie ici ! Je veux en être, moi !
Mon épousée aussi m'attend !

Au duc.

Elle est moins belle
Que la vôtre, seigneur, mais n'est pas moins fidèle.
875 C'est la mort !

Aux valets.

Nul de vous ne fait un pas encor ?

DOÑA SOL, *bas.*

Par pitié !

HERNANI, *aux valets.*

Hernani[1] ! mille carolus d'or !

DON RUY GOMEZ

C'est le démon !

HERNANI,
à un jeune valet.

Viens, toi, tu gagneras la somme.
Riche alors, de valet tu redeviendras homme !

Aux valets qui restent immobiles.

Vous aussi, vous tremblez ! ai-je assez de malheur !

1. Pour alléger cette même répétition, Hugo, au début du mois de mars 1830, remplaça ces trois syllabes par « Mes amis ».

DON RUY GOMEZ

880 Frère, à toucher ta tête ils risqueraient la leur !
Fusses-tu Hernani, fusses-tu cent fois pire,
Pour ta vie au lieu d'or offrît-on un empire,
Mon hôte ! je te dois protéger en ce lieu
Même contre le roi, car je te tiens de Dieu !
885 S'il tombe un seul cheveu de ton front, que je meure !

À doña Sol.

Ma nièce, vous serez ma femme dans une heure ;
Rentrez chez vous ; je vais faire armer le château,
J'en vais fermer la porte.

Il sort. Les valets le suivent.

HERNANI,
regardant avec désespoir sa ceinture dégarnie et désarmée.

Oh ! pas même un couteau !

Doña Sol, après que le duc a disparu, fait quelques pas comme pour suivre ses femmes, puis s'arrête, et dès qu'elles sont sorties, revient vers Hernani avec anxiété.

Scène 4

HERNANI, DOÑA SOL

Hernani considère avec un regard froid et comme inattentif l'écrin nuptial placé sur la table ; puis il hoche la tête, et ses yeux s'allument.

HERNANI

Je vous fais compliment ! – Plus que je ne puis dire
890 La parure me charme, et m'enchante, – et j'admire !

Il s'approche de l'écrin.

La bague est de bon goût, – la couronne me plaît, –
Le collier est d'un beau travail, – le bracelet

Est rare, – mais cent fois, cent fois moins que la femme
Qui sous un front si pur cache ce cœur infâme !

Examinant de nouveau le coffret.

895 Et qu'avez-vous donné pour tout cela ? – Fort bien !
Un peu de votre amour ? mais vraiment, c'est pour rien !
Grand Dieu ! trahir ainsi ! n'avoir pas honte, et vivre !

Examinant l'écrin.

– Mais peut-être après tout c'est perle fausse, et cuivre
Au lieu d'or, verre et plomb, diamants déloyaux,
900 Faux saphirs, faux bijoux, faux brillants[1], faux joyaux.
Ah ! s'il en est ainsi, comme cette parure,
Ton cœur est faux, duchesse, et tu n'es que dorure !

Il revient au coffret.

– Mais non, non. Tout est vrai, tout est bon, tout est beau.
Il n'oserait tromper, lui qui touche au tombeau !
905 Rien n'y manque.

Il prend l'une après l'autre toutes les pièces de l'écrin.

Collier, brillants, pendants d'oreille,
Couronne de duchesse, anneau d'or…, – à merveille !
Grand merci de l'amour sûr, fidèle et profond !
Le précieux écrin !

DOÑA SOL

Elle va au coffret, y fouille, et en tire un poignard.

Vous n'allez pas au fond. –
C'est le poignard qu'avec l'aide de ma patronne[2]
910 Je pris au roi Carlos, lorsqu'il m'offrit un trône,
Et que je refusai pour vous qui m'outragez !

1. Voir p. 104, note 3.
2. La Sainte Vierge. Voir acte II, scène 2.

HERNANI,
tombant à ses pieds.

Oh! laisse qu'à genoux dans tes yeux affligés
J'efface tous ces pleurs amers et pleins de charmes!
Et tu prendras après tout mon sang pour tes larmes!

DOÑA SOL, *attendrie.*

915 Hernani! je vous aime et vous pardonne, et n'ai
Que de l'amour pour vous.

HERNANI

Elle m'a pardonné,
Et m'aime! Qui pourra faire aussi que moi-même,
Après ce que j'ai dit, je me pardonne et m'aime?
Oh! je voudrais savoir, ange au ciel réservé,
920 Où vous avez marché, pour baiser le pavé[1]!

DOÑA SOL

Ami!

HERNANI

Non! je dois t'être odieux! mais, écoute,
Dis-moi : je t'aime! – Hélas! rassure un cœur qui doute,
Dis-le-moi! car souvent avec ce peu de mots
La bouche d'une femme a guéri bien des maux!

DOÑA SOL,
absorbée et sans l'entendre.

925 Croire que mon amour eût si peu de mémoire!
Que jamais ils pourraient, tous ces hommes sans gloire,
Jusqu'à d'autres amours, plus nobles à leur gré,
Rapetisser un cœur où son nom est entré!

HERNANI

Hélas! j'ai blasphémé! si j'étais à ta place,
930 Doña Sol, j'en aurais assez, je serais lasse

1. Plusieurs journaux citent ces deux vers, qui faisaient rire, comme l'indique l'exemplaire annoté par Hugo.

De ce fou furieux, de ce sombre insensé
Qui ne sait caresser qu'après qu'il a blessé.
Je lui dirais : Va-t'en ! – Repousse-moi, repousse !
Et je te bénirai, car tu fus bonne et douce,
935 Car tu m'as supporté trop longtemps, car je suis
Mauvais, je noircirais tes jours avec mes nuits !
Car c'en est trop enfin, ton âme est belle et haute
Et pure, et si je suis méchant, est-ce ta faute ?
Épouse le vieux duc ! il est bon, noble, il a
940 Par sa mère Olmedo[1], par son père Alcala[2].
Encore un coup, sois riche avec lui, sois heureuse !
Moi, sais-tu ce que peut cette main généreuse
T'offrir de magnifique ? une dot de douleurs.
Tu pourras y choisir ou du sang ou des pleurs.
945 L'exil, les fers, la mort, l'effroi qui m'environne,
C'est là ton collier d'or, c'est ta belle couronne,
Et jamais à l'épouse un époux plein d'orgueil
N'offrit plus riche écrin de misère et de deuil !
Épouse le vieillard, te dis-je ! il te mérite !
950 Eh ! qui jamais croira que ma tête proscrite
Aille avec ton front pur ? qui, nous voyant tous deux,
Toi, calme et belle, moi, violent, hasardeux[3],
Toi, paisible et croissant comme une fleur à l'ombre,
Moi, heurté dans l'orage à des écueils sans nombre,
955 Qui dira que nos sorts suivent la même loi ?
Non. Dieu qui fait tout bien ne te fit pas pour moi.
Je n'ai nul droit d'en haut sur toi, je me résigne !
J'ai ton cœur, c'est un vol ! je le rends au plus digne.
Jamais à nos amours le ciel n'a consenti.
960 Si j'ai dit que c'était ton destin, j'ai menti !
D'ailleurs, vengeance, amour, adieu ! mon jour s'achève.
Je m'en vais, inutile, avec mon double rêve,
Honteux de n'avoir pu ni punir, ni charmer,
Qu'on m'ait fait pour haïr, moi qui n'ai su qu'aimer !

---

1. Ville de Nouvelle-Castille.
2. Ville d'Andalousie.
3. Imprudent, qui prend et fait prendre des risques.

965 Pardonne-moi ! fuis-moi ! ce sont mes deux prières.
Ne les rejette pas, car ce sont les dernières !
Tu vis, et je suis mort. Je ne vois pas pourquoi
Tu te ferais murer dans ma tombe avec moi !

DOÑA SOL

Ingrat !

HERNANI

Monts d'Aragon ! Galice ! Estramadoure[1] ! –
970 Oh ! je porte malheur à tout ce qui m'entoure ! –
J'ai pris vos meilleurs fils ; pour mes droits, sans remords
Je les ai fait combattre, et voilà qu'ils sont morts !
C'étaient les plus vaillants de la vaillante Espagne !
Ils sont morts ! ils sont tous tombés dans la montagne,
975 Tous sur le dos couchés, en braves, devant Dieu,
Et si leurs yeux s'ouvraient, ils verraient le ciel bleu !
Voilà ce que je fais de tout ce qui m'épouse !
Est-ce une destinée à te rendre jalouse ?
Doña Sol, prends le duc, prends l'enfer, prends le roi !
980 C'est bien. Tout ce qui n'est pas moi vaut mieux que moi !
Je n'ai plus un ami qui de moi se souvienne,
Tout me quitte, il est temps qu'à la fin ton tour vienne,
Car je dois être seul. Fuis ma contagion.
Ne te fais pas d'aimer une religion !
985 Oh ! par pitié pour toi, fuis ! – Tu me crois peut-être
Un homme comme sont tous les autres, un être
Intelligent, qui court droit au but qu'il rêva.
Détrompe-toi. Je suis une force qui va !

---

1. L'Aragon est une région montagneuse (Pyrénées) du nord de l'Espagne, frontalière de la France. La Galice est une région du nord-ouest, bordée au nord et à l'ouest par l'Atlantique, et au sud par le Portugal. L'Estramadoure est une région du sud-ouest de l'Espagne, frontalière du Portugal.
Notons que cette tirade ne fut pas prononcée le 25 février 1830. Elle faisait partie des développements lyriques que Hugo décida d'alléger en amont de la première, et que nous n'indiquons pas systématiquement dans le reste du texte (voir pour cela l'édition d'Evelyn Blewer : *La Campagne d'Hernani*, Eurédit, 2002), mais que nous signalons ici en raison de la célébrité de cette tirade. Près de la moitié de cette scène fut coupée à la création.

Agent aveugle et sourd de mystères funèbres !
990 Une âme de malheur faite avec des ténèbres !
Où vais-je ? je ne sais. Mais je me sens poussé
D'un souffle impétueux, d'un destin insensé.
Je descends, je descends, et jamais ne m'arrête.
Si parfois, haletant, j'ose tourner la tête,
995 Une voix me dit : Marche ! et l'abîme est profond,
Et de flamme ou de sang je le vois rouge au fond !
Cependant, à l'entour de ma course farouche,
Tout se brise, tout meurt. Malheur à qui me touche !
Oh ! fuis ! détourne-toi de mon chemin fatal[1].
1000 Hélas ! sans le vouloir, je te ferais du mal !

DOÑA SOL

Grand Dieu !

HERNANI

C'est un démon redoutable, te dis-je,
Que le mien. Mon bonheur, voilà le seul prodige
Qui lui soit impossible. Et toi, c'est le bonheur !
Tu n'es donc pas pour moi, cherche un autre seigneur !
1005 Va, si jamais le ciel à mon sort qu'il renie
Souriait… n'y crois pas ! ce serait ironie.
Épouse le duc !

DOÑA SOL

Donc ce n'était pas assez !
Vous aviez déchiré mon cœur, vous le brisez.
Ah ! vous ne m'aimez plus !

HERNANI

Oh ! mon cœur et mon âme,
1010 C'est toi ! l'ardent foyer d'où me vient toute flamme,
C'est toi ! ne m'en veux pas de fuir, être adoré !

DOÑA SOL

Je ne vous en veux pas. Seulement, j'en mourrai.

---

1. Fixé par le destin.

HERNANI

Mourir ! pour qui ? pour moi ? se peut-il que tu meures
Pour si peu ?

DOÑA SOL,
laissant éclater ses larmes.

Voilà tout.

Elle tombe sur un fauteuil.

HERNANI, *s'asseyant près d'elle.*

Oh ! tu pleures ! tu pleures !
1015 Et c'est encor ma faute ! et qui me punira ?
Car tu pardonneras encor ! Qui te dira
Ce que je souffre au moins, lorsqu'une larme noie
La flamme de tes yeux dont l'éclair est ma joie ?
Oh ! mes amis sont morts ! oh ! je suis insensé !
1020 Pardonne. Je voudrais aimer, je ne le sai !
Hélas ! j'aime pourtant d'une amour bien profonde ! –
Ne pleure pas, mourons plutôt ! – Que n'ai-je un monde ?
Je te le donnerais ! Je suis bien malheureux !

DOÑA SOL,
se jetant à son cou.

Vous êtes mon lion superbe et généreux[1] !
1025 Je vous aime.

HERNANI

Oh ! l'amour serait un bien suprême
Si l'on pouvait mourir de trop aimer !

DOÑA SOL

Je t'aime !
Monseigneur ! Je vous aime et je suis toute à vous.

1. C'est au cours des répétitions, sur proposition de Mlle Mars, que « mon lion, superbe » (la virgule figure sur le manuscrit original et sur le manuscrit du souffleur) fut remplacé par « monseigneur ! vaillant » (qui figure dans l'édition originale). Conséquemment, trois vers plus loin, « monseigneur » fut remplacé par « Hernani ».

HERNANI,
laissant tomber sa tête sur son épaule.

Oh ! qu'un coup de poignard de toi me serait doux[1] !

DOÑA SOL, *suppliante.*

Ah ! ne craignez-vous pas que Dieu ne vous punisse
030 De parler de la sorte ?

HERNANI,
toujours appuyé sur son sein.

Eh bien ! qu'il nous unisse !
Tu le veux. Qu'il en soit ainsi ! – J'ai résisté.

Tous deux, dans les bras l'un de l'autre, se regardent avec extase, sans voir, sans entendre et comme absorbés dans leur regard. – Entre don Ruy Gomez par la porte du fond. Il regarde, et s'arrête comme pétrifié sur le seuil.

Scène 5

HERNANI, DOÑA SOL, DON RUY GOMEZ

DON RUY GOMEZ,
immobile et croisant les bras sur le seuil de la porte.

Voilà donc le paîment de l'hospitalité[2] !

DOÑA SOL

Dieu ! le duc !

Tous deux se retournent comme réveillés en sursaut.

DON RUY GOMEZ, *toujours immobile.*

C'est donc là mon salaire, mon hôte[3] ?

---

1. Ce vers fit rire le soir où Hugo annota son exemplaire.
2. Ce vers déclencha rires et sifflets le soir où Hugo annota son exemplaire.
3. Peu après la première, Hugo remplaça cette expression triviale par « Voilà ce que céans notre hôte nous apporte », et dans le vers suivant, mit à la rime « forte ».

– Bon seigneur, va-t'en voir si ta muraille est haute,
1035 Si la porte est bien close et l'archer dans sa tour,
De ton château pour nous fais et refais le tour,
Cherche en ton arsenal une armure à ta taille,
Ressaie à soixante ans ton harnais[1] de bataille,
Voici la loyauté dont nous paîrons ta foi !
1040 Tu fais cela pour nous, et nous ceci pour toi[2] !
Saints du ciel ! – J'ai vécu plus de soixante années,
J'ai rencontré parfois des âmes effrénées,
J'ai souvent, en tirant ma dague du fourreau,
Fait lever sur mes pas des gibiers de bourreau ;
1045 J'ai vu des assassins, des monnoyeurs[3], des traîtres ;
De faux valets, à table empoisonnant leurs maîtres ;
J'en ai vu qui mouraient sans croix et sans pater[4] ;
J'ai vu Sforce, j'ai vu Borgia, je vois Luther[5] ;
Mais je n'ai jamais vu perversité si haute
1050 Qui n'eût craint le tonnerre en trahissant son hôte !
Ce n'est pas de mon temps. – Si noire trahison
Pétrifie un vieillard au seuil de sa maison,
Et fait que le vieux maître, en attendant qu'il tombe,
A l'air d'une statue à mettre sur sa tombe !
1055 Maures et Castillans ! quel est cet homme-ci[6] ?

Il lève les yeux et les promène sur tous les portraits qui entourent la salle.

---

1. Armure.
2. Ce vers déclencha des sifflets le soir où Hugo annota son exemplaire.
3. Faux-monnayeurs.
4. Sans prière (le « pater » désigne le « Notre père… »). Ce vers déclencha des rires le soir où Hugo annota son exemplaire.
5. Duc de Milan, Ludovic Sforza (1452-1508) empoisonna son neveu et trahit les Français ; il est l'archétype du traître. César Borgia (1476-1507) : fils naturel du pape Alexandre VI et frère de Lucrèce Borgia (à qui Hugo consacra un drame en 1833) ; cardinal, puis duc de Valentinois, puis duc de Romagne, il fit assassiner ses principaux adversaires, et mena une vie dissolue. Luther : à la date de l'action (1519), il prêchait déjà la Réforme depuis deux ans ; il fut ensuite excommunié (voir p. 30, note 2).
6. Ce vers, dans lequel le public reconnut un écho du *Cid* (« Paraissez, Navarrais, Maures et Castillans/ Et tout ce que l'Espagne a nourri de vaillants », V, 1), déclencha sifflets et rires le soir où Hugo annota son exemplaire.

Ô vous ! tous les Silva, qui m'écoutez ici,
Pardon, si devant vous, pardon, si ma colère
Dit l'hospitalité mauvaise conseillère !

HERNANI, *se levant.*

Duc…

DON RUY GOMEZ

Tais-toi ! –

Il fait lentement trois pas dans la salle, et promène ses regards sur tous les portraits des Silva.

Morts sacrés ! aïeux ! hommes de fer !
960 Qui voyez ce qui vient du ciel et de l'enfer,
Dites-moi, messeigneurs, dites ! quel est cet homme ?
Ce n'est pas Hernani, c'est Judas qu'on le nomme[1] !
Oh ! tâchez de parler pour me dire son nom !

Croisant les bras.

Avez-vous de vos jours vu rien de pareil ? non !

HERNANI

965 Seigneur duc…

DON RUY GOMEZ, *toujours aux portraits.*

Voyez-vous ? il veut parler, l'infâme !
Mais, mieux encor que moi, vous lisez dans son âme.
Oh ! ne l'écoutez pas ! c'est un fourbe ! il prévoit
Que mon bras va sans doute ensanglanter mon toit,
Que peut-être mon cœur couve dans ses tempêtes
970 Quelque vengeance, sœur du festin des Sept Têtes[2].

1. Un journal de l'époque rapporte que « ce vers a excité quelques murmures ».
2. Hugo évoque aussi dans le poème « Romance mauresque » des *Orientales* (1829) cette légende orientale : les sept infants de Lara, assassinés par leur oncle, furent servis à dîner à leur propre père ; un fils né ensuite vengea ses frères en tuant leur oncle. Ce vers déclencha sifflets et rires le soir où Hugo annota son exemplaire. Rires aussi aux vers 1078 et 1084.

Il vous dira qu'il est proscrit, il vous dira
Qu'on va dire Silva comme l'on dit Lara,
Et puis qu'il est mon hôte, et puis qu'il est votre hôte... –
Mes aïeux, messeigneurs, voyez, est-ce ma faute?
1075 Jugez entre nous deux!

HERNANI

Ruy Gomez de Silva,
Si jamais vers le ciel noble front s'éleva,
Si jamais cœur fut grand, si jamais âme haute,
C'est la vôtre, seigneur! c'est la tienne, ô mon hôte!
Moi qui te parle ici, je suis coupable, et n'ai
1080 Rien à dire, sinon que je suis bien damné.
Oui, j'ai voulu te prendre et t'enlever ta femme;
Oui, j'ai voulu souiller ton lit; oui, c'est infâme!
J'ai du sang : tu feras très bien de le verser,
D'essuyer ton épée et de n'y plus penser!

DOÑA SOL

1085 Seigneur, ce n'est pas lui! ne frappez que moi-même!

HERNANI

Taisez-vous, doña Sol. Car cette heure est suprême!
Cette heure m'appartient. Je n'ai plus qu'elle. Ainsi
Laissez-moi m'expliquer avec le duc ici.
Duc! – crois aux derniers mots de ma bouche, j'en jure,
1090 Je suis coupable, mais sois tranquille, – elle est pure!
C'est là tout. Moi coupable, elle pure; ta foi
Pour elle, – un coup d'épée ou de poignard pour moi.
Voilà. – Puis fais jeter le cadavre à la porte
Et laver le plancher, si tu veux, il n'importe[1]!

DOÑA SOL

1095 Ah! moi seule ai tout fait. Car je l'aime.

---

1. Cette formule provocante fut relevée dans *Le Moniteur* et *La Gazette de France* du 27 février. Hugo supprima peu après ce vers et les trois précédents.

Don Ruy se détourne à ce mot en tressaillant, et fixe sur doña Sol un regard terrible. Elle se jette à ses genoux.

Oui, pardon !
Je l'aime, monseigneur !

DON RUY GOMEZ

Vous l'aimez !

À Hernani.

Tremble donc !

Bruit de trompettes au-dehors. – Entre le page. Au page.

Qu'est ce bruit ?

LE PAGE

C'est le roi, monseigneur, en personne,
Avec un gros d'archers[1] et son héraut[2] qui sonne.

DOÑA SOL

Dieu ! le roi ! dernier coup !

LE PAGE, *au duc.*

Il demande pourquoi
100 La porte est close, et veut qu'on ouvre.

DON RUY GOMEZ

Ouvrez au roi.

Le page s'incline et sort.

DOÑA SOL

Il est perdu.

Don Ruy Gomez va à l'un des tableaux, qui est son propre portrait et le dernier à

---

1. Avec de nombreux archers.
2. Officier chargé des proclamations officielles et de transmettre les messages. Ce vers déclencha des rires le soir où Hugo annota son exemplaire.

gauche ; il presse un ressort, le portrait s'ouvre comme une porte et laisse voir une cachette pratiquée dans le mur[1]. *– Il se tourne vers Hernani.*

DON RUY GOMEZ

Monsieur[2], venez ici.

HERNANI

Ma tête
Est à toi. Livre-la, seigneur. Je la tiens prête.
Je suis ton prisonnier.

Il entre dans la cachette. Don Ruy presse de nouveau le ressort, tout se referme, et le portrait revient à sa place.

DOÑA SOL, *au duc.*

Seigneur, pitié pour lui !

LE PAGE, *entrant.*

Son altesse le roi !

Doña Sol baisse précipitamment son voile. – La porte s'ouvre à deux battants. Entre don Carlos en habit de guerre, suivi d'une foule de gentilshommes également armés, de pertuisaniers, d'arquebusiers, d'arbalétriers[3].

---

1. Ce procédé avait déjà été employé dans des mélodrames.
2. Ce mot fut sifflé dans le public le soir où Hugo annota son exemplaire.
3. Ces figurants représentent des soldats portant respectivement les armes suivantes : la pertuisane, pique se terminant par un fer triangulaire ; l'arquebuse, arme à feu déclenchée par une mèche ou un rouet ; l'arbalète, arme de trait.

Scène 6

DON RUY GOMEZ, DOÑA SOL, *voilée*, DON CARLOS, *suite*

Don Carlos s'avance à pas lents, la main gauche sur le pommeau de son épée, la droite dans sa poitrine, et fixe sur le vieux duc un œil de défiance et de colère. Le duc va au-devant du roi, et le salue profondément. – Silence. – Attente et terreur à l'entour. Enfin le roi, arrivé en face du duc, lève brusquement la tête.

DON CARLOS

D'où vient donc aujourd'hui,
105 Mon cousin, que ta porte est si bien verrouillée ?
Par les saints ! je croyais ta dague plus rouillée !
Et je ne savais pas qu'elle eût hâte à ce point,
Quand nous te venons voir, de reluire à ton poing !

Don Ruy Gomez veut parler, le roi poursuit avec un geste impérieux.

C'est s'y prendre un peu tard pour faire le jeune homme !
110 Avons-nous des turbans ? serait-ce qu'on me nomme
Boabdil ou Mahom[1], et non Carlos, répond !
Pour nous baisser la herse et nous lever le pont[2] ?

DON RUY GOMEZ, *s'inclinant.*

Seigneur…

DON CARLOS, *à ses gentilshommes.*

Prenez les clefs, saisissez-vous des portes !

Deux officiers sortent. Plusieurs autres rangent les soldats en triple haie dans la

---

1. Boabdil : dernier roi arabe de Grenade, il fut capturé en 1483 par les Castillans, puis libéré après avoir promis de livrer Grenade. Mais une fois libre, il refusa d'abdiquer. Grenade fut prise en 1492, et Boabdil se réfugia au Maroc. Mahom : abréviation de « Mahomet ».
2. Pont-levis.

salle, du roi à la grande porte. Don Carlos se retourne vers le duc.

Ah ! vous réveillez donc les rébellions mortes[1] !
1115 Pardieu, si vous prenez de ces airs avec moi,
Messieurs les ducs, le roi prendra des airs de roi !
Et j'irai par les monts, de mes mains aguerries,
Dans leurs nids crénelés tuer les seigneuries !

DON RUY GOMEZ, *se redressant.*

Altesse, les Silva sont loyaux...

DON CARLOS, *l'interrompant.*

Sans détours,
1120 Réponds, duc ! ou je fais raser tes onze tours !
De l'incendie éteint il reste une étincelle,
Des bandits morts il reste un chef. – Qui le recèle ?
C'est toi ! Ce Hernani, rebelle empoisonneur,
Ici, dans ton château, tu le caches !

DON RUY GOMEZ

Seigneur,
1125 C'est vrai.

DON CARLOS

Fort bien. Je veux sa tête – ou bien la tienne,
Entends-tu, mon cousin ?

DON RUY GOMEZ, *s'inclinant.*

Mais qu'à cela ne tienne !...
Vous serez satisfait.

Doña Sol cache sa tête dans ses mains et tombe sur le fauteuil.

DON CARLOS, *radouci.*

Ah ! tu t'amendes ! – Va
Chercher mon prisonnier.

1. Révoltes des grands seigneurs féodaux contre le roi.

Le duc croise les bras, baisse la tête et reste quelques moments rêveur. Le roi et doña Sol l'observent en silence et agités d'émotions contraires. Enfin le duc relève son front, va au roi, lui prend la main et le mène à pas lents devant le plus ancien des portraits, celui qui commence la galerie à droite du spectateur[1].

DON RUY GOMEZ,
montrant au roi le vieux portrait.

Celui-ci, des Silva
C'est l'aîné, c'est l'aïeul, l'ancêtre, le grand homme !
1130 Don Silvius, qui fut trois fois consul de Rome.

Passant au portrait suivant.

Voici don Galceran de Silva, l'autre Cid[2] !
On lui garde à Toro[3], près de Valladolid,
Une châsse dorée où brûlent mille cierges.
Il affranchit Léon du tribut des cent vierges[4] !

Passant à un autre.

1135 – Don Blas[5], – qui, de lui-même et dans sa bonne foi,

---

1. La scène des portraits qui commence ici avait inquiété les acteurs lors des répétitions, et était attendue par la cabale. Suivant la recommandation de Deschamps, Hugo fit supprimer plusieurs portraits au cours des premières représentations. Les parodies exploitèrent cette scène : dans *N, I, Ni*, la scène est précédée d'une « musique de charlatan, avec grosse caisse, cymballes [*sic*] et clarinettes » ; dans *Harnali*, de même, elle est présentée comme une « parade » ; Fanfan le troubadour raconte la scène ainsi : « D' mes nobles aïeux voyez c'te ribambelle,/ Dit-il en montrant une foul' d'olibrius/ Qu'étaient peinturés de grandeur naturelle,/ Tout comme à la porte d'monsieur Curtius » (Curtius était un célèbre musée de cire) ; « Ne se croirait-on pas dans les salons de Curtius ? l'illusion est complète », lit-on encore dans les *Réflexions d'un infirmier de l'hospice de la Pitié sur le drame d'Hernani*.
2. Hugo supprima ce portrait (v. 1131-1134) avant la troisième représentation.
3. Ville du Léon.
4. Le Léon (royaume du nord-ouest de l'Espagne, réuni à la Castille en 1230) devait livrer cent jeunes filles à ses vainqueurs musulmans.
5. Hugo supprima ce portrait (v. 1135-1136) après la troisième représentation.

S'exila pour avoir mal conseillé le roi.

À un autre.

– Christoval[1] ! – Au combat d'Escalona[2], don Sanche[3],
Le roi, fuyait à pied, et sur sa plume blanche
Tous les coups s'acharnaient ; il cria : Christoval !
1140 Christoval prit la plume et donna son cheval.

À un autre.

– Don Jorge[4], – qui paya la rançon de Ramire[5],
Roi d'Aragon.

DON CARLOS,
croisant les bras et le regardant de la tête aux pieds.

Pardieu ! don Ruy, je vous admire !
Continuez !

DON RUY GOMEZ,
passant à un autre.

Voici Ruy Gomez de Silva,
Grand maître de Saint-Jacque et de Calatrava[6].
1145 Son armure géante irait mal à nos tailles ;
Il prit trois cents drapeaux, gagna trente batailles,
Conquit au roi Motril, Antequera, Suez,
Nijar[7], et mourut pauvre. – Altesse, saluez !

Il s'incline, se découvre et passe à un autre. – Le roi l'écoute avec une impatience et une colère toujours croissantes.

Près de lui, Gil son fils, cher aux âmes loyales.

---

1. Hugo supprima ce portrait (v. 1137-1140) avant la troisième représentation.
2. Ville du centre de l'Espagne.
3. Plusieurs rois de Navarre et de Castille portèrent ce nom.
4. Hugo supprima ce portrait (v. 1141-1142) après la troisième représentation.
5. Plusieurs rois espagnols portèrent ce nom.
6. Ordres religieux et militaires. Ce vers déclencha des rires le soir où Hugo annota son exemplaire.
7. Ces villes furent reprises aux musulmans aux XIIIe et XIVe siècles.

50 Sa main pour un serment valait les mains royales.

À un autre.

– Don Gaspar, de Mendoce et de Silva l'honneur !
Toute noble maison tient à Silva, seigneur.
Sandoval tour à tour nous craint ou nous épouse.
Manrique nous envie et Lara nous jalouse.
55 Alencastre nous hait. Nous touchons à la fois
Du pied à tous les ducs, du front à tous les rois !

DON CARLOS

Vous raillez-vous ?...

DON RUY GOMEZ,
allant à d'autres portraits.

Voilà don Vasquez, dit le Sage ;
Don Jayme, dit le Fort. Un jour, sur son passage,
Il arrêta Zamet[1] et cent Maures tout seul. –
60 J'en passe, et des meilleurs[2]. –

Sur un geste de colère du roi, il passe un grand nombre de tableaux, et vient tout de suite aux trois derniers portraits à gauche du spectateur.

Voici mon noble aïeul[3].
Il vécut soixante ans, gardant la foi jurée,
Même aux juifs. –

À l'avant-dernier.

Ce vieillard, cette tête sacrée,

---

1. Cet émir arabe domina l'Espagne au VIIIe siècle.
2. Cette réplique, devenue célèbre, fut remarquée par les parodistes. Le poète François Coppée, dans l'hommage qu'il rendit à la pièce lors de son cinquantenaire, évoque ainsi les compagnons de Hugo assistant à la première : « C'étaient Balzac, rêvant *La Comédie humaine*,/ Delacroix, ce Titan, David, ce Cléomène,/ Gautier, dont le pourpoint aveuglait les rieurs,/ Berlioz, Devéria, – j'en passe, et des meilleurs ! »
3. Hugo écourta ce passage en remplaçant les vers 1157-1162 par : « Vasquez, qui soixante ans garda la foi jurée/ (*Geste d'impatience du roi.*) J'en passe et des meilleurs – cette tête sacrée ».

C'est mon père. Il fut grand, quoiqu'il vînt le dernier.
Les Maures de Grenade avaient fait prisonnier
1165 Le comte Alvar Giron, son ami. Mais mon père
Prit pour l'aller chercher six cents hommes de guerre[1] ;
Il fit tailler en pierre un comte Alvar Giron
Qu'à sa suite il traîna, jurant par son patron[2]
De ne point reculer que le comte de pierre[3]
1170 Ne tournât front lui-même, et n'allât en arrière.
Il combattit, puis vint au comte et le sauva.

DON CARLOS

Mon prisonnier !

DON RUY GOMEZ

C'était un Gomez de Silva !
Voilà donc ce qu'on dit quand dans cette demeure
On voit tous ces héros.

DON CARLOS

Mon prisonnier, sur l'heure !

DON RUY GOMEZ

Il s'incline profondément devant le roi, lui prend la main et le mène devant le dernier portrait, celui qui sert de porte à la cachette où il a fait entrer Hernani. Doña Sol le suit des yeux avec anxiété. – Attente et silence dans l'assistance.

1175 Ce portrait, c'est le mien. – Roi don Carlos, merci ! –
Car vous voulez qu'on dise en le voyant ici :
« Ce dernier, digne fils d'une race si haute,
Fut un traître et vendit la tête de son hôte ! »

Joie de doña Sol. Mouvement de stupeur dans les assistants. – Le roi déconcerté

1. Ce vers déclencha des rires le soir où Hugo annota son exemplaire.
2. Saint protecteur.
3. Ce vers et le suivant déclenchèrent des rires le soir où Hugo annota son exemplaire.

s'éloigne avec colère, puis reste quelques instants silencieux, les lèvres tremblantes et l'œil enflammé.

DON CARLOS

Duc, ton château me gêne et je le mettrai bas !

DON RUY GOMEZ

180 Car vous me la paîriez, altesse, n'est-ce pas ?

DON CARLOS

Duc, j'en ferai raser les tours pour tant d'audace,
Et je ferai semer du chanvre sur la place !

DON RUY GOMEZ

Mieux voir croître du chanvre où ma tour s'éleva
Qu'une tache ronger le vieux nom de Silva.

Aux portraits.

185 N'est-il pas vrai, vous tous ?

DON CARLOS

Duc, cette tête est nôtre,
Et tu m'avais promis…

DON RUY GOMEZ

J'ai promis l'une ou l'autre.

Aux portraits.

N'est-il pas vrai, vous tous ?

Montrant sa tête.

Je donne celle-ci[1].

Au roi.

---

1. Hugo écourta cet échange sur la tête de don Ruy, pour en adoucir le prosaïsme corporel. Les vers 1187 à 1197 (jusqu'à « J'ai dit ») devinrent : « Je donne celle-ci, prenez-la. DON CARLOS : Ma bonté/ Est à bout ! livre-moi cet homme ! RUY GOMEZ : En vérité/ J'ai dit. »

Prenez-la.

DON CARLOS

Duc, fort bien. Mais j'y perds, grand merci !
La tête qu'il me faut est jeune, il faut que morte
1190 On la prenne aux cheveux. La tienne ? que m'importe !
Le bourreau la prendrait par les cheveux en vain.
Tu n'en as pas assez pour lui remplir la main !

DON RUY GOMEZ

Altesse, pas d'affront ! Ma tête encore est belle,
Et vaut bien, que je crois[1], la tête d'un rebelle.
1195 La tête d'un Silva, vous êtes dégoûté !

DON CARLOS

Livre-nous Hernani !

DON RUY GOMEZ

Seigneur, en vérité,
J'ai dit.

DON CARLOS, *à sa suite.*

Fouillez partout ! et qu'il ne soit point d'aile,
De cave, ni de tour...

DON RUY GOMEZ

Mon donjon est fidèle
Comme moi. Seul il sait le secret avec moi.
1200 Nous le garderons bien tous deux !

DON CARLOS

Je suis le roi !

DON RUY GOMEZ

Hors que de mon château, démoli pierre à pierre,
On ne fasse ma tombe, on n'aura rien.

1. À ce que je crois.

DON CARLOS

Prière,
Menace, tout est vain! – Livre-moi le bandit,
Duc, ou, tête et château, j'abattrai tout!

DON RUY GOMEZ

J'ai dit.

DON CARLOS

1205 Hé bien donc! au lieu d'une alors j'aurai deux têtes.

Au duc d'Alcala.

Jorge! arrêtez le duc!

DOÑA SOL,
arrachant son voile et se jetant entre le roi, le duc et les gardes.

Roi don Carlos, vous êtes
Un mauvais roi[1]!

DON CARLOS

Grand Dieu! que vois-je? doña Sol!

DOÑA SOL

Altesse, tu n'as pas le cœur d'un Espagnol!

DON CARLOS, *troublé.*

Madame, pour le roi vous êtes bien sévère.

Il s'approche de doña Sol.
Bas.

1210 C'est vous qui m'avez mis au cœur cette colère!
Un homme devient ange ou monstre en vous touchant.
Ah! quand on est haï, que vite on est méchant!
Si vous aviez voulu, peut-être, ô jeune fille,
J'étais grand, j'eusse été le lion de Castille;
1215 Vous m'en faites le tigre avec votre courroux.

1. La censure demanda d'abord le remplacement de cette expression, puis accorda à Hugo le droit de la maintenir.

Le voilà qui rugit, madame ! taisez-vous !

Doña Sol lui jette un regard. Il s'incline.

Pourtant, j'obéirai.

Se tournant vers le duc.

Mon cousin, je t'estime.
Ton scrupule après tout peut sembler légitime.
Sois fidèle à ton hôte, infidèle à ton roi,
1220 C'est bien. – Je te fais grâce et suis meilleur que toi.
– J'emmène seulement ta nièce comme otage.

DON RUY GOMEZ

Seulement[1] !

DOÑA SOL, *interdite.*

Moi, seigneur !

DON CARLOS

Oui, vous !

DON RUY GOMEZ

Pas davantage !
Oh ! la grande clémence ! ô généreux vainqueur
Qui ménage la tête et torture le cœur !
1225 Belle grâce !

DON CARLOS

Choisis. – Doña Sol ou le traître.
Il me faut l'un des deux.

DON RUY GOMEZ

Oh ! vous êtes le maître !

Don Carlos s'approche de doña Sol pour l'emmener.
Elle se réfugie vers don Ruy Gomez.

---

1. Cette exclamation et les deux vers suivants entraînèrent des rires le soir où Hugo annota son exemplaire.

DOÑA SOL

Sauvez-moi, monseigneur !...

Elle s'arrête. – À part.

Malheureuse ! il le faut !
La tête de mon oncle ou l'autre !... – moi plutôt !

Au roi.

Je vous suis !

DON CARLOS, *à part.*

Par les saints, l'idée est triomphante !
1230 Il faudra bien enfin s'adoucir, mon infante[1] !

Doña Sol va d'un pas grave et assuré au coffret qui renferme l'écrin, l'ouvre et y prend le poignard, qu'elle cache dans son sein. Don Carlos vient à elle et lui présente la main.

DON CARLOS, *à Doña Sol.*

Qu'emportez-vous là ?

DOÑA SOL

Rien.

DON CARLOS

Un joyau précieux ?

DOÑA SOL

Oui.

DON CARLOS, *souriant.*

Voyons.

DOÑA SOL

Vous verrez.

---

1. Ce vers déclencha des ricanements le soir où Hugo annota son exemplaire.

Elle lui donne la main et se dispose à le suivre. – Don Ruy Gomez, qui est resté immobile et profondément absorbé dans sa pensée, se retourne et fait quelques pas en criant.

DON RUY GOMEZ

Doña Sol ! terre et cieux !
Doña Sol ! – Puisque l'homme ici n'a point d'entrailles,
À mon aide, croulez, armures et murailles !

Il court au roi.

1235 Laisse-moi mon enfant ! je n'ai qu'elle, ô mon roi !

DON CARLOS,
lâchant la main de doña Sol.

Alors, mon prisonnier !

Le duc baisse la tête et semble en proie à une horrible hésitation, puis il se relève et regarde les portraits en joignant les mains vers eux.

DON RUY GOMEZ

Ayez pitié de moi,
Vous tous ! –

Il fait un pas vers la cachette ; doña Sol le suit des yeux avec anxiété. Il se retourne vers les portraits.

Oh ! voilez-vous ! votre regard m'arrête !

Il s'avance en chancelant jusqu'à son portrait, puis se retourne encore vers le roi.

Tu le veux ?

DON CARLOS

Oui.

Le duc lève en tremblant la main vers le ressort.

DOÑA SOL

Dieu!

DON RUY GOMEZ

Non!

Il se jette aux genoux du roi.

Par pitié, prends ma tête!

DON CARLOS

Ta nièce!

DON RUY GOMEZ, *se relevant.*

Prends-la donc! et laisse-moi l'honneur!

DON CARLOS,
saisissant la main de doña Sol tremblante.

1240 Adieu, duc.

DON RUY GOMEZ

Au revoir. –

Il suit de l'œil le roi, qui se retire lentement avec doña Sol, puis il met la main sur son poignard.

Dieu vous garde, seigneur!

Il revient sur le devant du théâtre, haletant, immobile, sans plus rien voir ni entendre, l'œil fixe, les bras croisés sur sa poitrine, qui les soulève comme par des mouvements convulsifs. Cependant, le roi sort avec doña Sol, et toute la suite de seigneurs sort après lui, deux à deux, gravement et chacun à son rang. Ils se parlent à voix basse entre eux.

DON RUY GOMEZ, *à part.*

Roi, pendant que tu sors joyeux de ma demeure,
Ma vieille loyauté sort de mon cœur qui pleure!

Il lève les yeux, les promène autour de lui et voit qu'il est seul. Il court à la muraille, détache deux épées d'une panoplie[1], *les mesure toutes deux, puis les dépose sur une table. Cela fait, il va au portrait, pousse le ressort, la porte cachée se rouvre.*

Scène 7

DON RUY GOMEZ, HERNANI

DON RUY GOMEZ

Sors.

Hernani paraît à la porte de la cachette. Don Ruy lui montre les deux épées sur la table.

– Choisis. – Don Carlos est hors de la maison.
Il s'agit maintenant de me rendre raison[2].
1245 Choisis ! – et faisons vite. – Allons donc ! ta main tremble !

HERNANI

Un duel ! nous ne pouvons, vieillard, combattre ensemble !

DON RUY GOMEZ

Pourquoi donc ? As-tu peur ? n'es-tu point noble ? enfer !
Noble ou non ! pour croiser le fer avec le fer,
Tout homme qui m'outrage est assez gentilhomme !

HERNANI

1250 Vieillard…

DON RUY GOMEZ

Viens me tuer ou viens mourir, jeune homme !

HERNANI

Mourir, oui. – Vous m'avez sauvé malgré mes vœux.

---

1. Voir p. 95, note 2.
2. De me rendre des comptes.

Donc ma vie est à vous. Reprenez-la.

DON RUY GOMEZ

Tu veux ?

Aux portraits.

Vous voyez qu'il le veut.

À Hernani.

C'est bon. Fais ta prière.

HERNANI

Oh ! c'est à toi, seigneur, que je fais la dernière !

DON RUY GOMEZ

255 Parle à l'autre seigneur !

HERNANI

Non, non, à toi ! – Vieillard,
Frappe-moi. Tout m'est bon, dague, épée ou poignard !
Mais fais-moi, par pitié, cette suprême joie !
Duc ! avant de mourir permets que je la voie !

DON RUY GOMEZ

La voir !

HERNANI

Au moins permets que j'entende sa voix
260 Une dernière fois ! rien qu'une seule fois !

DON RUY GOMEZ

L'entendre !

HERNANI

Oh ! je comprends, seigneur, ta jalousie.
Mais déjà par la mort ma jeunesse est saisie,
Pardonne-moi. Veux-tu, dis-moi, que, sans la voir,
S'il le faut, je l'entende ? et je mourrai ce soir.
265 L'entendre seulement ! contente mon envie !
Mais, oh ! qu'avec douceur j'exhalerais ma vie

Si tu daignais vouloir qu'avant de fuir aux cieux
Mon âme allât revoir la sienne dans ses yeux !
– Je ne lui dirai rien, tu seras là, mon père !
1270 Tu me prendras après !

DON RUY GOMEZ,
montrant la cachette encore ouverte.

Saints du ciel ! ce repaire
Est-il donc si profond, si sourd et si perdu,
Qu'il n'ait entendu rien ?

HERNANI

Je n'ai rien entendu.

DON RUY GOMEZ

Il a fallu livrer doña Sol ou toi-même.

HERNANI

À qui, livrée ?

DON RUY GOMEZ

Au roi.

HERNANI

Vieillard stupide ! il l'aime[1] !

1. Plusieurs journaux revinrent sur cette exclamation, qui déclencha rires et sifflets, selon l'exemplaire annoté par Hugo. *Le Globe* raconte, le 18 mars, cette anecdote rapportée dans les salons : « À la première représentation, quand Firmin dit "Vieillard stupide ! il l'aime !", un bon vieux poète classique, connu par ses distractions et ses naïvetés, a entendu : "Vieil as de pique ! il l'aime !" Comme de raison, son goût s'en est fort scandalisé : "Dans une comédie, à la bonne heure ! mais dans une tragédie !..." On n'a pas encore pu le dissuader de son erreur. » Cette anecdote est racontée aussi dans *La Pandore* du 24 mars. Dumas, dans ses *Mémoires*, identifie le spectateur, Parseval de Grandmaison, et raconte que Lassailly, ami de Dumas, qui n'avait pas entendu la réplique, justifia ainsi le « vieil as de pique » : « "Monsieur, il en a le droit, les cartes étaient inventées... [...] Si vous ne savez pas cela, je vous l'apprends, moi... Bravo pour le vieil as de pique ! Bravo Firmin ! Bravo Hugo ! Ah !..." Vous comprenez qu'il n'y avait rien à répondre à des gens qui attaquaient et qui défendaient de cette façon-là. » Dans le *Grand Dictionnaire universel* de Pierre Larousse (1866), à l'entrée « As », on rapporte l'enthousiasme d'un spectateur anglais hugolâtre croyant entendre « vieil as de pique », et s'émerveillant. Les parodistes s'en donnent à cœur joie : dans *Harnali*, le mot devient « Vieux cornichon ! [...] quadruple

DON RUY GOMEZ

275 Il l'aime !

HERNANI

Il nous l'enlève ! il est notre rival !

DON RUY GOMEZ

Ô malédiction ! – Mes vassaux ! à cheval !
À cheval ! poursuivons le ravisseur !

HERNANI

Écoute,
La vengeance au pied sûr fait moins de bruit en route.
Je t'appartiens. Tu peux me tuer. Mais veux-tu
280 M'employer à venger ta nièce et sa vertu ?
Ma part dans ta vengeance ! oh ! fais-moi cette grâce !
Et s'il faut embrasser tes pieds, je les embrasse !
Suivons le roi tous deux. Viens ; je serai ton bras,
Je te vengerai, duc. – Après, tu me tueras[1].

DON RUY GOMEZ

285 Alors, comme aujourd'hui, te laisseras-tu faire ?

HERNANI

Oui, duc.

DON RUY GOMEZ

Qu'en jures-tu ?

HERNANI

La tête de mon père.

---

jobard ! » ; dans *N, I, Ni*, « Ganache ! vieille bête ! » ; et dans *Oh ! qu'nenni*, « Vieillard stupide !... tête à perruque !... ganache !... Partisan de Voltaire, de Racine, de Rousseau !... ». Hugo finit par remplacer l'exclamation par « Ô misérable !... ».

1. Ce vers déclencha des rires, auxquels s'ajoutèrent des sifflets au vers suivant, le soir où Hugo annota son exemplaire.

DON RUY GOMEZ

Voudras-tu de toi-même un jour t'en souvenir ?

HERNANI,
lui présentant le cor qu'il ôte de sa ceinture.

Écoute, prends ce cor. Quoi qu'il puisse advenir,
Quand tu voudras, seigneur, quel que soit le lieu, l'heure,
1290 S'il te passe à l'esprit qu'il est temps que je meure,
Viens, sonne de ce cor, et ne prends d'autres soins ;
Tout sera fait.

DON RUY GOMEZ,
lui tendant la main.

Ta main ?

Ils se serrent la main. – Aux portraits.

Vous tous, soyez témoins.

IV

LE TOMBEAU

AIX-LA-CHAPELLE

ACTE IV

Les caveaux qui renferment le tombeau de Charlemagne, à Aix-la-Chapelle[1]*. De grandes voûtes d'architecture lombarde. Gros piliers bas, pleins-cintres*[2]*, chapiteaux d'oiseaux et de fleurs. – À droite, le tombeau de Charlemagne, avec une petite porte de bronze, basse et cintrée. Une seule lampe, suspendue à une clef de voûte, en éclaire l'inscription : KAROLVS MAGNVS*[3]*. – Il est nuit. On ne voit pas le fond du souterrain; l'œil se perd dans les arcades, les escaliers et les piliers qui s'entrecroisent dans l'ombre*[4]*.*

1. L'élection à l'Empire se fit à Francfort. Hugo déplace l'action à Aix-la-Chapelle pour rendre concomitantes la visite de don Carlos au tombeau de Charlemagne, et l'élection elle-même. L'inexactitude historique est compensée par le fait que Charles Quint fut couronné empereur à Aix-la-Chapelle en 1520.
2. Voûtes en demi-cercle.
3. En latin, Charles le Grand (Charlemagne).
4. Pour ce décor, le cahier du machiniste Dupont décrit « un grand escalier en quatre parties », qui frappa les spectateurs. Au point que Gautier, dans ses souvenirs de 1830 racontés dans son compte rendu de la reprise de 1867, associe par métaphore ce décor au mouvement des vers eux-mêmes : « Dans le grand monologue de don Carlos devant le tombeau de Charlemagne, il nous semblait monter par un escalier dont chaque marche était un vers au sommet d'une flèche de cathédrale, d'où le monde nous apparaissait comme dans la gravure sur bois d'une cosmographie gothique. » Le tombeau de Charlemagne se trouve côté jardin (à gauche pour le spectateur). Plusieurs éléments de décor sont repris de la pièce *Roméo et Juliette* traduite par Frédéric Soulié et créée à l'Odéon en 1828. En 1867, Cambon réalisa pour le quatrième acte un décor neuf, repris en 1877 à quelques variantes près (voir l'illustration dans le Dossier, p. 231). C'est la seule image qui soit restée des décors d'*Hernani* au XIXe siècle.

Scène I

DON CARLOS, DON RICARDO DE ROXAS,
comte de Casapalma, une lanterne à la main.

Grands manteaux, chapeaux rabattus.

DON RICARDO,
son chapeau à la main.

C'est ici.

DON CARLOS

C'est ici que la ligue[1] s'assemble !
Que je vais dans ma main les tenir tous ensemble !
1295 – Ha ! monsieur l'électeur de Trèves[2], c'est ici !
Vous lui[3] prêtez ce lieu ! Certe, il est bien choisi !
Un noir complot prospère à l'air des catacombes.
Il est bon d'aiguiser les stylets sur des tombes.
Pourtant c'est jouer gros. La tête est de l'enjeu,
1300 Messieurs les assassins ! et nous verrons. – Pardieu !
Ils font bien de choisir pour une telle affaire
Un sépulcre ; – ils auront moins de chemin à faire.

À don Ricardo.

Ces caveaux sous le sol s'étendent-ils bien loin ?

DON RICARDO

Jusques au château fort.

DON CARLOS

C'est plus qu'il n'est besoin.

DON RICARDO

1305 D'autres, de ce côté, vont jusqu'au monastère

---

1. Assemblée des conjurés.
2. L'archevêque de Trèves faisait partie des sept électeurs au Saint Empire romain germanique. La cathédrale d'Aix-la-Chapelle faisait partie de sa juridiction.
3. Ce pronom désigne la ligue mentionnée trois vers plus haut. Dans une édition ultérieure, le pronom « leur » lève l'ambiguïté, en désignant les conjurés représentés deux vers plus haut par le pronom « les ».

D'Altenheim[1]...

DON CARLOS

Où Rodolphe extermina Lothaire[2].
Bien. – Une fois encor, comte, redites-moi
Les noms et les griefs, où, comment et pourquoi.

DON RICARDO

Gotha.

DON CARLOS

Je sais pourquoi le brave duc conspire.
310 Il veut un Allemand d'Allemagne à l'Empire.

DON RICARDO

Hohenbourg.

DON CARLOS

Hohenbourg aimerait mieux, je croi,
L'enfer avec François[3] que le ciel avec moi.

DON RICARDO

Don Gil Tellez Giron[4].

DON CARLOS

Castille et Notre-Dame!
Il se révolte donc contre son roi, l'infâme!

DON RICARDO

315 On dit qu'il vous trouva chez madame Giron
Un soir que vous veniez de le faire baron.
Il veut venger l'honneur de sa tendre compagne.

---

1. Monastère proche d'Aix-la-Chapelle.
2. Allusion aux luttes des descendants de Charlemagne (Lothaire) contre les rois de Bourgogne (Rodolphe).
3. François Ier.
4. Membre actif de la révolte des *comuneros* (ligue des Communes) contre Charles Quint en 1520.

DON CARLOS

C'est donc qu'il se révolte alors contre l'Espagne.
Qui nomme-t-on encore ?

DON RICARDO

On cite avec ceux-là
1320 Le révérend Vasquez, évêque d'Ávila[1].

DON CARLOS

Est-ce aussi pour venger la vertu de sa femme ?

DON RICARDO

Puis Guzman de Lara, mécontent, qui réclame
Le collier de votre ordre[2].

DON CARLOS

Ah ! Guzman de Lara !
Si ce n'est qu'un collier qu'il lui faut, il l'aura.

DON RICARDO

1325 Le duc de Lutzelbourg. – Quant aux plans qu'on lui prête…

DON CARLOS

Le duc de Lutzelbourg est trop grand de la tête.

DON RICARDO

Juan de Haro, qui veut Astorga[3].

DON CARLOS

Ces Haro
Ont toujours fait doubler la solde du bourreau.

DON RICARDO

C'est tout.

---

1. Ville de Vieille-Castille, siège épiscopal, où se réunirent les *comuneros.*
2. L'ordre de la Toison d'or (voir p. 67, note 1).
3. Ville du Léon.

DON CARLOS

Ce ne sont pas toutes mes têtes. Comte,
330 Cela ne fait que sept et je n'ai pas mon compte.

DON RICARDO

Ah ! je ne nomme pas quelques bandits gagés[1]
Par Trève ou par la France…

DON CARLOS

Hommes sans préjugés
Dont le poignard, toujours prêt à jouer son rôle,
Tourne aux plus gros écus, comme l'aiguille au pôle !

DON RICARDO

335 Pourtant j'ai distingué deux hardis compagnons,
Tous deux nouveau-venus[2], un jeune, un vieux…

DON CARLOS

Leurs noms ?

Don Ricardo lève les épaules en signe d'ignorance.

Leur âge ?

DON RICARDO

Le plus jeune a vingt ans.

DON CARLOS

C'est dommage.

DON RICARDO

Le vieux, soixante au moins.

1. Ce vers fut sifflé le soir où Hugo annota son exemplaire.
2. Dans les mots composés, *nouveau* est invariable si le composé est employé adjectivement (c'est le cas ici) ; « nouveau » est alors un adverbe modifiant l'adjectif (ou le participe passé employé comme adjectif). Il est variable si le composé a la valeur d'un nom (c'est le choix qui sera fait dans des éditions ultérieures qui donnent « nouveaux venus »).

DON CARLOS

L'un n'a pas encor l'âge
Et l'autre ne l'a plus. Tant pis. J'en prendrai soin.
1340 Le bourreau peut compter sur mon aide au besoin.
Ah ! loin que mon épée aux factions soit douce,
Je la lui prêterai si sa hache s'émousse,
Comte ! et pour l'élargir, je coudrai, s'il le faut,
Ma pourpre impériale[1] au drap de l'échafaud[2].
1345 – Mais serai-je empereur seulement ? –

DON RICARDO

Le collège,
À cette heure assemblé, délibère.

DON CARLOS

Que sais-je ?
Ils nommeront François Premier, ou leur Saxon,
Leur Frédéric le Sage[3] ! – Oh ! Luther a raison,
Tout va mal ! – Beaux faiseurs de majestés sacrées !
1350 N'acceptant pour raisons que les raisons dorées !
Un Saxon hérétique[4] ! un comte Palatin[5]
Imbécile ! un primat de Trèves[6] libertin !
– Quant au roi de Bohême, il est pour moi. – Des princes
De Hesse, plus petits encor que leurs provinces !
1355 De jeunes idiots ! des vieillards débauchés !
Des couronnes, fort bien ! mais des têtes ?... cherchez !
Des nains ! que je pourrais, concile[7] ridicule,

---

1. Voir p. 60, note 4.
2. Hugo hésita, pendant les répétitions, à maintenir ces quatre vers sur le bourreau, qui faisaient paraître le futur Charles Quint trop sanguinaire. Il les supprima quelques jours après la première. Le vers initial (« Le bourreau peut compter sur mon aide au besoin »), mentionné dans les journaux et relevé par Deschamps, fut remplacé par « Je vais être à la fois le juge et le témoin », plus inoffensif.
3. Frédéric III de Saxe (voir p. 60, note 1).
4. Frédéric III protégea Luther. La bulle pontificale de 1520 qui excommunia Luther fit de ses partisans des hérétiques.
5. Membre du collège électoral de l'Empire, le comte Palatin du Rhin.
6. L'archevêque de Trèves jouissait du statut privilégié de primat.
7. Image désignant l'assemblée des électeurs.

Dans ma peau de lion emporter comme Hercule[1] !
Et qui, démaillotés du manteau violet[2],
360 Auraient la tête encor de moins que Triboulet[3] !
– Il me manque trois voix, Ricardo ! tout me manque ! –
Oh ! je donnerais Gand, Tolède et Salamanque,
Mon ami Ricardo, trois villes à leur choix.
Pour trois voix, s'ils voulaient ! vois-tu, pour ces trois voix,
365 Oui, trois de mes cités de Castille ou de Flandre,
Je les donnerais ! – sauf, plus tard, à les reprendre !

Don Ricardo salue profondément le roi, et met son chapeau sur sa tête.

– Vous vous couvrez ?

DON RICARDO

Seigneur, vous m'avez tutoyé,

Saluant de nouveau.

Me voilà grand d'Espagne[4].

DON CARLOS, *à part.*

Ah ! tu me fais pitié !
Ambitieux de rien ! – Engeance intéressée !
370 Comme à travers la nôtre ils suivent leur pensée !
Basse-cour[5] où le roi, mendié sans pudeur,

1. Dans la mythologie, Hercule, après avoir vaincu le lion de Némée, utilisa sa peau comme manteau et comme bouclier.
2. Attribut des électeurs.
3. Ce bouffon de Louis XII et François Ier fut en 1832 le personnage principal de la pièce *Le roi s'amuse*, qui fut interdite après sa première représentation à la Comédie-Française. Ce vers provoqua rires et sifflets le soir où Hugo annota son exemplaire.
4. Le roi tutoyait les grands d'Espagne, autorisés à garder leur chapeau en sa présence.
5. L'image parut inconvenante à la censure, qui demanda qu'on remplaçât ce vers et le suivant. Hugo remplaça « basse-cour » par « cour aride », puis « cour servile ». L'édition originale, pour ces deux vers, donne « Pour un titre ils vendraient leur âme, en vérité !/ Vanité ! vanité ! tout n'est que vanité ! » Mais ces vers furent sifflés, d'après l'exemplaire annoté par Hugo. Dans une note de l'édition Renduel (1836), Hugo commente cette correction des deux vers censurés : « Oui, *tout est vanité*, tout, jusqu'aux révolutions prometteuses qui aboutissent en trois jours à la république et en trois ans à la censure » (allusion aux Trois Glorieuses les 27, 28 et 29 juillet 1830, à l'inter-

À tous ces affamés émiette la grandeur !

Rêvant.

Dieu seul et l'empereur sont grands ! – et le Saint-Père !
Le reste !… rois et ducs ! qu'est cela ?

DON RICARDO

Moi, j'espère
1375 Qu'ils prendront votre altesse.

DON CARLOS, *à part.*

Altesse ! altesse, moi !
J'ai du malheur en tout. – S'il fallait rester roi !

DON RICARDO, *à part.*

Baste[1] ! empereur ou non, me voilà grand d'Espagne.

DON CARLOS

Sitôt qu'ils auront fait l'empereur d'Allemagne,
Quel signal à la ville annoncera son nom ?

DON RICARDO

1380 Si c'est le duc de Saxe, un seul coup de canon.
Deux si c'est le Français, trois si c'est votre altesse.

DON CARLOS

Et cette doña Sol !… Tout m'irrite et me blesse !
Comte, si je suis fait empereur, par hasard,
Cours la chercher. – Peut-être on voudra d'un César[2] !…

DON RICARDO, *souriant.*

1385 Votre altesse est bien bonne !

DON CARLOS, *l'interrompant avec hauteur.*

Ha ! là-dessus, silence !

---

diction du *Roi s'amuse* fin 1832, et aux lois de septembre 1835 rétablissant la censure, toutes récentes quand Hugo rédigea cette note).

1. « Assez ! » (équivalent de l'italien « *basta !* »).
2. D'un empereur.

Je n'ai point dit encor ce que je veux qu'on pense.
– Quand saura-t-on le nom de l'élu ?

DON RICARDO

Mais, je crois,
Dans une heure, au plus tard.

DON CARLOS

Oh ! trois voix ! rien que trois !
– Mais écrasons d'abord ce ramas qui conspire,
1390 Et nous verrons après à qui sera l'empire.

Il compte sur ses doigts et frappe du pied.

Toujours trois voix de moins ! – Ah ! ce sont eux qui l'ont[1] !
– Ce Corneille Agrippa[2] pourtant en sait bien long !
Dans l'océan céleste il a vu treize étoiles
Vers la mienne, du nord, venir à pleines voiles. –
1395 J'aurai l'empire ! allons. – Mais d'autre part on dit
Que l'abbé Jean Tritême[3] à François l'a prédit.
– J'aurais dû, pour mieux voir ma fortune éclaircie,
Avec quelque armement aider la prophétie !
Toutes prédictions du sorcier le plus fin
1400 Viennent bien mieux à terme et font meilleure fin
Quand une bonne armée, avec canons et piques,
Gens de pied, de cheval, fanfares et musiques,
Prête à montrer la route au sort qui veut broncher,
Leur sert de sage-femme et les fait accoucher.
1405 Lequel vaut mieux, Corneille Agrippa ? Jean Tritême ?
Celui dont une armée explique le système,
Qui met un fer de lance au bout de ce qu'il dit,

1. La tirade qui suit (jusqu'à « Va t'en. ») fut d'abord réduite après les premières représentations, puis entièrement supprimée.
2. Médecin, alchimiste et philosophe allemand (1486-1535), historiographe de Charles Quint. Il fut emprisonné pour exercice de la magie.
3. Cet astrologue (1462-1516) aurait, dit-on, tiré l'horoscope de François Ier à son avènement.

Et compte maint soudard, lansquenet[1] ou bandit
Dont l'estoc[2], refaisant la fortune imparfaite,
1410 Taille l'événement au plaisir du prophète.
– Pauvres fous ! qui, l'œil fier, le front haut, visent droit
À l'empire du monde et disent : J'ai mon droit !
Ils ont force canons, rangés en longues files,
Dont le souffle embrasé ferait fondre des villes ;
1415 Ils ont vaisseaux, soldats, chevaux, et vous croyez
Qu'ils vont marcher au but sur les peuples broyés…
Baste[3] ! au grand carrefour de la fortune humaine
Qui mieux encor qu'au trône à l'abîme nous mène,
À peine ils font trois pas, qu'indécis, incertains,
1420 Tâchant en vain de lire au livre des destins,
Ils hésitent, peu sûrs d'eux-même, et dans le doute
Au nécroman[4] du coin vont demander leur route !

À don Ricardo.

– Va-t'en. C'est l'heure où vont venir les conjurés.
Ah ! la clef du tombeau !

DON RICARDO,
remettant une clef au roi.

Seigneur, vous songerez
1425 Au comte de Limbourg, gardien capitulaire[5],
Qui me l'a confiée et fait tout pour vous plaire.

DON CARLOS, *le congédiant.*

Fais tout ce que j'ai dit ! tout !

DON RICARDO, *s'inclinant.*

J'y vais de ce pas,

Altesse !

---

1. Soudard : un soldat brutal, grossier et vulgaire. Lansquenet : mercenaire allemand.
2. Longue épée.
3. Voir p. 146, note 1.
4. Magicien qui évoque les morts pour obtenir d'eux des révélations sur l'avenir.
5. Gardien au service d'un chapitre (assemblée de religieux).

DON CARLOS

Il faut trois coups de canon, n'est-ce pas ?

Don Ricardo s'incline et sort.
Don Carlos, resté seul, tombe dans une profonde rêverie. Ses bras se croisent, sa tête fléchit sur sa poitrine, puis il la relève et se tourne vers le tombeau.

Scène 2[1]

DON CARLOS, *seul.*

Charlemagne, pardon ! – Ces voûtes solitaires
1430 Ne devraient répéter que paroles austères ;
Tu t'indignes sans doute à ce bourdonnement
Que nos ambitions font sur ton monument.
– Charlemagne est ici ! – Comment, sépulcre sombre,
Peux-tu sans éclater contenir si grande ombre ?
1435 Es-tu bien là, géant d'un monde créateur[2],
Et t'y peux-tu coucher de toute ta hauteur ? –
Ah ! c'est un beau spectacle à ravir la pensée
Que l'Europe ainsi faite et comme il l'a laissée !
Un édifice, avec deux hommes au sommet,
1440 Deux chefs élus[3] auxquels tout roi né se soumet.
Presque tous les états, duchés, fiefs militaires,
Royaumes, marquisats, tous sont héréditaires ;
Mais le peuple a parfois son pape ou son César,
Tout marche, et le hasard corrige le hasard.
1445 De là vient l'équilibre, et toujours l'ordre éclate.

1. Peu après la première représentation, Hugo coupa considérablement ce monologue, jusqu'à en supprimer près du tiers.
2. Géant créateur d'un monde. L'inversion fait entendre étrangement la formule, et ouvre (sans toutefois l'autoriser pleinement) la possibilité d'un autre sens, poétique, où « créateur » serait l'épithète de « monde ».
3. L'empereur et le pape.

Électeurs de drap d'or, cardinaux d'écarlate[1],
Double sénat sacré dont la terre s'émeut,
Ne sont là qu'en parade, et Dieu veut ce qu'il veut[2].
Qu'une idée, au besoin des temps[3], un jour éclose,
1450 Elle grandit, va, court, se mêle à toute chose,
Se fait homme, saisit les cœurs, creuse un sillon[4];
Maint roi la foule aux pieds ou lui met un bâillon;
Mais qu'elle entre un matin à la diète, au conclave[5],
Et tous les rois soudain verront l'idée esclave
1455 Sur leurs têtes de rois que ses pieds courberont[6]
Surgir, le globe en main ou la tiare au front[7].
Le pape et l'empereur sont tout. Rien n'est sur terre
Que pour eux et par eux. Un suprême mystère
Vit en eux; et le ciel, dont ils ont tous les droits,
1460 Leur fait un grand festin des peuples et des rois
Et les tient sous sa nue, où son tonnerre gronde,
Seuls, assis à la table où Dieu leur sert le monde[8].
Tête à tête ils sont là, réglant et retranchant,
Arrangeant l'univers comme un faucheur son champ.
1465 Tout se passe entre eux deux. Les rois sont à la porte,
Respirant la vapeur des mets que l'on apporte,
Regardant à la vitre, attentifs, ennuyés,
Et se haussant pour voir sur la pointe des pieds.
Le monde au-dessous d'eux s'échelonne et se groupe.
1470 Ils font et défont. L'un délie et l'autre coupe.
L'un est la vérité, l'autre est la force. Ils ont

---

1. Le manteau des électeurs du Saint Empire était brodé d'or; celui des cardinaux était rouge.
2. Ce vers déclencha des rires le soir où Hugo annota son exemplaire.
3. Selon les besoins de l'époque.
4. Ce vers fut sifflé le soir où Hugo annota son exemplaire.
5. Diète : réunion des électeurs de l'Empire. Conclave : assemblée des cardinaux réunis pour élire un pape.
6. Ce vers et les deux précédents déclenchèrent tour à tour « bruit », « rires » et « sifflets », le soir où Hugo annota son exemplaire.
7. Globe : boule surmontée d'une couronne et d'une croix, emblème du pouvoir souverain. Tiare : coiffure circulaire à trois couronnes portée par le pape.
8. Ce vers et les cinq précédents eurent beaucoup de succès.

Leur raison en eux-même, et sont parce qu'ils sont[1].
Quand ils sortent, tous deux égaux, du sanctuaire,
L'un dans sa pourpre[2], et l'autre avec son blanc suaire,
475 L'univers ébloui contemple avec terreur
Ces deux moitiés de Dieu, le pape et l'empereur[3].
– L'empereur ! l'empereur ! être empereur ! Ô rage,
Ne pas l'être[4] ! – et sentir son cœur plein de courage !
Qu'il fut heureux celui qui dort dans ce tombeau !
480 Qu'il fut grand ! – De son temps c'était encor plus beau[5].
Le pape et l'empereur ! ce n'était plus deux hommes.
Pierre et César[6] ! en eux accouplant les deux Romes[7],
Fécondant l'une et l'autre en un mystique hymen,
Redonnant une forme, une âme au genre humain,
485 Faisant refondre en bloc peuples et pêle-mêle
Royaumes, pour en faire une Europe nouvelle,
Et tous deux remettant au moule de leur main
Le bronze qui restait du vieux monde romain !
Oh ! quel destin ! – Pourtant cette tombe est la sienne !
490 Tout est-il donc si peu que ce soit là qu'on vienne[8] ?
Quoi donc ! avoir été prince, empereur et roi !
Avoir été l'épée ! avoir été la loi[9] !
Géant, pour piédestal avoir eu l'Allemagne !
Quoi ! pour titre César et pour nom Charlemagne !
495 Avoir été plus grand qu'Annibal, qu'Attila,
Aussi grand que le monde !... – et que tout tienne là !
Ha ! briguez donc l'empire ! et voyez la poussière

---

1. « Je suis celui qui suis », dit Jéhovah dans la Bible (Exode, III, 14). Ce vers déclencha des rires le soir où Hugo annota son exemplaire.
2. Voir p. 60, note 5.
3. Ce vers déclencha des rires le soir où Hugo annota son exemplaire.
4. On peut être sensible à la proximité de cette double exclamation avec le « *To be, or not to be* » (« Être ou ne pas être ») du Hamlet de Shakespeare.
5. Ce vers déclencha des rires le soir où Hugo annota son exemplaire.
6. Le premier pape (saint Pierre) et le premier empereur.
7. Rome, capitale de la chrétienté et de l'Empire romain. Charlemagne, en créant l'Empire chrétien d'Occident, unit le politique au religieux.
8. Ce vers déclencha des rires le soir où Hugo annota son exemplaire.
9. Originellement, Hugo avait écrit : « Avoir été colosse et tout dépassé ! Quoi ! » Ce vers fit rire. Hugo le modifia, et donna à cette nouvelle version un statut définitif dans l'édition de 1836.

Que fait un empereur ! couvrez la terre entière
De bruit et de tumulte. Élevez, bâtissez
1500 Votre empire, et jamais ne dites : C'est assez !
Taillez à larges pans un édifice immense !
Savez-vous ce qu'un jour il en reste ? – ô démence !
Cette pierre ! – et du titre et du nom triomphants ? –
Quelques lettres, à faire épeler des enfants !
1505 Si haut que soit le but où votre orgueil aspire,
Voilà le dernier terme !... – Oh ! l'empire ! l'empire !
Que m'importe ! j'y touche, et le trouve à mon gré.
Quelque chose me dit : Tu l'auras ! – Je l'aurai[1]. –
Si je l'avais !... – Ô ciel ! être ce qui commence[2] !
1510 Seul, debout, au plus haut de la spirale immense !
D'une foule d'états l'un sur l'autre étagés
Être la clef de voûte, et voir sous soi rangés
Les rois, et sur leur tête essuyer ses sandales[3] ;
Voir au-dessous des rois les maisons féodales,
1515 Margraves[4], cardinaux, doges[5], ducs à fleurons[6] ;
Puis évêques, abbés, chefs de clans[7], hauts barons[8] ;

1. Comme plus haut le vers 1497, ce vers déclencha des rires le soir où Hugo annota son exemplaire. Les parodistes s'en emparèrent. Dans *Harnali*, Charlot médite : « C'est une belle place !... Oh ! qui me dit tout bas :/ Tu l'auras !... je l'aurai ?... Non, je ne l'aurai pas./ Tu l'auras, je te dis... Laissez-moi donc tranquille ;/ Non ! je ne l'aurai pas ; mais pourtant, c'est facile.../ Si je l'avais !... Croit-on que je l'aie ?... Il faut voir. » Et Ricardo commente : « Quand donc finira-t-il avec son verbe avoir ? »
2. À partir de ce vers, jusqu'à « rire amer », le passage fut chahuté ; Hugo nota en marge de son exemplaire : « bruit – on n'entend rien ».
3. Ce passage est un souvenir de *La Conjuration de Fiesque* (1782-1783), de Schiller, où le personnage principal, contemplant Gênes endormie, s'écrie : « Se trouver à cette hauteur effroyable et sublime, descendre et plonger dans ce tourbillon rapide de l'humanité... » Ancelot avait adapté ce drame en 1824, à l'Odéon. Dumas écrivit lui aussi une adaptation de la pièce de Schiller, *Fiesque de Lavagna* (1827), où le héros, à l'acte I, scène 12, se livrait à une méditation sur le pouvoir. Le Cromwell de Hugo, la même année, médite également sur la grandeur et la vanité du pouvoir.
4. Princes souverains d'Allemagne (étymologiquement, « comte d'une marche »).
5. Ducs élus de Venise et de Gênes.
6. Ornements floraux sur les couronnes ducales.
7. Groupement de familles écossaises sous l'autorité d'un chef héréditaire.
8. Grands seigneurs, au Moyen Âge.

Puis clercs[1] et soldats ; puis, loin du faîte où nous sommes,
Dans l'ombre, tout au fond de l'abîme, – les hommes.
– Les hommes ! – c'est-à-dire une foule, une mer,
520 Un grand bruit ; pleurs et cris, parfois un rire amer,
Plainte qui, réveillant, la terre qui s'effare,
À travers tant d'échos, nous arrive fanfare !
Les hommes ! – des cités, des tours, un vaste essaim,
– De hauts clochers d'église à sonner le tocsin[2] ! –

Rêvant[3].

525 Base de nations portant sur leurs épaules
La pyramide énorme appuyée aux deux pôles,
Flots vivants, qui toujours l'étreignant de leurs plis,
La balancent, branlante, à leur vaste roulis,
Font tout changer de place et, sur ses hautes zones,
530 Comme des escabeaux font chanceler les trônes,
Si bien que tous les rois, cessant leurs vains débats,
Lèvent les yeux au ciel… – Rois ! regardez en bas !
– Ah ! le peuple ! – océan ! – onde sans cesse émue[4] !
Où l'on ne jette rien sans que tout ne remue !
535 Vague qui broie un trône et qui berce un tombeau !
Miroir où rarement un roi se voit en beau !
Ah ! si l'on regardait parfois dans ce flot sombre,
On y verrait au fond des empires sans nombre,
Grands vaisseaux naufragés, que son flux et reflux
540 Roule, et qui le gênaient, et qu'il ne connaît plus !
– Gouverner tout cela ! – Monter, si l'on vous nomme,

---

1. Ecclésiastiques.
2. Voir p. 92, note 1.
3. Dans sa mise en scène de 1985, Antoine Vitez avait pris cette didascalie au pied de la lettre pour donner à don Carlos, interprété par Redjep Mitrovitsa, l'allure d'un somnambule. Dans le décor de nuit étoilée (dû à Yannis Kokkos) qui recouvrait tout le plateau, don Carlos semblait marcher dans les étoiles, suspendu au-dessus du monde comme un funambule menaçant à tout instant de tomber de son fil en se réveillant. Son discours semblait comme dicté en rêve (voir Dossier, p. 241).
4. En 1830, les douze vers précédents n'étant pas prononcés, le chahut continuait de ce vers jusqu'à « ne connaît plus ». Hugo nota sur son exemplaire : « bruit – on n'entend rien ».

À ce faîte ! – Y monter, sachant qu'on n'est qu'un homme !
– Avoir l'abîme là !... – Pourvu qu'en ce moment
Il n'aille pas me prendre un éblouissement !
1545 Oh ! d'états et de rois mouvante pyramide,
Ton faîte est bien étroit ! – Malheur au pied timide !
À qui me retiendrai-je ?... – Oh ! si j'allais faillir
En sentant sous mes pieds le monde tressaillir !
En sentant vivre, sourdre et palpiter la terre !
1550 – Puis, quand j'aurai ce globe entre mes mains, qu'en faire ?
Le pourrai-je porter seulement ? Qu'ai-je en moi ?
Être empereur ! mon Dieu ! j'avais trop d'être roi !
Certe, il n'est qu'un mortel de race peu commune
Dont puisse s'élargir l'âme avec la fortune.
1555 Mais moi ! qui me fera grand ? qui sera ma loi ?
Qui me conseillera ?... –

Il tombe à deux genoux devant le tombeau.

Charlemagne ! c'est toi !
Oh ! puisque Dieu, pour qui tout obstacle s'efface,
Prend nos deux majestés et les met face à face [1],
Verse-moi dans le cœur, du fond de ce tombeau,
1560 Quelque chose de grand, de sublime et de beau !
Oh ! par tous ses côtés fais-moi voir toute chose !
Montre-moi que le monde est petit, car je n'ose
Y toucher. Montre-moi que sur cette Babel [2]
Qui du pâtre à César va montant jusqu'au ciel,
1565 Chacun en son degré se complaît et s'admire,
Voit l'autre par-dessous et se retient d'en rire.
Apprends-moi tes secrets de vaincre et de régner,
Et dis-moi qu'il vaut mieux punir que pardonner !
– N'est-ce pas ? – S'il est vrai qu'en son lit solitaire
1570 Parfois une grande ombre, au bruit que fait la terre,
S'éveille, et que soudain son tombeau large et clair
S'entrouvre, et dans la nuit jette au monde un éclair ;

1. Ce vers déclencha des rires le soir où Hugo annota son exemplaire.
2. Dans la Bible (Genèse, XI, 1-9), tour que les hommes construisent pour atteindre le ciel.

Si cette chose est vraie, empereur d'Allemagne,
Oh ! dis-moi ce qu'on peut faire après Charlemagne !
575 Parle ! dût en parlant ton souffle souverain
Me briser sur le front cette porte d'airain !
Ou plutôt, laisse-moi seul dans ton sanctuaire
Entrer ; laisse-moi voir ta face mortuaire ;
Ne me repousse pas d'un souffle d'aquilons[1] ;
580 Sur ton chevet de pierre accoude-toi. Parlons.
Oui, dusses-tu me dire, avec ta voix fatale,
De ces choses qui font l'œil sombre et le front pâle,
Parle, et n'aveugle pas ton fils épouvanté,
Car ta tombe sans doute est pleine de clarté !
585 Ou, si tu ne dis rien, laisse en ta paix profonde
Carlos étudier ta tête comme un monde ;
Laisse, qu'il te mesure à loisir, ô géant ;
Car rien n'est ici-bas si grand que ton néant !
Que la cendre, à défaut de l'ombre, me conseille !

Il approche la clef de la serrure.

590 Entrons !

Il recule.

Dieu ! S'il allait me parler à l'oreille !
S'il était là, debout et marchant à pas lents !
Si j'allais ressortir avec des cheveux blancs !
Entrons toujours ! –

Bruit de pas.

On vient ! – Qui donc ose à cette heure,
Hors moi, d'un pareil mort éveiller la demeure ?
595 Qui donc ?

Le bruit s'approche.

Ah ! j'oubliais ! ce sont mes assassins !
Entrons !

1. Vents puissants.

Il ouvre la porte du tombeau qu'il referme sur lui. – Entrent plusieurs hommes marchant à pas sourds, cachés sous leurs manteaux et leurs chapeaux.

Scène 3

LES CONJURÉS

Ils vont les uns aux autres en se prenant la main et en échangeant quelques paroles à voix basse.

PREMIER CONJURÉ,
portant seul une torche allumée.

Ad augusta.

DEUXIÈME CONJURÉ

Per angusta[1].

PREMIER CONJURÉ

Les saints

Nous protègent.

TROISIÈME CONJURÉ

Les morts nous servent.

PREMIER CONJURÉ

Dieu nous garde.

Bruit de pas dans l'ombre.

DEUXIÈME CONJURÉ

Qui vive ?

VOIX DANS L'OMBRE

Ad augusta.

---

1. *Ad augusta per angusta* signifie « aux cimes par les défilés », autrement dit « à des buts élevés par des routes étroites ».

DEUXIÈME CONJURÉ

Per angusta.

Entrent de nouveaux conjurés. – Bruit de pas.

PREMIER CONJURÉ, *au troisième.*

Regarde.

Il vient encor quelqu'un.

TROISIÈME CONJURÉ

Qui vive ?

VOIX DANS L'OMBRE

Ad augusta.

TROISIÈME CONJURÉ

00 *Per angusta.*

Entrent de nouveaux conjurés, qui échangent des signes de main avec tous les autres.

PREMIER CONJURÉ

C'est bien. Nous voilà tous. – Gotha,
Fais le rapport. – Amis, l'ombre attend la lumière.

Tous les conjurés s'asseyent en demi-cercle sur des tombeaux. Le premier conjuré passe tour à tour devant tous, et chacun allume à sa torche une cire qu'il tient à la main. Puis le premier conjuré va s'asseoir en silence sur une tombe, au centre du cercle et plus haute que les autres.

LE DUC DE GOTHA, *se levant.*

Amis, Charles d'Espagne, étranger par sa mère[1],
Prétend au Saint Empire.

1. Jeanne la Folle était l'infante d'Espagne quand elle épousa le fils de l'empereur Maximilien.

PREMIER CONJURÉ

Il aura le tombeau.

LE DUC DE GOTHA

Il jette sa torche à terre et l'écrase du pied.

Qu'il en soit de son front comme de ce flambeau !

TOUS

1605 Que ce soit !

PREMIER CONJURÉ

Mort à lui !

LE DUC DE GOTHA

Qu'il meure !

TOUS

Qu'on l'immole !

DON JUAN DE HARO

Son père est allemand.

LE DUC DE LUTZELBOURG

Sa mère est espagnole.

LE DUC DE GOTHA

Il n'est plus espagnol et n'est pas allemand.
Mort !

UN CONJURÉ

Si les électeurs allaient dans ce moment
Le nommer empereur ?

PREMIER CONJURÉ

Eux ! lui ! jamais !

DON GIL TELLEZ GIRON

Qu'importe !

1610 Amis ! frappons la tête et la couronne est morte !

PREMIER CONJURÉ

S'il a le Saint Empire, il devient, quel qu'il soit,
Très auguste, et Dieu seul peut le toucher du doigt !

LE DUC DE GOTHA

Le plus sûr, c'est qu'avant d'être auguste, il expire !

PREMIER CONJURÉ

On ne l'élira point !

TOUS

Il n'aura pas l'empire !

PREMIER CONJURÉ

1515 Combien faut-il de bras pour le mettre au linceul ?

TOUS

Un seul.

PREMIER CONJURÉ

Combien faut-il de coups au cœur ?

TOUS

Un seul.

PREMIER CONJURÉ

Qui frappera ?

TOUS

Nous tous !

PREMIER CONJURÉ

La victime est un traître.
Ils font un empereur. Nous, faisons un grand prêtre[1].

---

1. Car c'est une cause sainte. La formule, elliptique, ne fut guère comprise. Deschamps suggéra à Hugo de l'expliciter en quatre vers (pour retrouver l'alternance des rimes masculines et féminines). « La situation comporte ce développement, et je ferais bien sentir qu'il s'agit d'un sacrifice religieux, d'un acte de foi, dans les mœurs du temps » (lettre à Victor Hugo du 2 mars 1830).

Tirons au sort[1].

Tous les conjurés écrivent leur nom sur leurs tablettes, déchirent la feuille, la roulent et vont l'un après l'autre la jeter dans l'urne d'un tombeau. – Puis le premier conjuré dit :

– Prions.

Tous s'agenouillent. Le premier conjuré se relève et dit :

Que l'élu croie en Dieu,
1620 Frappe comme un Romain, meure comme un Hébreu !
Il faut qu'il brave roue et tenailles mordantes[2],
Qu'il chante aux chevalets, rie aux lampes ardentes[3],
Enfin que, pour tuer et mourir résigné,
Il fasse tout !

Il tire un des parchemins de l'urne.

TOUS

Quel nom ?

PREMIER CONJURÉ, *à haute voix.*

Hernani.

HERNANI,
sortant de la foule des conjurés.

J'ai gagné !
1625 – Je te tiens, toi que j'ai si longtemps poursuivie,
Vengeance !

---

1. La parodie du théâtre des Variétés ironise sur ce procédé mélodramatique, par la bouche d'un sapeur : « v'là qu'il entre dans le sépulcre, mais y paraît qu'il avait peur des revenants, car y n'osait pas s'y fier. Pour lors arrive à point nommé une douzaine de conspirateurs qui disent comm'ça : "Faut l'expédier !" et tous jurent, comme à la Gaîté, dans un mélodrame ben noir, puis mettent leur nom dans une boîte, et, ce qui va vous étonner, j'en suis sûr, c'est que c'est le nom du malin de la pièce qui sort du sac. »
2. Ce vers déclencha des rires le soir où Hugo annota son exemplaire.
3. Énumération d'instruments de torture par lesquels on soumettait les suspects à la question pour obtenir leurs aveux.

DON RUY GOMEZ,
perçant la foule et prenant Hernani à part.

Oh ! cède-moi ce coup !

HERNANI

Non, sur ma vie !
Oh ! ne m'enviez pas ma fortune, seigneur !
C'est la première fois qu'il m'arrive bonheur !

DON RUY GOMEZ

Tu n'as rien. Eh bien, tout, fiefs, châteaux, vasselages[1],
1630 Cent mille paysans dans mes trois cents villages,
Pour ce coup à frapper, je te les donne, ami !

HERNANI

Non !

LE DUC DE GOTHA

Ton bras porterait un coup moins affermi,
Vieillard !

DON RUY GOMEZ

Arrière ! vous ! sinon le bras, j'ai l'âme.
Aux rouilles du fourreau ne jugez point la lame.

À Hernani.

1635 – Tu m'appartiens !

HERNANI

Ma vie à vous, la sienne à moi.

DON RUY GOMEZ,
tirant le cor de sa ceinture.

Elle ! je te la cède, et te rends ce cor.

HERNANI, *ébranlé.*

Quoi ?

1. Vasselage : condition des vassaux ; le terme désigne ici les vassaux eux-mêmes.

La vie et doña Sol! – Non! je tiens ma vengeance!
Avec Dieu dans ceci je suis d'intelligence.
J'ai mon père à venger!... peut-être plus encor!

DON RUY GOMEZ

1640 Elle! je te la donne, et je te rends ce cor!

HERNANI

Non!

DON RUY GOMEZ

Réfléchis, enfant!

HERNANI

Duc! laisse-moi ma proie!

DON RUY GOMEZ

Eh bien! maudit sois-tu de m'ôter cette joie!

Il remet le cor à sa ceinture.

PREMIER CONJURÉ, *à Hernani.*

Frère! avant qu'on ait pu l'élire, il serait bien
D'attendre dès ce soir Carlos...

HERNANI

Ne craignez rien!
1645 Je sais comment on pousse un homme dans la tombe.

PREMIER CONJURÉ

Que toute trahison sur le traître retombe,
Et Dieu soit avec vous! – Nous, comtes et barons,
S'il périt sans tuer, continuons! – Jurons
De frapper tour à tour et sans nous y soustraire
1650 Carlos qui doit mourir.

TOUS, *tirant leurs épées.*

Jurons!

LE DUC DE GOTHA, *au premier conjuré.*

Sur quoi, mon frère ?

DON RUY GOMEZ,
retourne son épée, la prend par la pointe et l'élève au-dessus de sa tête.

Jurons sur cette croix !

TOUS, *élevant leurs épées.*

Qu'il meure impénitent[1] !

On entend un coup de canon éloigné. Tous s'arrêtent en silence. – La porte du tombeau s'entrouvre et don Carlos paraît sur le seuil, pâle ; il écoute. – Un second coup. – Un troisième coup. – Il ouvre tout à fait la porte du tombeau, mais sans faire un pas, debout et immobile sur le seuil.

Scène 4

LES CONJURÉS, DON CARLOS, *puis* DON RICARDO,
SEIGNEURS, GARDES, LE ROI DE BOHÊME,
LE DUC DE BAVIÈRE, *puis* DOÑA SOL

DON CARLOS

Messieurs, allez plus loin ! l'empereur vous entend.

Tous les flambeaux s'éteignent à la fois. – Profond silence. – Il fait un pas dans les ténèbres si épaisses qu'on y distingue à peine les conjurés muets et immobiles.

Silence et nuit ! l'essaim en sort et s'y replonge !
Croyez-vous que ceci va passer comme un songe[2],
1655 Et que je vous prendrai, n'ayant plus vos flambeaux,
Pour des hommes de pierre assis sur leurs tombeaux ?

1. Sans avoir eu le temps de se confesser.
2. Ce vers déclencha des rires le soir où Hugo annota son exemplaire.

Vous parliez tout à l'heure assez haut, mes statues !
Allons ! relevez donc vos têtes abattues,
Car voici Charles Quint ! Frappez ! faites un pas !
1660 Voyons : oserez-vous ? – Non, vous n'oserez pas[1] !
– Vos torches flamboyaient sanglantes sous ces voûtes.
Mon souffle a donc suffi pour les éteindre toutes !
Mais voyez, et tournez vos yeux irrésolus,
Si j'en éteins beaucoup, j'en allume encor plus !

Il frappe de la clef de fer sur la porte de bronze du tombeau. À ce bruit, toutes les profondeurs du souterrain se remplissent de soldats portant des torches et des pertuisanes[2]. À leur tête, le duc d'Alcalá, le marquis d'Almuñan, etc.

1665 – Accourez, mes faucons ! j'ai le nid, j'ai la proie !

Aux conjurés.

– J'illumine à mon tour. Le sépulcre flamboie !
Regardez !

Aux soldats.

Venez tous ! car le crime est flagrant !

HERNANI, *regardant les soldats.*

À la bonne heure ! seul, il me semblait trop grand.
C'est bien. – J'ai cru d'abord que c'était Charlemagne,
1670 Ce n'est que Charles Quint !

DON CARLOS, *au duc d'Alcalá.*

Connétable[3] d'Espagne !

Au marquis d'Almuñan.

---

1. Ce vers et les trois précédents furent supprimés peu après la première représentation. Puis Hugo supprima plutôt le passage allant de « Et que je vous prendrai » à « vos têtes abattues ».
2. Voir p. 120, note 3.
3. Officier supérieur, chef de la cavalerie, ou commandant d'une ville ou d'une place-forte.

Amiral de Castille, ici ! – Désarmez-les.

On entoure les conjurés et on les désarme.

DON RICARDO,
accourant et s'inclinant jusqu'à terre.

Majesté !...

DON CARLOS

Je te fais alcade du palais[1].

DON RICARDO, *s'inclinant de nouveau.*

Deux électeurs, au nom de la chambre dorée[2],
Viennent complimenter la Majesté sacrée[3] !

DON CARLOS

1675 Qu'ils entrent.

Bas à Ricardo.

Doña Sol !

Ricardo salue et sort. – Entrent, avec flambeaux et fanfares, le roi de Bohême et le duc de Bavière, tout en drap d'or, couronnes en tête. Nombreux cortège de seigneurs allemands, portant la bannière de l'empire, l'aigle à deux têtes, avec l'écusson d'Espagne au milieu. – Les soldats s'écartent, se rangent en haie, et font passage aux deux électeurs, jusqu'à l'empereur qu'ils saluent profondément, et qui leur rend leur salut en soulevant son chapeau.

LE DUC DE BAVIÈRE

Charles ! roi des Romains,
Majesté très sacrée, empereur ! dans vos mains
Le monde est maintenant, car vous avez l'empire.
Il est à vous, ce trône où tout monarque aspire !

---

1. Haut magistrat de la justice espagnole.
2. La diète, dont les membres portaient un manteau brodé d'or (voir p. 150, note 5).
3. Titre officiel de l'empereur.

Frédéric, duc de Saxe, y fut d'abord élu,
1680 Mais, vous jugeant plus digne, il n'en a pas voulu.
Venez donc recevoir la couronne et le globe[1].
Le Saint Empire, ô roi, vous revêt de la robe.
Il vous arme du glaive, et vous êtes très grand.

DON CARLOS

J'irai remercier le collège en rentrant[2].
1685 Allez, messieurs. – Merci, mon frère de Bohême,
Mon cousin de Bavière, allez ! – J'irai moi-même.

LE ROI DE BOHÊME

Charles ! du nom d'amis nos aïeux se nommaient.
Mon père aimait ton père, et leurs pères s'aimaient.
Charles, si jeune en butte aux fortunes contraires,
1690 Dis, veux-tu que je sois ton frère entre tes frères ?
Je t'ai vu tout enfant, et ne puis oublier…

DON CARLOS, *l'interrompant.*

Roi de Bohême ! eh bien ! vous êtes familier !

Il lui présente sa main à baiser, ainsi qu'au duc de Bavière, puis congédie les deux électeurs, qui le saluent profondément.

Allez !

Sortent les deux électeurs avec leur cortège.

LA FOULE

Vivat !

DON CARLOS, *à part.*

J'y suis ! – et tout m'a fait passage !
Empereur ! – au refus de Frédéric le Sage !

Entre doña Sol, conduite par don Ricardo.

1. Voir p. 150, note 7.
2. À cet endroit, « rires et grand bruit » le soir où Hugo annota son exemplaire.

DOÑA SOL

1695 Des soldats ! l'empereur ! ô ciel ! coup imprévu !
Hernani !

HERNANI

Doña Sol !

DON RUY GOMEZ,
à côté d'Hernani, à part.

Elle ne m'a point vu !

Doña Sol court à Hernani. Il la fait reculer d'un regard de défiance.

HERNANI

Madame !...

DOÑA SOL,
tirant le poignard de son sein.

J'ai toujours son poignard !

HERNANI,
lui tendant les bras.

Mon amie !

DON CARLOS

Silence tous ! –

Aux conjurés.

Votre âme est-elle raffermie ?
Il convient que je donne au monde une leçon.
1700 Lara le Castillan et Gotha le Saxon,
Vous tous ! que venait-on faire ici ? parlez.

HERNANI, *faisant un pas.*

Sire,
La chose est toute simple, et l'on peut vous la dire[1].

1. Ce vers déclencha des rires le soir où Hugo annota son exemplaire.

Nous gravions la sentence au mur de Balthazar[1].

Il tire un poignard et l'agite.

Nous rendions à César ce qu'on doit à César[2].

DON CARLOS

1705 Paix !

À don Ruy Gomez.

– Vous traître, Silva ?

DON RUY GOMEZ

Lequel de nous deux, sire ?

HERNANI,
se retournant vers les conjurés.

Nos têtes et l'empire ! – Il a ce qu'il désire.

À l'empereur.

Le bleu manteau des rois pouvait gêner vos pas.
La pourpre[3] vous va mieux. Le sang n'y paraît pas.

DON CARLOS,
à don Ruy Gomez.

Mon cousin de Silva, c'est une félonie
1710 À faire du blason rayer ta baronie !
C'est haute trahison, don Ruy, songes-y bien !

DON RUY GOMEZ

Les rois Rodrigue font les comtes Julien[4] !

---

1. Dans la Bible (Daniel, V), Balthazar, fils de Nabuchodonosor, dernier roi de Babylone, voit, lors d'un festin où il s'est livré à une impiété, une main tracer sur le mur « Mané, Thécel, Pharès » (« compté, pesé, divisé »). Daniel interprète cette inscription comme l'annonce de la chute du royaume de Balthazar.
2. Formule de la Bible prononcée par Jésus (Matthieu, XXII, 21).
3. Voir p. 60, note 5.
4. Le roi wisigoth Rodrigue avait insulté la fille du comte Julien, son vassal. Ce dernier, avec l'aide des Arabes, battit son ennemi (en 711). En 1823, le dramaturge Alexandre Guiraud avait fait une tragédie de cet épisode : *Le Comte Julien, ou l'Expiation*.

DON CARLOS, *au duc d'Alcalá.*

Ne prenez que ce qui peut être duc ou comte. –
Le reste !... –

Don Ruy Gomez, le duc de Lutzelbourg, le duc de Gotha, don Juan de Haro, don Guzman de Lara, don Tellez Giron, le baron de Hohenbourg, se séparent du groupe des conjurés, parmi lesquels est resté Hernani. Le duc d'Alcalá les entoure étroitement de gardes.

DOÑA SOL

Il est sauvé !

HERNANI,
sortant du groupe des conjurés.

Je prétends qu'on me compte !

À don Carlos.

1715 Puisqu'il s'agit de hache[1] ici, que Hernani,
Pâtre obscur, sous tes pieds passerait impuni,
Puisque son front n'est plus au niveau de ton glaive,
Puisqu'il faut être grand pour mourir, je me lève.
Dieu qui donne le sceptre et qui te le donna
1720 M'a fait duc de Segorbe et duc de Cardona,
Marquis de Monroy, comte Albatera, vicomte
De Gor, seigneur de lieux dont j'ignore le compte.
Je suis Jean d'Aragon, grand maître d'Avis[2], né
Dans l'exil, fils proscrit d'un père assassiné
1725 Par sentence du tien, roi Carlos de Castille !
Le meurtre est entre nous affaire de famille[3].
Vous avez l'échafaud, nous avons le poignard.
Donc le ciel m'a fait duc et l'exil montagnard.
Mais puisque j'ai sans fruit aiguisé mon épée

1. La décapitation était réservée aux nobles, la pendaison aux roturiers.
2. De l'ordre militaire de cette ville, qui n'est pas en Espagne, mais au Portugal.
3. Ce vers déclencha des rires le soir où Hugo annota son exemplaire.

1730 Sur les monts, et dans l'eau des torrents retrempée,

Il met son chapeau.
Aux autres conjurés.

Couvrons-nous, grands d'Espagne ! –

Tous les Espagnols se couvrent.
À don Carlos.

Oui, nos têtes, ô roi,
Ont le droit de tomber couvertes devant toi[1] !

Aux prisonniers.

– Silva ! Haro ! Lara ! gens de titre et de race,
Place à Jean d'Aragon ! ducs et comtes ! ma place !

Aux courtisans et aux gardes.

1735 Je suis Jean d'Aragon, roi, bourreaux et valets !
Et si vos échafauds sont petits, changez-les !

Il vient se joindre au groupe des seigneurs prisonniers.

DOÑA SOL

Ciel !

DON CARLOS

En effet, j'avais oublié cette histoire[2].

HERNANI

Celui dont le flanc saigne a meilleure mémoire.
L'affront, que l'offenseur oublie en insensé,
1740 Vit et toujours remue au cœur de l'offensé !

DON CARLOS

Donc je suis, c'est un titre à n'en point vouloir d'autres,
Fils de pères qui font choir la tête des vôtres !

---

1. Les grands seigneurs pouvaient garder leurs chapeaux devant le roi.
2. Les rires furent tels que Hugo remplaça cette réplique par « Comment avais-je oublié cette histoire ? ».

DOÑA SOL,
se jetant à genoux devant l'empereur.

Sire ! pardon ! pitié ! sire, soyez clément !
Ou frappez-nous tous deux, car il est mon amant[1],
745 Mon époux ! en lui seul je respire. – Oh ! je tremble.
Sire ! ayez la pitié de nous tuer ensemble[2] !
Majesté ! je me traîne à vos sacrés genoux !
Je l'aime ! il est à moi, comme l'empire à vous !
Oh ! grâce !...

Don Carlos la regarde, immobile.

– Quel penser sinistre vous absorbe ?... –

DON CARLOS

750 Allons ! relevez-vous, duchesse de Segorbe,
Comtesse Albatera, marquise de Monroy...

À Hernani.

– Tes autres noms, don Juan[3] ? –

HERNANI

Qui parle ainsi ? le roi ?

DON CARLOS

Non, l'empereur.

DOÑA SOL, *se relevant.*

Grand Dieu !

DON CARLOS,
la montrant à Hernani.

Duc, voilà ton épouse[4] !

---

1. Le mot a le sens classique de « qui aime et est aimé ».
2. Ce vers déclencha des rires le soir où Hugo annota son exemplaire.
3. Cet hémistiche fit rire le soir où Hugo annota son exemplaire.
4. Ce retournement de situation n'a rien d'historique, car Charles Quint fut au contraire sans pitié pour la révolte des *comuneros* (voir p. 141, note 4).

HERNANI,
les yeux au ciel et doña Sol dans ses bras.

Juste Dieu !

DON CARLOS,
à don Ruy Gomez.

Mon cousin, ta noblesse est jalouse,
1755 Je sais. – Mais Aragon peut épouser Silva.

DON RUY GOMEZ,
sombre.

Ce n'est pas ma noblesse !

HERNANI,
regardant doña Sol avec amour et la tenant embrassée.

Oh ! ma haine s'en va[1] !

Il jette son poignard.

DON RUY GOMEZ,
à part, les regardant tous deux.

Éclaterai-je ? oh non ! Fol amour ! douleur folle !
Tu leur ferais pitié, vieille tête espagnole !
Vieillard, brûle sans flamme, aime et souffre en secret,
1760 Laisse ronger ton cœur ! Pas un cri. – L'on rirait !

DOÑA SOL,
dans les bras d'Hernani.

Ô mon duc !

HERNANI

Je n'ai plus que de l'amour dans l'âme.

---

1. Ce renversement de situation symétrique parut d'une invraisemblance incompréhensible (l'unité du caractère d'Hernani est ici menacée, dans une perspective psychologique). Les parodistes s'en moquèrent abondamment (voir Dossier, p. 219). Balzac, dans le *Feuilleton des journaux politiques*, écrit : « La haine implacable d'Hernani tombe comme une feuille au mois de novembre, elle tombe au premier souffle de la faveur. » Pourtant, ce retournement s'explique si l'on considère que la quête politique d'Hernani est de récupérer ses titres et l'honneur de sa lignée.

DOÑA SOL

Ô bonheur !

DON CARLOS,
à part, la main dans sa poitrine.

Éteins-toi, cœur jeune et plein de flamme !
Laisse régner l'esprit, que longtemps tu troublas :
Tes amours désormais, tes maîtresses, hélas !
1765 C'est l'Allemagne, c'est la Flandre, c'est l'Espagne[1].

L'œil fixé sur sa bannière.

L'empereur est pareil à l'aigle, sa compagne.
À la place du cœur, il n'a qu'un écusson.

HERNANI

Ah ! vous êtes César !

DON CARLOS, *à Hernani.*

De ta noble maison,
Don Juan, ton cœur est digne.

Montrant doña Sol.

Il est digne aussi d'elle.
1770 – À genoux, duc !

Hernani s'agenouille. Don Carlos détache sa Toison d'or[2] et la lui passe au cou.

– Reçois ce collier.

Don Carlos tire son épée et l'en frappe trois fois sur l'épaule.

Sois fidèle !
– Par saint Étienne, duc, je te fais chevalier.

Il le relève et l'embrasse.

Mais tu l'as, le plus doux et le plus beau collier,

1. Ce vers déclencha des rires le soir où Hugo annota son exemplaire.
2. Voir p. 67, note 1.

Celui que je n'ai pas, qui manque au rang suprême,
Les deux bras d'une femme aimée, et qui vous aime[1] !
1775 Ah ! tu vas être heureux ; – moi, je suis empereur.

Aux conjurés.

Je ne sais plus vos noms, messieurs[2]. – Haine et fureur,
Je veux tout oublier. Allez, je vous pardonne !
C'est la leçon qu'au monde il convient que je donne[3].

Les conjurés tombent à genoux.

LES CONJURÉS

Gloire à Carlos !

DON RUY GOMEZ, *à don Carlos.*

Moi seul, je reste condamné.

DON CARLOS

1780 Et moi !

HERNANI

Je ne hais plus. Carlos a pardonné[4].
Qui donc nous change tous ainsi ?

TOUS,
soldats, conjurés, seigneurs.

Vive Allemagne !
Honneur à Charles Quint !

---

1. Ces trois vers entraînèrent un « grand bruit » dans la salle, le soir où Hugo annota son exemplaire.
2. Cette formule déclencha des rires le soir où Hugo annota son exemplaire.
3. Ici, sur le manuscrit du souffleur et sur le manuscrit original, figurent ces quatre vers, que Hugo supprima pour l'édition originale, et qui furent rétablis par Paul Meurice pour l'édition Hetzel-Quantin de 1880 : « Ce n'est pas vainement qu'à Charles Premier, roi,/ L'empereur Charles Quint succède, et qu'une loi/ Change, aux yeux de l'Europe, orpheline éplorée,/ L'altesse catholique en majesté sacrée. »
4. Pendant les répétitions, Hugo substitua à cette réplique un aparté de don Ruy Gomez : « mais comme lui je n'ai point pardonné ». Les journaux de l'époque commentèrent cette formule, qui fit rire le soir où Hugo annota son exemplaire.

DON CARLOS,
se tournant vers le tombeau.

Honneur à Charlemagne !
– Laissez-nous seuls tous deux.

Tous sortent.

Scène 5

DON CARLOS, *seul.*

Il s'incline devant le tombeau.

Es-tu content de moi ?
Ai-je bien dépouillé les misères du roi ?
1785 Charlemagne[1] ! empereur, suis-je bien un autre homme ?
Puis-je accoupler mon casque à la mitre[2] de Rome ?
Aux fortunes du monde ai-je droit de toucher ?
Ai-je un pied sûr et ferme, et qui puisse marcher
Dans ce sentier, semé des ruines vandales[3],
1790 Que tu nous as battu de tes larges sandales ?
Ai-je bien à ta flamme allumé mon flambeau ?
Ai-je compris la voix qui parle en ton tombeau ?
– Ah ! j'étais seul, perdu, seul devant un empire,
Tout un monde qui hurle, et menace, et conspire ;
1795 Le Danois[4] à punir, le Saint-Père à payer,
Venise[5], Soliman[6], Luther, François Premier,
Mille poignards jaloux luisant déjà dans l'ombre,
Des pièges, des écueils, des ennemis sans nombre,
Vingt peuples dont un seul ferait peur à vingt rois,

1. Cette apostrophe à Charlemagne (jusqu'à « ton tombeau ») fut supprimée par Hugo peu après la première représentation.
2. Coiffure triangulaire portée par le pape.
3. Les envahisseurs vandales, au Ve siècle, détruisirent de nombreux monuments artistiques.
4. Christian le Cruel, roi du Danemark, qui annexa la Suède en 1520.
5. Venise était alors une république indépendante et florissante.
6. Soliman le Magnifique devint sultan en 1520. Il prit Belgrade en 1521, et triompha des Hongrois en 1526.

1800 Tout pressé, tout pressant, tout à faire à la fois !
Je t'ai crié : – Par où faut-il que je commence[1] ?
Et tu m'as répondu : – Mon fils, par la clémence[2] !

1. Cette question déclencha des rires le soir où Hugo annota son exemplaire.
2. Réécriture de la clémence d'Auguste dans *Cinna* de Corneille, déjà pratiquée par Hugo au dénouement de *Cromwell*. Le quatrième acte se termine par un dénouement heureux (sauf pour don Ruy Gomez). Les journaux et les parodistes soulignèrent l'irrégularité dramaturgique du second dénouement opéré par l'acte V, d'où Charles Quint et toute providence disparaissent.

V

LA NOCE

SARAGOSSE

ACTE V

Une terrasse du palais d'Aragon. Au fond, la rampe d'un escalier qui s'enfonce dans le jardin. À droite et à gauche, deux portes donnant sur cette terrasse, que ferme au fond du théâtre une balustrade surmontée de deux rangs d'arcades moresques, au-dessus et au travers desquelles on voit les jardins du palais, les jets d'eau dans l'ombre, les bosquets avec des lumières qui s'y promènent, et au fond les faîtes gothiques et arabes du palais illuminé. – Il est nuit. On entend des fanfares éloignées. – Des masques, des dominos[1]*, épars, isolés ou groupés, traversent çà et là la terrasse. Sur le devant du théâtre, un groupe de jeunes seigneurs, les masques à la main, riant et causant à grand bruit*[2].

Scène I

DON SANCHO SANCHEZ DE ZUNIGA, *comte de Monterey*; DON MATIAS CENTURION, *marquis d'Almuñan*; DON RICARDO DE ROXAS, *comte de Casapalma*; DON FRANCISCO DE SOTOMAYOR, *comte de Velalcazar*; DON GARCI SUAREZ DE CARBAJAL, *comte de Peñalver*

DON GARCI

Ma foi, vive la joie et vive l'épousée !

DON MATIAS, *regardant au balcon.*

Saragosse ce soir se met à la croisée[3].

---

1. Costumes de bal masqué constitués de robes amples à capuchon.
2. Le cahier du machiniste Dupont indique, pour la création, « la petite chambre arabesque ». Certains éléments furent repris des décors de *La Princesse des Ursins* (Alexandre Duval, 1825-1826) et d'*Émilia* (tragédie de Soumet adaptée du *Kenilworth* de Scott, 1827). Un canapé était sur le devant de la scène.
3. Voir p. 69, note 3.

DON GARCI

1805 Et fait bien ! on ne vit jamais noce aux flambeaux
Plus gaie, et nuit plus douce, et mariés plus beaux !

DON MATIAS

Bon empereur !

DON SANCHO

Marquis, certain soir qu'à la brune
Nous allions avec lui tous deux cherchant fortune,
Qui nous eût dit qu'un jour tout finirait ainsi ?

DON RICARDO, *l'interrompant.*

1810 J'en étais.

Aux autres.

Écoutez l'histoire que voici :
Trois galants, un bandit que l'échafaud réclame,
Puis un duc, puis un roi, d'un même cœur de femme
Font le siège à la fois. – L'assaut donné, qui l'a ?
C'est le bandit.

DON FRANCISCO

Mais rien que de simple en cela.
1815 L'amour et la fortune, ailleurs comme en Espagne,
Sont jeux de dés pipés. C'est le voleur qui gagne !

DON RICARDO

Moi, j'ai fait ma fortune à voir faire l'amour[1].
D'abord comte, puis grand, puis alcade de cour,
J'ai fort bien employé mon temps, sans qu'on s'en doute.

DON SANCHO

1820 Le secret de monsieur[2], c'est d'être sur la route

1. Faire la cour.
2. Cette expression fit rire le soir où Hugo annota son exemplaire. Sans doute parce que Charles X, avant de devenir roi, était appelé « Monsieur, frère du roi », sous le règne de Louis XVIII.

Du roi…

DON RICARDO

Faisant valoir mes droits, mes actions…

DON GARCI

Vous avez profité de ses distractions.

DON MATIAS

Que devient le vieux duc ? fait-il clouer sa bière ?

DON SANCHO

Marquis, ne riez pas. Car c'est une âme fière.
825 Il aimait doña Sol, ce vieillard. Soixante ans
Ont fait ses cheveux gris, un jour les a faits blancs !

DON GARCI

Il n'a pas reparu, dit-on, à Saragosse ?

DON SANCHO

Vouliez-vous pas qu'il mît son cercueil de la noce ?

DON FRANCISCO

Et que fait l'empereur ?

DON SANCHO

L'empereur aujourd'hui
830 Est triste. Le Luther lui donne de l'ennui[1].

DON RICARDO

Ce Luther, beau sujet de soucis et d'alarmes !
Que j'en finirais vite avec quatre gendarmes !

DON MATIAS

Le Soliman aussi lui fait ombre[2].

---

1. Voir p. 56, note 1.
2. Voir p. 175, note 6.

DON GARCI

Ah ! Luther !
Soliman, Neptunus[1], le diable et Jupiter,
1835 Que me font ces gens-là ? les femmes sont jolies,
La mascarade[2] est rare, et j'ai dit cent folies !

DON SANCHO

Voilà l'essentiel.

DON RICARDO

Garci n'a point tort. Moi,
Je ne suis plus le même un jour de fête, et croi
Qu'un masque que je mets me fait une autre tête,
1840 En vérité !

DON SANCHO,
bas à don Matias.

Que n'est-ce alors tous les jours fête !

DON FRANCISCO,
montrant la porte à droite.

Messeigneurs, n'est-ce pas la chambre des époux ?

DON GARCI,
avec un signe de tête.

Nous les verrons venir dans l'instant.

DON FRANCISCO

Croyez-vous ?

DON GARCI

Hé ! sans doute !

DON FRANCISCO

Tant mieux. L'épousée est si belle !

1. Neptunus, dieu de la mer chez les Romains.
2. Bal masqué.

DON RICARDO

Que l'empereur est bon ! – Hernani, ce rebelle,
1845 Avoir la Toison d'or ! – marié ! – pardonné !
Loin de là[1], s'il m'eût cru, l'empereur eût donné
Lit de pierre au galant, lit de plume à la dame.

DON SANCHO,
bas à don Matias.

Que je le crèverais volontiers de ma lame !
Faux seigneur de clinquant recousu de gros fil !
1850 Pourpoint de comte, empli de conseils d'alguazil[2] !

DON RICARDO, *s'approchant.*

Que dites-vous là ?

DON MATIAS,
bas à don Sancho.

Comte, ici pas de querelle !

À don Ricardo.

Il me chante un sonnet de Pétrarque à sa belle[3].

DON GARCI

Avez-vous remarqué, messieurs, parmi les fleurs,
Les femmes, les habits de toutes les couleurs,
1855 Ce spectre, qui, debout contre une balustrade,
De son domino noir tachait la mascarade ?

DON RICARDO

Oui, pardieu !

DON GARCI

Qu'est-ce donc ?

---

1. Au lieu de faire cela.
2. Agent de police.
3. Le grand poète italien Pétrarque (1304-1374) écrivit des poèmes d'amour à Laure de Noves.

DON RICARDO

Mais sa taille, son air…
C'est don Prancasio, général de la mer.

DON FRANCISCO

Non.

DON GARCI

Il n'a pas quitté son masque.

DON FRANCISCO

Il n'avait garde.
1860 C'est le duc de Soma qui veut qu'on le regarde.
Rien de plus.

DON RICARDO

Non. Le duc m'a parlé.

DON GARCI

Qu'est-ce alors
Que ce masque ? – Tenez, le voilà.

Entre un domino noir qui traverse lentement le fond du théâtre. Tous se retournent et le suivent des yeux sans qu'il paraisse y prendre garde.

DON SANCHO

Si les morts
Marchent, voici leur pas.

DON GARCI,
courant au domino noir.

Beau masque !

Le domino noir se retourne et s'arrête. Garci recule.

Sur mon âme,
Messeigneurs, dans ses yeux j'ai vu luire une flamme.

DON SANCHO

1865 Si c'est le diable, il trouve à qui parler.

Il va au domino noir, toujours immobile.

Mauvais !

Nous viens-tu de l'enfer ?

LE MASQUE

Je n'en viens pas, j'y vais.

Il reprend sa marche, et disparaît par la rampe de l'escalier. Tous le suivent des yeux avec une sorte d'effroi.

DON MATIAS

La voix est sépulcrale, autant qu'on le peut dire.

DON GARCI

Baste[1] ! ce qui fait peur ailleurs, au bal fait rire !

DON SANCHO

Quelque mauvais plaisant !

DON GARCI

Ou si c'est Lucifer

1870 Qui vient nous voir danser en attendant l'enfer,
Dansons !

DON SANCHO

C'est, à coup sûr, quelque bouffonnerie.

DON MATIAS

Nous le saurons demain.

DON SANCHO, *à don Matias.*

Regardez, je vous prie.

Que devient-il ?

---

1. Voir p. 146, note 1.

DON MATIAS,
à la balustrade de la terrasse.

Il a descendu l'escalier.
– Plus rien[1].

DON SANCHO

C'est un plaisant drôle !

Rêvant.

– C'est singulier.

DON GARCI,
à une dame qui passe.

1875 – Marquise, dansons-nous celle-ci ?

Il la salue et lui présente la main.

LA DAME

Mon cher comte,
Vous savez, avec vous, que mon mari les compte.

DON GARCI

Raison de plus. Cela l'amuse apparemment.
C'est son plaisir. Il compte et nous dansons.

La dame lui donne la main et ils sortent.

DON SANCHO, *pensif.*

Vraiment,
C'est singulier.

DON MATIAS

Voici les mariés. Silence.

Entrent Hernani et doña Sol se donnant la main. Doña Sol en magnifique habit de mariée. Hernani tout en velours noir, avec la Toison d'or[2] au cou. Derrière eux, foule de

1. Cette expression déclencha des rires le soir où Hugo annota son exemplaire.
2. Voir p. 67, note 1.

masques, de dames et de seigneurs qui leur font cortège. Deux hallebardiers[1] *en riche livrée*[2] *les suivent, et quatre pages les précèdent. Tout le monde se range et s'incline sur leur passage. Fanfares.*

Scène 2[3]

LES MÊMES, HERNANI, DOÑA SOL, *suite*

HERNANI, *saluant*

1880 Chers amis !…

DON RICARDO,
allant à lui et s'inclinant.

Ton bonheur fait le nôtre, excellence !

DON FRANCISCO,
contemplant doña Sol.

Saint Jacques monseigneur ! c'est Vénus qu'il conduit !

DON MATIAS

D'honneur ! on est heureux un pareil jour la nuit !

DON FRANCISCO,
montrant à don Matias la chambre nuptiale.

Qu'il va se passer là de gracieuses choses !
Être fée, et tout voir, feux éteints, portes closes,
1885 Serait-ce pas charmant ?

DON SANCHO, *à don Matias.*

Il est tard. Partons-nous ?

1. Porteurs de hallebardes, armes dont le fer est monté sur une longue hampe.
2. Vêtement aux couleurs d'un roi, d'un seigneur.
3. Cette courte scène, qui contient quelques allusions à la nuit de noces (exploitées par les parodistes dans le sens de la grivoiserie), fut écourtée par Hugo dès la première représentation, où elle ne comportait plus que trois vers.

Tous vont saluer les mariés et sortent, les uns par la porte, les autres par l'escalier du fond.

HERNANI, *les reconduisant.*

Dieu vous garde !

DON SANCHO,
resté le dernier, lui serre la main.

Soyez heureux.

Il sort.
Hernani et doña Sol restent seuls. – Bruit de pas et de voix qui s'éloignent, puis cessent tout à fait. Pendant tout le commencement de la scène qui suit, les fanfares et les lumières éloignées s'éteignent par degrés. La nuit et le silence reviennent peu à peu.

Scène 3

HERNANI, DOÑA SOL

DOÑA SOL

Ils s'en vont tous

Enfin !

HERNANI,
cherchant à l'attirer dans ses bras.

Cher amour !

DOÑA SOL,
rougissant et reculant.

C'est… qu'il est tard, ce me semble…

HERNANI

Ange ! Il est toujours tard pour être seuls ensemble !

DOÑA SOL

Ce bruit me fatiguait ! – N'est-ce pas, cher seigneur,
1890 Que toute cette joie étourdit le bonheur ?

HERNANI

Tu dis vrai. Le bonheur, amie, est chose grave.
Il veut des cœurs de bronze et lentement s'y grave.
Le plaisir l'effarouche en lui jetant des fleurs.
Son sourire est moins près du rire que des pleurs !

DOÑA SOL

395 Dans vos yeux ce sourire est le jour.

Hernani cherche à l'entraîner vers la porte. Elle rougit.

– Tout à l'heure[1].

HERNANI

Oh ! je suis ton esclave ! – Oui, demeure, demeure !
Fais ce que tu voudras. Je ne demande rien.
Tu sais ce que tu fais ! ce que tu fais est bien !
Je rirai si tu veux, je chanterai. Mon âme
00 Brûle… Eh ! dis au volcan qu'il étouffe sa flamme,
Le volcan fermera ses gouffres entrouverts,
Et n'aura sur ses flancs que fleurs et gazons verts !
Car le géant est pris, le Vésuve est esclave,
Et que t'importe, à toi, son cœur rongé de lave ?
05 Tu veux des fleurs ! c'est bien. Il faut que de son mieux
Le volcan tout brûlé s'épanouisse aux yeux !

DOÑA SOL

Oh ! que vous êtes bon pour une pauvre femme,
Hernani de mon cœur !

HERNANI

Quel est ce nom, madame[2] ?
Oh ! ne me nomme plus de ce nom, par pitié !
10 Tu me fais souvenir que j'ai tout oublié !

1. Cette expression déclencha des rires le soir où Hugo annota son exemplaire.
2. Depuis ce vers, jusqu'à « mari de doña Sol », Hugo note « bruit » en marge de son exemplaire.

Je sais qu'il existait autrefois, dans un rêve,
Un Hernani, dont l'œil avait l'éclair du glaive,
Un homme de la nuit et des monts, un proscrit
Sur qui le mot *vengeance* était partout écrit!
1915 Un malheureux traînant après lui l'anathème[1]!
Mais je ne connais pas ce Hernani. – Moi, j'aime
Les prés, les fleurs, les bois, le chant du rossignol.
Je suis Jean d'Aragon, mari de doña Sol!
Je suis heureux!

DOÑA SOL

Je suis heureuse!

HERNANI

Que m'importe
1920 Les haillons qu'en entrant j'ai laissés à la porte!
Voici que je reviens à mon palais en deuil.
Un ange du Seigneur m'attendait sur le seuil.
J'entre, et remets debout les colonnes brisées,
Je rallume le feu, je rouvre les croisées[2],
1925 Je fais arracher l'herbe au pavé de la cour,
Je ne suis plus que joie, enchantement, amour.
Qu'on me rende mes tours, mes donjons, mes bastilles,
Mon panache, mon siège au conseil des Castilles[3],
Vienne ma doña Sol, rouge et le front baissé,
1930 Qu'on nous laisse tous deux, et le reste est passé!
Je n'ai rien vu, rien dit, rien fait, je recommence,
J'efface tout, j'oublie! Ou sagesse ou démence,
Je vous ai, je vous aime, et vous êtes mon bien!

DOÑA SOL

Que sur ce velours noir ce collier d'or fait bien!

---

1. Voir p. 47, note 1.
2. Ce vers et le suivant déclenchèrent des rires le soir où Hugo annota son exemplaire.
3. Conseil du roi.

HERNANI

1935 Vous vîtes avant moi le roi mis de la sorte.

DOÑA SOL

Je n'ai pas remarqué. – Tout autre, que m'importe !
Puis, est-ce le velours ou le satin encor ?
Non, mon duc. C'est ton cou qui sied au collier d'or[1] !
Vous êtes noble et fier, monseigneur.

Il veut l'entraîner.

– Tout à l'heure[2] !
1940 Un moment ! – Vois-tu bien ? c'est la joie, et je pleure.
Viens voir la belle nuit !

Elle va à la balustrade.

– Mon duc, rien qu'un moment !
Le temps de respirer et de voir seulement !
Tout s'est éteint, flambeaux et musique de fête.
Rien que la nuit et nous ! Félicité parfaite !
1945 Dis, ne le crois-tu pas ? Sur nous, tout en dormant,
La nature à demi veille amoureusement.
La lune est seule aux cieux, qui comme nous repose,
Et respire avec nous l'air embaumé de rose[3] !
Regarde : plus de feux, plus de bruit. Tout se tait.
1950 La lune tout à l'heure à l'horizon montait,
Tandis que tu parlais, sa lumière qui tremble
Et ta voix, toutes deux m'allaient au cœur ensemble ;
Je me sentais joyeuse et calme, ô mon amant !
Et j'aurais bien voulu mourir en ce moment[4].

---

1. Ce vers déclencha des rires le soir où Hugo annota son exemplaire.
2. Cette exclamation déclencha des rires le soir où Hugo annota son exemplaire.
3. Hugo gomma la personnification de la lune peu après la première, et remplaça ces deux vers par : « Pas un nuage au ciel. Tout comme nous repose,/ Viens, respire avec moi l'air embaumé de rose ! »
4. On dit que l'actrice Mlle Mars remporta beaucoup de succès avec cette tirade le soir de la première. Mais le soir où Hugo annota son exemplaire, il inscrivit en marge de cette tirade : « bruit, rires et sifflets ».

HERNANI

1955 Ah ! qui n'oublîrait tout à cette voix céleste ?
Ta parole est un chant où rien d'humain ne reste.
Et comme un voyageur sur un fleuve emporté,
Qui glisse sur les eaux par un beau soir d'été,
Et voit fuir sous ses yeux mille plaines fleuries,
1960 Ma pensée entraînée erre en tes rêveries[1] !

DOÑA SOL

Ce silence est trop noir. Ce calme est trop profond.
Dis, ne voudrais-tu point voir une étoile au fond[2] ?
Ou qu'une voix des nuits, tendre et délicieuse,
S'élevant tout à coup, chantât[3] ?…

HERNANI, *souriant.*

Capricieuse !
1965 Tout à l'heure on fuyait la lumière et les chants !

DOÑA SOL

Le bal ! – Mais un oiseau qui chanterait aux champs[4] !
Un rossignol, perdu dans l'ombre et dans la mousse,
Ou quelque flûte au loin !… – Car la musique est douce,
Fait l'âme harmonieuse, et, comme un divin chœur,
1970 Éveille mille voix qui chantent dans le cœur !
– Ah ! ce serait charmant !

On entend le bruit lointain d'un cor dans l'ombre.

– Dieu ! je suis exaucée !

1. Hugo supprima les quatre derniers vers de cette tirade.
2. Ce vers ainsi que le vers 1964 déclenchèrent des rires le soir où Hugo annota son exemplaire.
3. Dans la parodie *Harnali*, tandis que Quasifol admire la lune et le firmament, l'ombre du ciel et le chant des oiseaux, le héros s'impatiente : « Qu'une femme astronome est un être embêtant ! »
4. Ce vers et les deux suivants, ainsi que le vers 1970, déclenchèrent des rires le soir où Hugo annota son exemplaire.

HERNANI, *tressaillant, à part.*

Ah ! malheureuse !

DOÑA SOL

Un ange a compris ma pensée, –
Ton bon ange sans doute ?

HERNANI, *amèrement.*

Oui, mon bon ange !

À part.

Encor[1] !...

DOÑA SOL, *souriant.*

Don Juan, je reconnais le son de votre cor[2] !

HERNANI

75 N'est-ce pas ?

DOÑA SOL

Seriez-vous dans cette sérénade
De moitié ?

HERNANI

De moitié, tu l'as dit.

DOÑA SOL

Bal maussade !
Ah ! que j'aime bien mieux le cor au fond des bois[3] !...
Et puis, c'est votre cor, c'est comme votre voix.

Le cor recommence.

---

1. Ici, sifflets dans le public le soir où Hugo annota son exemplaire.
2. À partir d'ici, jusqu'à « emplit mon cœur de joie », Hugo note « bruit » en marge de son exemplaire.
3. « J'aime le son du Cor, le soir, au fond des bois » est le premier vers du poème de Vigny « Le Cor », paru en 1826 dans les *Poèmes antiques et modernes.*

HERNANI, *à part.*

Ah ! le tigre est en bas qui hurle et veut sa proie !

DOÑA SOL

1980 Don Juan, cette harmonie emplit le cœur de joie !...

HERNANI, *se levant terrible.*

Nommez-moi Hernani ! nommez-moi Hernani !
Avec ce nom fatal je n'en ai pas fini !

DOÑA SOL, *tremblante.*

Qu'avez-vous ?

HERNANI

Le vieillard !

DOÑA SOL

Dieu ! quels regards funèbres !
Qu'avez-vous ?

HERNANI

Le vieillard qui rit dans les ténèbres !
1985 – Ne le voyez-vous pas ?

DOÑA SOL

Où vous égarez-vous ?
Qu'est-ce que ce vieillard ?

HERNANI

Le vieillard !

DOÑA SOL

À genoux
Je t'en supplie, oh ! dis ! quel secret te déchire ?
Qu'as-tu ?

HERNANI.

Je l'ai juré !

DOÑA SOL

Juré !

Elle suit tous ses mouvements avec anxiété. Il s'arrête tout à coup et passe la main sur son front.

HERNANI, *à part.*

Qu'allais-je dire ?

Épargnons-la.

Haut.

Moi, rien. De quoi t'ai-je parlé ?

DOÑA SOL

990 Vous avez dit…

HERNANI

Non, non… j'avais l'esprit troublé…

Je souffre un peu, vois-tu. N'en prends pas d'épouvante.

DOÑA SOL

Te faut-il quelque chose ? ordonne à ta servante !

Le cor recommence.

HERNANI, *à part.*

Il le veut ! il le veut ! il a mon serment !

Cherchant son poignard.

– Rien.

Ce devrait être fait ! – Ah !…

DOÑA SOL

Tu souffres donc bien ?

HERNANI

995 Une blessure ancienne, et qui semblait fermée,

Se rouvre…

À part.

Éloignons-la.

Haut.

Doña Sol, bien-aimée,
Écoute, ce coffret qu'en des jours moins heureux
Je portais avec moi…

DOÑA SOL

Je sais ce que tu veux.
Eh bien, qu'en veux-tu faire ?

HERNANI

Un flacon qu'il renferme
2000 Contient un élixir qui pourra mettre un terme
Au mal que je ressens… Va !

DOÑA SOL

J'y vais, monseigneur.

Elle sort par la porte de la chambre nuptiale.

Scène 4

HERNANI, *seul.*

Voilà donc ce qu'il vient faire de mon bonheur !
Voici le doigt fatal qui luit sur la muraille[1] !
Oh ! que la destinée amèrement me raille !

Il tombe dans une profonde et convulsive rêverie, puis se détourne brusquement.

2005 Hé bien ?… – Mais tout se tait. Je n'entends rien venir.
Si je m'étais trompé !…

Le masque en domino noir paraît au haut de la rampe. – Hernani s'arrête pétrifié.

1. Comme au festin de Balthazar (voir p. 168, note 1).

Scène 5

HERNANI, LE MASQUE

LE MASQUE

– « Quoi qu'il puisse advenir,
« Quand tu voudras, vieillard, quel que soit le lieu, l'heure,
« S'il te passe à l'esprit qu'il est temps que je meure,
« Viens, sonne de ce cor, et ne prends d'autres soins.
2010 « Tout sera fait. » – Ce pacte eut les morts pour témoins[1].
Hé bien, tout est-il fait ?

HERNANI, *à voix basse.*

C'est lui !

LE MASQUE

Dans ta demeure
Je viens, et je te dis qu'il est temps. C'est mon heure.
Je te trouve en retard.

HERNANI

Bien. Quel est ton plaisir ?
Que feras-tu de moi ? Parle.

LE MASQUE

Tu peux choisir
2015 Du fer ou du poison. Ce qu'il faut, je l'apporte.
Nous partirons tous deux.

HERNANI

Soit.

LE MASQUE

Prions-nous ?

HERNANI

Qu'importe !

1. Voir la fin de l'acte III.

LE MASQUE

Que prends-tu ?

HERNANI

Le poison.

LE MASQUE

Bien ! Donne-moi ta main.

Il présente une fiole à Hernani, qui la reçoit en pâlissant.

Bois, pour que je finisse.

Hernani approche la fiole de ses lèvres, puis recule.

HERNANI

Oh ! par pitié ! demain ! –
Oh ! s'il te reste un cœur, duc, ou du moins une âme ;
2020 Si tu n'es pas un spectre échappé de la flamme ;
Un mort damné, fantôme ou démon désormais ;
Si Dieu n'a point encor mis sur ton front : « Jamais ! »
Si tu sais ce que c'est que ce bonheur suprême
D'aimer, d'avoir vingt ans, d'épouser quand on aime ;
2025 Si jamais femme aimée a tremblé dans tes bras,
Attends jusqu'à demain. – Demain tu reviendras !

LE MASQUE

Simple qui parle ainsi ! demain ! demain ! – tu railles !
Ta cloche a ce matin sonné tes funérailles !
Et que ferais-je, moi, cette nuit ? J'en mourrais[1].
2030 Et qui viendrait te prendre et t'emporter après ?
Seul descendre au tombeau ! Jeune homme, il faut me suivre !

HERNANI

Eh bien, non ! et de toi, démon, je me délivre !
Je n'obéirai pas.

1. Ce vers déclencha des rires le soir où Hugo annota son exemplaire.

LE MASQUE

Je m'en doutais. – Fort bien.
Sur quoi donc m'as-tu fait ce serment ? Ah ! sur rien.
2035 Peu de chose après tout ! La tête de ton père.
Cela peut s'oublier. La jeunesse est légère.

HERNANI

Mon père ! – Mon père !... – Ah ! j'en perdrai la raison !...

LE MASQUE

Non, ce n'est qu'un parjure et qu'une trahison.

HERNANI

Duc !...

LE MASQUE

Puisque les aînés des maisons espagnoles
2040 Se font jeu maintenant de fausser leurs paroles,

Il fait un pas pour sortir.

Adieu !

HERNANI

Ne t'en va pas.

LE MASQUE

Alors...

HERNANI

Vieillard cruel !

Il prend la fiole.

Revenir sur mes pas à la porte du ciel !...

Rentre doña Sol, sans voir le masque qui est debout près de la rampe au fond du théâtre.

Scène 6

LES MÊMES, DOÑA SOL

DOÑA SOL

Je n'ai pu le trouver, ce coffret.

HERNANI, *à part.*

Dieu ! c'est elle !

Dans quel moment !

DOÑA SOL

Qu'a-t-il ? je l'effraie, il chancelle

2045 À ma voix ! – Que tiens-tu dans ta main ? quel soupçon !
Que tiens-tu dans ta main ? réponds.

Le domino se démasque. Elle pousse un cri, et reconnaît don Ruy.

– C'est du poison !

HERNANI

Grand Dieu !

DOÑA SOL, *à Hernani.*

Que t'ai-je fait ? quel horrible mystère !...
Vous me trompiez, don Juan !...

HERNANI

Ah ! j'ai dû te le taire.
J'ai promis de mourir au duc qui me sauva.
2050 Aragon doit payer cette dette à Silva.

DOÑA SOL

Vous n'êtes pas à lui, mais à moi. Que m'importe
Tous vos autres serments !

À don Ruy Gomez.

Duc, l'amour me rend forte.
Contre vous, contre tous, duc, je le défendrai.

DON RUY GOMEZ, *immobile.*

Défends-le, si tu peux, contre un serment juré.

DOÑA SOL

2055 Quel serment ?

HERNANI

J'ai juré.

DOÑA SOL

Non, non ; rien ne te lie ;
Cela ne se peut pas ! crime, attentat, folie !

DON RUY GOMEZ

Allons, duc !

Hernani fait un geste pour obéir. Doña Sol cherche à l'arrêter.

HERNANI

Laissez-moi, doña Sol, il le faut.
Le duc a ma parole, et mon père est là-haut !

DOÑA SOL, *à don Ruy.*

Il vaudrait mieux pour vous aller aux tigres même
2060 Arracher leurs petits, qu'à moi celui que j'aime.
Savez-vous ce que c'est que doña Sol ? Longtemps,
Par pitié pour votre âge et pour vos soixante ans,
J'ai fait la fille douce, innocente et timide[1] ;
Mais voyez-vous cet œil de pleurs de rage humide ?

Elle tire un poignard de son sein.

2065 Voyez-vous ce poignard ? Ah ! vieillard insensé,
Craignez-vous pas le fer quand l'œil a menacé ?
Prenez garde, don Ruy ! – je suis de la famille[2],
Mon oncle ! – écoutez-moi, fussé-je votre fille,

1. Inversion : « cet œil humide de pleurs de rage ».
2. Ce vers, comme les vers 2064 et 2071, déclencha des rires le soir où Hugo annota son exemplaire.

Malheur si vous portez la main sur mon époux !…

Elle jette le poignard et tombe à genoux devant le duc.

2070 Ah ! je tombe à vos pieds ! Ayez pitié de nous !
Grâce ! hélas ! monseigneur, je ne suis qu'une femme,
Je suis faible, ma force avorte dans mon âme,
Je me brise aisément, je tombe à vos genoux[1] !
Ah ! je vous en supplie, ayez pitié de nous !

DON RUY GOMEZ

2075 Doña Sol !

DOÑA SOL

Pardonnez !… Nous autres Espagnoles,
Notre douleur s'emporte à de vives paroles,
Vous le savez. Hélas ! vous n'étiez pas méchant !
Pitié ! Vous me tuez, mon oncle, en le touchant !
Pitié ! je l'aime tant !…

DON RUY GOMEZ, *sombre.*

Vous l'aimez trop !

HERNANI

Tu pleures !

DOÑA SOL

2080 Non, non, je ne veux pas, mon amour[2], que tu meures !
Non, je ne le veux pas.

À don Ruy.

Faites grâce aujourd'hui ;
Je vous aimerai bien aussi, vous.

1. Dans une parodie, l'infirmier de la Pitié se moque de ce vers, et de cette gestuelle caractéristique de doña Sol ailleurs dans la pièce : « Si vous êtes sujette à vous briser, tâchez de ne pas tomber si souvent aux genoux de tout le monde. »
2. Cette expression déclencha des rires le soir où Hugo annota son exemplaire.

DON RUY GOMEZ

Après lui !
De ces restes d'amour, d'amitié, – moins encore, –
Croyez-vous apaiser la soif qui me dévore ?

Montrant Hernani.

2085 Il est seul ! il est tout ! mais moi, belle pitié !
Qu'est-ce que je peux faire avec votre amitié ?
Ô rage ! il aurait, lui, le cœur, l'amour, le trône,
Et d'un regard de vous il me ferait l'aumône !
Et s'il fallait un mot à mes vœux insensés
2090 C'est lui qui vous dirait : – Dis cela, c'est assez ! –
En maudissant tout bas le mendiant avide
Auquel il faut jeter le fond du verre vide !
Honte ! dérision ! Non, il faut en finir.
Bois !

HERNANI

Il a ma parole, et je dois la tenir.

DON RUY GOMEZ

2095 Allons !

Hernani approche la fiole de ses lèvres. Doña Sol se jette sur son bras.

DOÑA SOL

Oh ! pas encor ! Daignez tous deux m'entendre.

DON RUY GOMEZ

Le sépulcre est ouvert, et je ne puis attendre.

DOÑA SOL

Un instant, monseigneur ! mon don Juan ! – Ah ! tous deux
Vous êtes bien cruels ! – Qu'est-ce que je veux d'eux ?
Un instant ! voilà tout… tout ce que je réclame !
2100 Enfin, on laisse dire à cette pauvre femme

Ce qu'elle a dans le cœur!... – Oh! laissez-moi parler[1]!...

DON RUY GOMEZ, *à Hernani.*

J'ai hâte.

DOÑA SOL

Messeigneurs! vous me faites trembler!
Que vous ai-je donc fait?

HERNANI

Ah! son cri me déchire.

DOÑA SOL,
lui retenant toujours le bras.

Vous voyez bien que j'ai mille choses à dire!

DON RUY GOMEZ, *à Hernani.*

2105 Il faut mourir.

DOÑA SOL,
toujours pendue au bras d'Hernani.

Don Juan, lorsque j'aurai parlé,
Tout ce que tu voudras, tu le feras.

Elle lui arrache la fiole.

Je l'ai.

Elle élève la fiole aux yeux d'Hernani et du vieillard étonné.

DON RUY GOMEZ

Puisque je n'ai céans affaire qu'à deux femmes,
Don Juan, il faut qu'ailleurs j'aille chercher des âmes.
Tu fais de beaux serments par le sang dont tu sors,
2110 Et je vais à ton père en parler chez les morts!
– Adieu!...

1. Ce vers, comme le vers 2118, déclencha des rires le soir où Hugo annota son exemplaire.

Il fait quelques pas pour sortir. Hernani le retient.

HERNANI

Duc, arrêtez.

À doña Sol.

Hélas ! je t'en conjure,
Veux-tu me voir faussaire, et félon, et parjure ?
Veux-tu que partout j'aille avec la trahison
Écrite sur le front ? Par pitié, ce poison,
115 Rends-le-moi ! Par l'amour, par notre âme immortelle…

DOÑA SOL, *sombre.*

Tu veux ?

Elle boit.

Tiens maintenant.

DON RUY GOMEZ, *à part.*

Ah ! c'était donc pour elle !

DOÑA SOL,
rendant à Hernani la fiole à demi vidée.

Prends, te dis-je.

HERNANI, *à don Ruy.*

Vois-tu, misérable vieillard ?

DOÑA SOL

Ne te plains pas de moi, je t'ai gardé ta part.

HERNANI, *prenant la fiole.*

Dieu !

DOÑA SOL

Tu ne m'aurais pas ainsi laissé la mienne,
120 Toi !… Tu n'as pas le cœur d'une épouse chrétienne,
Tu ne sais pas aimer comme aime une Silva.
Mais j'ai bu la première et suis tranquille. – Va !

Bois si tu veux !

HERNANI

Hélas ! qu'as-tu fait, malheureuse ?

DOÑA SOL

C'est toi qui l'as voulu.

HERNANI

C'est une mort affreuse !

DOÑA SOL

2125 Non. – Pourquoi donc ?

HERNANI

Ce philtre au sépulcre conduit.

DOÑA SOL

Devions-nous pas dormir ensemble cette nuit ?
Qu'importe dans quel lit[1] !

HERNANI

Mon père, tu te venges
Sur moi qui t'oubliais !

Il porte la fiole à sa bouche.

DOÑA SOL,
se jetant sur lui.

Ciel ! des douleurs étranges !...
Ah ! jette loin de toi ce philtre !... ma raison
2130 S'égare. – Arrête ! hélas ! mon don Juan ! ce poison
Est vivant, ce poison dans le cœur fait éclore
Une hydre à mille dents qui ronge et qui dévore !
Oh ! je ne savais pas qu'on souffrît à ce point[2] !
Qu'est-ce donc que cela ? c'est du feu ! ne bois point !

---

1. Cet hémistiche déclencha des rires le soir où Hugo annota son exemplaire.
2. Hugo supprima ce vers et les trois suivants plusieurs jours après la première, devant la contestation.

2135 Oh ! tu souffrirais trop !

HERNANI, *à don Ruy.*

Ah ! ton âme est cruelle !
Pouvais-tu pas choisir d'autre poison pour elle ?

Il boit et jette la fiole.

DOÑA SOL

Que fais-tu ?

HERNANI

Qu'as-tu fait ?

DOÑA SOL

Viens, ô mon jeune amant,
Dans mes bras.

Ils s'asseoient l'un près de l'autre.

N'est-ce pas qu'on souffre horriblement ?

HERNANI

Non.

DOÑA SOL

Voilà notre nuit de noces commencée !
2140 Je suis bien pâle, dis, pour une fiancée[1] ?

HERNANI

Ah !

DON RUY GOMEZ

La fatalité s'accomplit.

HERNANI

Désespoir !
Ô tourment ! doña Sol souffrir, et moi le voir !

---

1. Ce vers déclencha des rires le soir où Hugo annota son exemplaire.

DOÑA SOL

Calme-toi. Je suis mieux. – Vers des clartés nouvelles
Nous allons tout à l'heure ensemble ouvrir nos ailes.
2145 Partons d'un vol égal vers un monde meilleur.
Un baiser seulement, un baiser[1] !

Ils s'embrassent.

DON RUY GOMEZ

Ô douleur !

HERNANI,
d'une voix affaiblie.

Oh ! béni soit le ciel qui m'a fait une vie
D'abîmes entourée et de spectres suivie,
Mais qui permet que, las d'un si rude chemin,
2150 Je puisse m'endormir, ma bouche sur ta main !

DON RUY GOMEZ

Qu'ils sont heureux !

HERNANI,
d'une voix de plus en plus faible.

Viens… viens… doña Sol, tout est sombre[2]…
Souffres-tu ?

DOÑA SOL,
d'une voix également éteinte.

Rien, plus rien.

HERNANI

Vois-tu des feux dans l'ombre ?

---

1. Les points communs avec la mort de Roméo et Juliette, dans la pièce de Shakespeare, sont nombreux dans cette scène, et furent relevés par les journaux et les parodistes. « *Thus with a kiss I die* » (« ainsi je meurs, sur un baiser »), sont les derniers mots de Roméo, après qu'il s'est empoisonné. Devant la contestation, Hugo supprima quelques jours après la première ce passage, à partir de « Désespoir ! ».
2. Le manuscrit du souffleur indique « DON RUY GOMEZ : Ils sont encor heureux. HERNANI : Doña Sol, tout est sombre. » Le premier hémistiche fut sifflé le soir où Hugo annota son exemplaire.

DOÑA SOL

Pas encor.

HERNANI, *avec un soupir.*

Voici…

Il tombe[1].

DON RUY GOMEZ,
soulevant sa tête qui retombe.

Mort !

DOÑA SOL,
échevelée et se dressant à demi sur son séant.

Mort ! non pas !… nous dormons.
Il dort ! c'est mon époux, vois-tu, nous nous aimons,
2155 Nous sommes couchés là[2]. C'est notre nuit de noce.

D'une voix qui s'éteint.

Ne le réveillez pas, seigneur duc de Mendoce…
Il est las.

Elle retourne la figure d'Hernani.

Mon amour, tiens-toi vers moi tourné.
Plus près… plus près encor…

Elle retombe.

DON RUY GOMEZ

Morte !… Oh ! je suis damné !…

Il se tue.

---

1. La mort des amants en chiasme (elle boit, il boit, il meurt, elle meurt) a été remarquée des parodistes. Harnali dit à sa bien-aimée : « Dis-moi donc, Quasifol, c'est bien particulier,/ Tu croquas la première, et je meurs le premier…/ *(Avec emphase.)* C'est un plaisant contraste à ravir la pensée ! »
2. Cette expression déclencha des rires le soir où Hugo annota son exemplaire.

Hernani, scène finale
Lithographie d'Achille Devéria, *La Silhouette*, avril 1830

DOSSIER

1 — *La réception de l'œuvre*

2 — *Fortune d'*Hernani *à la scène*

3 — *Le vers hugolien*

4 — *Histoire et politique dans* Hernani

1 — *La réception de l'œuvre*

La création d'*Hernani* en 1830 fut un événement, constitué comme tel par une multitude de réactions immédiates, et par les récits rétrospectifs qui en élaborèrent la légende.

PAR LA CENSURE

En autorisant la pièce, la censure se montre habile. Après l'interdiction de *Marion de Lorme* en août 1829, un second refus aurait fait de Hugo le martyr de la cause romantique. Brifaut, dans son rapport de censure, préfère laisser le public seul juge, et infliger ainsi à la pièce une chute plus humiliante que l'interdiction officielle :

> [Cette pièce] m'a semblé être un tissu d'extravagances, auxquelles l'auteur s'efforce vainement de donner un caractère d'élévation et qui ne sont que triviales et souvent grossières. Cette pièce abonde en inconvenances de toute nature. Le roi s'exprime souvent comme un bandit, le bandit traite le roi comme un brigand. La fille d'un grand d'Espagne n'est qu'une dévergondée, sans dignité ni pudeur, etc. Toutefois, malgré tant de vices capitaux, nous sommes d'avis que, non seulement il n'y a aucun inconvénient à autoriser la représentation de cette pièce, mais qu'il est d'une sage politique de n'en pas retrancher un seul mot. Il est bon que le public voie jusqu'à quel point d'égarement peut aller l'esprit humain affranchi de toute règle et de toute bienséance [1].

1. Rapport de censure d'*Hernani*, reproduit dans *Œuvres complètes* de Victor Hugo, éditées sous la direction de Jean Massin, Club français du livre (édition désormais désignée par l'abréviation CFL), 1970, t. III, p. 1413-1414.

Aussi excessif que ce jugement puisse paraître, il n'en témoigne pas moins d'une grande lucidité critique. La censure doit repérer les atteintes à la morale ; Brifaut remarque avec justesse la liberté prise par doña Sol de recevoir chez elle son amant la nuit, alors qu'elle est promise à son oncle. La censure doit aussi veiller au respect de l'image de la personne royale ; le comportement du roi, au début de la pièce, n'est effectivement pas digne de sa fonction, puisqu'il s'apprête à commettre un rapt. La fin du rapport de Brifaut, auteur néoclassique, témoigne de l'image associée au romantisme à cette époque : celle d'un dérèglement de l'esprit humain.

A-t-il ensuite lui-même attisé la querelle en attirant l'attention des milieux littéraires et journalistiques sur les incongruités et les vices qu'il avait détestés dans la pièce ? A-t-il violé le secret du manuscrit déposé à la censure ? Dans *Victor Hugo raconté par un témoin de sa vie* (1863), Hugo prétend que des parodies de la pièce circulaient avant la première. En réalité, la satire jouée dans *La Revue de Paris* du 24 décembre ne dévoile rien de la pièce ; elle se contente de se moquer de Hugo, rebaptisé « Hernani ». Mais une cabale couve dans la presse. Après la parution, dans *Le Figaro* du 3 janvier 1830, d'un article signalant qu'une centaine de vers présumés d'*Hernani* circulent dans Paris, déflorant la pièce pour lui nuire, Hugo adresse au ministère de l'Intérieur une lettre accusatrice, et en informe *Le Journal des débats* :

> Des vers de ce drame, les uns à demi travestis, les autres ridiculisés tout entiers, quelques-uns cités exactement mais artistement mêlés à des vers de fabrique, des fragments de scène enfin, plus ou moins habilement défigurés et tout barbouillés de parodie, ont été livrés à la circulation. Des portions de l'ouvrage, ainsi accommodées, ont reçu d'avance cette demi-publicité tant redoutée à bon droit des auteurs et des théâtres. Les artisans de ces louches manœuvres ont du reste pris à peine le souci de se cacher. Ils ont fait la chose en plein jour, et pour leurs discrètes confidences ils ont choisi tout simplement les journaux. Cela ne leur a pas suffi. Cette pièce qu'ils ont prostituée à leurs jour-

naux, les voilà qui la prostituent à leurs salons. Il me revient de toute part (et il s'est formé à cet égard une espèce de notoriété publique que j'atteste), que des copies frauduleuses d'*Hernani* ont été faites, que des lectures totales et partielles de ce drame ont eu lieu en maint endroit [...].

La censure a un manuscrit. Un manuscrit à sa discrétion, un manuscrit pour son bon plaisir. Elle en peut faire ce qu'elle veut. La censure est mon ennemie littéraire, la censure est mon ennemie politique. La censure est de droit improbe, malhonnête et déloyale. J'accuse la censure[1].

Brifaut se défend de ces accusations dans une lettre adressée au rédacteur du *Moniteur*, publiée le 6 mars 1830 :

Voici, Monsieur, comment les choses se sont passées : vers la fin de l'année dernière, à l'une des séances du Comité de l'Odéon, dont je fais partie, on parla du nouveau drame d'*Hernani*, et l'on en cita quelques vers très ridicules. Je dis que je connaissais la pièce, que je n'y avais point lu ces vers attribués méchamment à l'auteur, mais que, par malheur, elle en renfermait d'autres qui, sans être aussi étranges, ne valaient guère mieux. Alors j'en rapportai trois, les seuls en vérité que ma mémoire ait pu ou voulu retenir. On rit, et j'en fis autant. Nous étions quatre ou cinq personnes à cette réunion. Un ami de M. Victor Hugo, membre du même Comité, arriva un moment après [...]; quelqu'un lui conta notre conversation qu'il alla redire à celui qu'elle intéressait, le tout sans mauvaise intention [...]. L'auteur d'*Hernani* m'écrivit dans un style un peu amer pour se plaindre de mon indiscrétion. Ma réponse se ressentit de l'impression désagréable que m'avait laissée le ton de sa lettre; cependant, après lui avoir avoué la vérité, que je ne dissimule jamais, dût-elle me nuire, je lui promis de ne plus répéter ses vers, quand ils pourraient prêter à la raillerie, l'assurant que je trouvais beaucoup plus de plaisir à citer les brillantes tirades ou les belles strophes qu'il crée avec une si heureuse facilité. Voilà tout ce qu'il y a de vrai dans ce qu'on a raconté; voilà tout mon crime. Quant au reste, je ne sais ce que cela veut dire. La copie frauduleuse du manuscrit d'*Hernani*, la falsification du texte, les lectures de l'ouvrage chez les particuliers, les vers livrés

---

1. Lettre de Victor Hugo au comte de Montbel, 5 janvier 1830, *ibid.*, p. 1272-1273.

à des journalistes, sont des infamies dont je n'ai pas à me justifier[1].

PAR LES ACTEURS

Les acteurs sont eux-mêmes désarçonnés par les innovations dramaturgiques de Hugo. Mais, avec un zèle variable selon les individus, ils ont à cœur de défendre la pièce. Aussi le portrait de Mlle Mars brossé par Dumas dans ses *Mémoires* est-il à prendre avec précaution : ce témoignage à charge vise à divertir le lecteur aux dépens d'une actrice que Dumas n'aimait guère. Il reconstitue ici *a posteriori* une conversation entre elle et l'auteur, en pleine répétition de la scène des portraits, où doña Sol reste muette pendant le long dialogue entre don Ruy Gomez et le roi :

> La pauvre doña Sol ne savait que faire de sa personne pendant ces soixante et seize vers.
>
> Un jour, elle résolut de s'en expliquer avec l'auteur.
>
> Vous connaissez sa façon d'interrompre la répétition, et sa manière de s'avancer sur les quinquets.
>
> L'auteur est debout à l'orchestre ; Mlle Mars debout à la rampe :
>
> – Vous êtes là, monsieur Hugo ?
>
> – Oui, madame.
>
> – Ah ! bien !… Rendez-moi donc un service.
>
> – Avec grand plaisir… Lequel ?
>
> – Celui de me dire ce que je fais là, moi.
>
> – Où cela ?
>
> – Mais sur le théâtre, pendant que M. Michelot et M. Joanny causent ensemble.
>
> – Vous écoutez, madame.
>
> – Ah ! j'écoute… Je comprends ; seulement, je trouve que j'écoute un peu longtemps.
>
> – Vous savez que la scène était beaucoup plus longue, et que je l'ai déjà raccourcie d'une vingtaine de vers ?

---

1. Lettre de Brifaut au rédacteur du *Moniteur*, publiée le 6 mars 1830, *ibid.*, p. 1416.

– Eh bien, mais ne pourriez-vous pas la raccourcir encore de vingt autres[1] ?

Ce à quoi Mlle Mars n'est pas habituée, c'est au jeu muet, cet art de la pantomime que pratiquaient les acteurs anglais venus jouer Shakespeare à Paris sous la Restauration.

Joanny, interprète de don Ruy, sert fièrement le romantisme. Rentrant d'un dîner chez lui, le 7 mars, Hugo note dans son journal les paroles qu'il lui a adressées en guise de toast :

> – Monsieur Victor Hugo, le vieillard maintenant ignoré qui remplissait, il y a deux cents ans, le rôle de don Diègue dans *Le Cid* n'était pas plus pénétré de respect et d'admiration devant le grand Corneille que le vieillard qui joue don Ruy Gomez ne l'est aujourd'hui devant vous[2].

Le *Journal* de Joanny est du reste une source précieuse pour connaître l'évolution de la bataille au fil des représentations. Passé le succès de la première, l'assaut de la cabale reprend, au point que le découragement l'emporte parfois sur la fierté de jouer Hugo. Le 10 mars : « Encore un peu plus fort… coups de poing… interruption… police… arrestations… cris… bravos… sifflets… tumulte… foule… » Le 20 mars : « Le scandale continue plus fort que jamais. C'est à n'y plus tenir. » Le 29 mars : « Cela dégénère en une telle licence que l'exécution de l'ouvrage est presque impossible. » Le 31 mars, sa confiance en la pièce l'abandonne : « C'est une franche dérision. Je ne conçois pas que des acteurs puissent se dévouer si longtemps à de pareilles infamies. » Elle lui revient quand le public se calme – ce qui arrive parfois, notamment devant les élèves des collèges Bourbon et Charlemagne –, ou quand il estime avoir bien joué.

1. Alexandre Dumas, *Mes Mémoires* (1852-1854), Laffont, « Bouquins », 1989, p. 1063.
2. CFL, t. III, p. 1450.

PAR LA PRESSE

Dans la presse aussi, la bataille fait rage avec une rare violence. La grande presse libérale attaque Hugo sur la question de la liberté dans l'art, qui paraît dangereuse à une bourgeoisie soucieuse de maintenir des cloisons esthétiques entre les spectacles populaires et ceux qui sont destinés à l'élite[1]. Dans cette perspective, le classicisme est un critère de distinction, point de vue partagé par la presse légitimiste. Les innovations romantiques (mélange du trivial et du sublime, irruption du matériel dans le poétique, présence du corps, violence des sentiments et des situations) paraissent pure folie à une bonne partie de la presse, d'accord sur ce point avec les mises en garde de Brifaut. D'où ces jugements : « Les spectateurs étaient au niveau des acteurs qui ont joué comme des épileptiques » (*La Gazette de France*, 27 février). Et, dans *Le National* du 29 mars :

> Ils meurent donc, ces deux fiancés, en passant par des convulsions, par des déchirements d'entrailles, des crampes moribondes dont Firmin et Mlle Mars se sont étudiés à graduer l'horreur. Des tortures, des cris qui feraient trop mal à voir et à entendre dans une salle d'hôpital, on s'en repaît sur notre premier théâtre, et la toile, qui s'était levée, à ce dernier acte, sur les féeries d'un bal d'Opéra, s'abaisse sur un spectacle digne de la morgue. [...] rien de semblable ne peut se voir. Tout au plus l'admettrions-nous des plus insensés habitants de Bedlam ou de Charenton[2], si par prudence on ne les gardait à vue[3].

Le journal *Le Globe*, libéral et modérément romantique, et qui avait déjà intelligemment rendu compte de *Cromwell*, fait, lui, plutôt bon accueil à la pièce, dont est perçue la singularité :

1. Voir Présentation, p. 11-12.
2. Asiles de fous londonien et parisien.
3. Cité par Arnaud Laster, « La presse et le public », édition du fac-similé du manuscrit d'*Hernani*, Maisonneuve et Larose, 2002, p. 29-31.

> Ce drame va changer la face de nos discussions, porter le jour sur des points de critique plus avancés et opérer la dissolution prochaine des anciens partis littéraires. [...] La représentation si attendue d'*Hernani*, ce coup d'essai théâtral d'un poète si jeune et déjà d'une si haute renommée, ce drame où beauté et défauts portent l'empreinte de la puissance et de la poésie a produit la plus forte commotion littéraire dont nous ayons encore eu l'exemple. [...] Qu'est-ce donc ? Rien en vérité que nous connaissions ; c'est un genre frais et nouveau à la scène, une légende féodale, une romance espagnole[1].

Pour Charles Magnin, auteur de cette critique, un nouveau genre s'impose, déjà tenté à plusieurs reprises depuis trente ans : le « drame d'imagination », équivalent dans la tragédie du *Mariage de Figaro* pour la comédie. « Légende », « romance », dans un article ultérieur « opéra[2] » : Magnin repère l'essence du mélange des genres hugolien, qui transcende la seule alliance des tonalités comiques et tragiques, pour s'étendre à des genres non exclusivement théâtraux. Ce que la critique universitaire, notamment Brunetière, lui reprochera longtemps.

Bon nombre de critiques hostiles reconnaissent eux-mêmes des beautés à la pièce, tel Philarète Charles qui, dans *La Revue de Paris*, la traite « d'ouvrage le plus remarquable qui est apparu depuis longtemps ». En revanche, Balzac manque singulièrement de lucidité en mettant en garde les lecteurs du *Feuilleton des journaux politiques*

> contre un faux succès qui pourrait nous rendre ridicules en Europe si nous en étions complices [...] ; tous les ressorts de cette pièce sont usés ; le sujet, inadmissible, [...] les caractères faux ; la conduite des personnages, contraire au bon sens [...]. M. Victor Hugo ne rencontrera jamais un trait de naturel que par hasard ; et à moins de travaux consciencieux d'une grande docilité au conseil d'amis sévères, la scène lui est interdite[3].

---

1. Cité par Anne Ubersfeld, *Le Roman d'Hernani*, Comédie-Française/Mercure de France, 1985, p. 97-98.
2. *Ibid.*, p. 99.
3. *Ibid.*, p. 101.

*Sublime d'*Hernani*. Plat romantique*
(« Je crèverai dans l'œuf ta panse impériale »)
Lithographie de Langlumé

PAR LES PARODISTES

Quatre parodies fleurissent sur les scènes secondaires dans les jours qui suivent la première d'*Hernani* : *Harnali ou la Contrainte par cor* (Lauzanne, 23 mars 1830, théâtre du Vaudeville), *O qu'nenni ou le Mirliton fatal* (Brazier et Carmouche, 16 mars 1830, théâtre de la Gaîté), *N, I, Ni ou le Danger des Castilles* (Carmouche, Decourcy, Dupeuty, 13 mars 1830, théâtre de la Porte-Saint-Martin), *Hernani* (Manœuveriez, 23 mars 1830, théâtre des Variétés). D'autres textes satiriques fleurissent, comme la *Lettre trouvée par Benjamin Sacrobille, chiffonnier sous le n° 47* – qui dévoile, la veille de la première, les manœuvres des adversaires de Hugo –, la *Méditation hugothique*, *Les Brioches à la mode*, les *Réflexions d'un infirmier de l'hospice de la Pitié sur le drame d'Hernani*, et le pamphlet *Fanfan le troubadour à la représentation de « Hernani »*[1].

Les points sur lesquels portent la parodie, qui est une forme de critique en action, recoupent les reproches formulés dans la presse. La dislocation du vers est accentuée, et moquée : dans *N, I, Ni*, on fait venir « un vitrier [...] pour tous les vers brisés[2] ». L'irruption du vocabulaire familier dans le style tragique est condamnée (on se moque ainsi du fameux « vieillard stupide », v. 1274). Le grotesque est dénaturé. Dans les parodies, il est systématiquement dégradé en burlesque : les personnages sont vulgarisés, leur langage s'appauvrit, leur condition sociale est rabaissée – l'action étant souvent transposée au temps présent, dans les faubourgs. Les contradictions des héros hugoliens sont mal comprises. Ainsi, on condamne la versatilité des personnages. Dans *Fanfan le troubadour*, la réplique d'Hernani « Oh ! ma haine s'en va » (IV, 4) est commentée en ces termes :

1. Voir les travaux de Sylvie Vielledent et de Claudia Manenti-Ronzeaud mentionnés en bibliographie.
2. Les citations des parodies proviennent de la thèse à paraître de Claudia Manenti-Ronzeaud, mentionnée en bibliographie.

Hernani qui sur le roi
Brûlait d'assouvir sa haine
Maint'nant qu'il le peut sans peine
Ne l'veut pus, je n'sais pourquoi.

Même chose dans *Harnali* :

QUASIFOL
Quoi, ton affreux courroux, ta colère funeste?…

HARNALI
Je viens de les quitter, comme on quitte une veste.

Et dans *N, I, Ni*, don Pathos proclame fièrement : « De tout ce que j'ai dit je ferai le contraire/ Pour mieux prouver que j'ai le plus grand caractère. »

L'expression de l'amour se retourne bien souvent en sous-entendus grivois : don Ruy Gomez, surnommé « Dégommé » dans trois parodies, est un cocu de farce, et doña Sol est présentée comme une « dessalée », peu vertueuse, ce qui rappelle le qualificatif de « dévergondée » appliqué à l'héroïne par le censeur Brifaut.

La présence du matériel et du corporel, mêlés à la tonalité tragique, choque aussi. Le jeu de scène de l'armoire au début de l'acte I, manquement à la dignité de la personne royale, est abondamment moqué : le don Carlos des Variétés en est tout fier (« ma sortie de cachette fera de l'effet ») et, dans *Fanfan le troubadour*, on chante :

Notre homm' s'enferme en ce moment,
Quoiqu'avec peine il s'y décide,
Dans une armoir' que prudemment
On a le soin de laisser vide,
Pour que l'on puisse apparemment
S'y cacher plus facilement.

La galerie de portraits du troisième acte, clou de la mise en scène, est comparée au musée de cire de Curtius dans les *Réflexions d'un infirmier de l'hospice de la Pitié sur le drame d'Hernani*. Les manifestations physiologiques de la douleur, lors du suicide par empoisonnement, sont poussées jusqu'à la scatologie dans *Harnali*, où les amants croquent une « boulette tragique » qui rime avec « colique ».

Les monologues et les tirades sont stigmatisés. Charlot, dans *Harnali*, craint de n'avoir « plus de voix pour [s]on long monologue ». On fustige aussi la tendance du héros à la logorrhée. Ainsi, dans *Harnali*, l'héroïne Quasifol dit de lui : « Ce garçon-là m'a l'air d'un faiseur de projets,/ Qui parle, parle encore, et qui n'agit jamais. » La fureur d'Hernani à se dénoncer lui-même est aussi tournée en ridicule. On chante, dans *Fanfan le troubadour* :

V'là le pèl'rin qui perd la tête,
Et qui braille comme trois sourds :
« Ch'suis Hernani ; que l'on m'emmène,
Prenez, livrez-moi, me voilà ;
Liez-moi par ci, liez-moi par là. »
Jarni ! Si j'étions sur la scène,
J'lui lierions ben la langue, oui da,
Pour l'empêcher d'crier comm' ça.

La pièce paraît trop lyrique. Trop pathétique aussi : dans *N, I, Ni*, le tentateur s'appelle don Pathos. L'agonie finale est jugée pénible[1]. D'où, dans *Harnali* :

QUASIFOL

Sans doute il faut bien que je meure…

Et toi ?

HARNALI

Moi je suis mort depuis plus d'un quart d'heure.

Hernani apparaît trop politique enfin : « Dieux ! qu'ils sont embêtants avec leur politique ! » se plaint Parasol dans *N, I, Ni*.

La présence sur la scène de personnages principaux ne parlant pas n'est pas plus comprise des parodistes qu'elle

1. Voir, en bibliographie, sur le lyrisme, l'article de Ludmila Charles-Wurtz ; sur le pathétique, celui de Claude Millet ; sur la représentation de la mort, le livre et l'article de Sylvain Ledda.

n'avait convaincu Mlle Mars[1]. L'auteur d'*Harnali* compatit avec cette dernière dans un dialogue où Charlot la plaint de rester « là, sans rien dire ». Comilva répond : « Nous causons tous les deux, et cela doit suffire. » Mais Quasifol s'ennuie : « Puisque depuis une heure, ici je ne fais rien. »

L'abondance de péripéties, plus mélodramatique que tragique, est soulignée ; ainsi, l'infirmier de la Pitié, commentant l'arrivée du roi au château de don Ruy à l'acte III, se plaint : « Voici plusieurs fois que je me crois à la fin de la pièce, et je ne suis encore qu'à la moitié : prenons courage. » Ultime péripétie, le double dénouement contrevient aux lois du genre. Dans *N, I, Ni*, à la fin de l'acte IV, un régisseur entre en scène, et dit au public :

> Messieurs,
>
> L'administration a l'honneur de prier le public de vouloir bien rester à sa place. On pourrait croire que la pièce est finie ; mais avec un instant de préparation, on aura l'honneur de vous donner le second et le seul dénouement de l'ouvrage.

Dans *Fanfan le troubadour*, ces deux vers assurent la transition entre le quatrième et le dernier acte : « Gnia deux dénoûments dans ma pièce ;/ C'est pour celles qui n'en ont pas. »

Mais ne nous y trompons pas : la multiplicité des parodies atteste le succès même de la pièce, et, d'une certaine manière, lui rend hommage.

Par les romantiques

Sur le moment, le sentiment de vivre des heures historiques est fort, tant le soir de la première, qui est finalement un succès, que les soirs suivants, où la cabale reprend. Le témoignage rétrospectif d'Adèle Hugo sur le déroulement des cinq actes est confirmé par la lettre que le jeune romantique Victor Pavie écrit à son père :

1. Voir p. 214.

> Je craignais quelque peu pour le premier acte et maintenant, une fois la toile baissée sur lui au milieu des bravos, mon violent serrement de cœur se détendit et je me dis : nous avons gagné. Le second acte, j'en étais sûr. Il ronfle comme un tuyau d'orgue. Au troisième acte, opposition de rigueur, et un sifflet à la plus belle scène, mais englouti à cent pieds dans la mer, sous des vagues de bravos conjurés[1].

On sait par divers témoignages que l'acteur Michelot ne donna pas toute sa mesure dans son long monologue de l'acte IV. Mais Pavie de conclure sur le «cri d'enthousiasme» qui emporte les spectateurs après le cinquième acte, réservant à l'auteur et à sa pièce un véritable triomphe.

Sans se laisser griser par le succès de la première, Hugo surveille les soirées suivantes, où la cabale reprend. Attentif aux réactions du public, il modifie certains passages pour la suite des représentations; il coupe ainsi abondamment dans le monologue de don Carlos devant le tombeau de Charlemagne (IV, 2). Son ami Émile Deschamps lui adresse le 2 mars une longue lettre, où il évoque les coupures déjà opérées et en suggère d'autres, particulièrement certains mots : «les bêtes féroces les attendent, et il faut sacrifier même de belles choses à un public semé de malveillants. Surtout les *bandits* je vous en prie, et *les yeux noirs de Madame*, que je veux crever tout en les pleurant[2]». Hugo suit certains de ses avis.

Au fil des ans, une légende s'élabore, si tenace qu'il est difficile, sauf à revenir aux strictes sources historiques, de savoir ce qui s'est vraiment passé[3]. Les meilleurs critiques se sont parfois laissé prendre aux amplifications des récits de Gautier, de Dumas, ou de Hugo. Faut-il croire à la lutte acharnée entre Hugo et Mlle Mars pour changer « Vous êtes mon lion superbe et généreux » en « Vous êtes, monseigneur ! vaillant et généreux»? Faut-il croire que le théâtre fut

1. Cité par Anne Ubersfeld, *Le Roman d'Hernani*, *op. cit.*, p. 64.
2. Émile Deschamps, lettre du 2 mars 1830, citée dans CFL, t. III, p. 1281.
3. Sur la constitution de cette légende, voir les articles de Myriam Roman et d'Agnès Spiquel cités en bibliographie.

ouvert plus tôt parce que les romantiques chevelus et excentriques effrayaient le quartier ? Qu'ils mangèrent du saucisson à l'ail dans le théâtre ? Qu'ils se soulagèrent comme ils purent, au grand dam des belles dames en souliers fins[1] ? Que la lutte commença dès l'enjambement des deux premiers vers, « C'est bien à l'escalier/ Dérobé » ? Gautier l'affirme, en tout cas, plus de quarante ans après :

> Ce mot rejeté sans façon à l'autre vers, cet enjambement audacieux, impertinent même, semblait un spadassin de profession, un Saltabadil, un Scoronconcolo[2] allant donner une pichenette sur le nez du classicisme pour le provoquer en duel.
>
> – Eh quoi ! dès le premier mot l'orgie en est déjà là ! On casse les vers et on les jette par les fenêtres, dit un classique admirateur de Voltaire avec le sourire indulgent de la sagesse pour la folie[3].

Il n'est pas toujours facile de faire la part de la vérité historique et de la reconstruction *a posteriori*, à une époque où le romantisme écrit son histoire sur un mode épique et héroïque, faisant des jeunes gens de 1830 les fers de lance d'un combat esthétique et moral[4], au temps où l'on espérait encore que les hommes de plume allaient bientôt détrôner les hommes d'épée (d'où, sans doute, la récurrence de la métaphore militaire dans les récits de la « bataille ») – en ces « beaux temps où les choses de l'intelligence passionnaient à ce point la foule ! » comme dit encore Gautier au moment de la reprise de 1867 :

> Il y a trente-sept ans [...], nous entrions au Théâtre-Français, bien avant l'heure de la représentation, en compagnie de jeunes poètes, de jeunes peintres, de jeunes sculpteurs – tout le monde

---

1. Les souvenirs rétrospectifs de Mme Hugo confondent peut-être certaines anecdotes arrivées à la première d'*Hernani* et à celle du *Roi s'amuse* en 1832.
2. Respectivement truand du *Roi s'amuse* de Hugo et spadassin dans *Lorenzaccio* de Musset.
3. Article du *Bien public*, 6 novembre 1872, présenté par Françoise Court-Pérez dans son édition des textes de Théophile Gautier sur *Victor Hugo*, Champion, 2000, p. 77-78.
4. L'édition du manuscrit du souffleur procurée par Evelyn Blewer opère le redressement de nombre d'idées reçues à ce sujet, faisant la part scientifique de l'histoire et de la légende.

*Les Romains échevelés à la première représentation d'*Hernani
(« Si le drame avait eu six actes, nous tombions tous asphyxiés »)
Gravure sur bois d'après un dessin de Grandville (1803-1847)

> était jeune alors ! – enthousiastes, pleins de foi et résolus à vaincre ou à mourir dans la grande bataille littéraire qui allait se livrer. […] Hélas : des anciennes phalanges romantiques, il ne reste que bien peu de combattants ; […] Du reste, *Hernani* n'a plus besoin de sa vieille bande, personne ne songe à l'attaquer. […] Autrefois, ce n'était pas ainsi, et chaque soir *Hernani* était obligé de sonner du cor pour rassembler ses éperviers de montagne, qui parfois emportaient dans leurs serres quelque bonne perruque classique en signe de triomphe. […] On sortait de là brisé, joyeux quand la soirée avait été bonne, invectivant les philistins quand elle avait été mauvaise ; et les échos nocturnes, jusqu'à ce que chacun fût rentré chez soi, répétaient des fragments du monologue d'Hernani ou de don Carlos, car nous savions tous la pièce par cœur[1].

Et il explique cet enthousiasme : la jeunesse de 1830 se sentait alors investie d'une mission d'avenir, temps bien révolu sous le second Empire. Dans la mémoire collective, comme le dit Gautier – pour qui Hugo dramaturge représentera toujours « la lumière de sa jeunesse[2] » –, *Hernani* fut pour les gens de 1830 ce que fut *Le Cid* pour les contemporains de Corneille. Un souvenir identificatoire pour toute une génération, et un point de bascule dans l'évolution du goût.

---

1. Théophile Gautier, « La reprise d'*Hernani* : 1867 », repris dans *Victor Hugo*, *op. cit.*, p. 149-150.
2. Patrick Berthier, présentation de *Gautier journaliste (Articles et chroniques)*, GF-Flammarion, 2011, p. 17.

2 — *Fortune d'*Hernani *à la scène*

La «bataille d'*Hernani*» a duré tout le printemps 1830[1]. Cette année-là, la pièce connut trente-neuf représentations, jusqu'à l'automne. Le manuscrit du souffleur, dont s'inspirait l'édition originale, servit longtemps de base pour les reprises, même si, en 1836, Hugo restitua l'essentiel du texte original dans l'édition Renduel. Il y eut donc longtemps deux textes assez distincts : une version jouée et une version pour la lecture, avant que cette dernière ne s'impose aussi sur les scènes.

LES REPRISES DE L'ÉPOQUE ROMANTIQUE

Après l'interdiction du *Roi s'amuse*, représenté un seul soir à la Comédie-Française en 1832, Hugo déserte le Théâtre-Français et se réfugie à la Porte-Saint-Martin, où sont créées *Lucrèce Borgia* et *Marie Tudor* en 1833. Il revient à la Comédie-Française avec *Angelo, tyran de Padoue* en 1835. Son contrat prévoit la reprise, la même année, d'*Hernani* et de *Marion de Lorme*. Mais le théâtre montre de la mauvaise volonté, et tarde à respecter ses engagements. En 1837, le *Don Juan d'Autriche* de Casimir Delavigne, créé en 1835, remporte toujours un vif succès : ses similitudes avec *Hernani* seraient apparues trop ouvertement si l'on avait repris la pièce de Hugo. Après des pressions infructueuses sur la direction du théâtre, Hugo lui intente un procès. Son avocat met en évidence que les pièces de Hugo font recette. Le refus de les monter relève donc d'une censure littéraire. Hugo accuse la coterie des auteurs classiques et «juste-milieu»,

1. Voir la Présentation et la première partie de ce Dossier.

parmi lesquels Scribe et Delavigne, de lui faire barrage. Il gagne son procès[1].

Hernani est donc repris en 1838. Firmin et Joanny gardent leur rôle de 1830. Ligier remplace Michelot dans celui de don Carlos; précédemment, il avait incarné Triboulet, rôle qui correspondait mieux à son physique. C'est Marie Dorval qui interprète doña Sol. Cette grande actrice, venue des boulevards, a été engagée à la Comédie-Française où elle a créé le rôle de Kitty Bell dans le *Chatterton* de Vigny (1835). Les douze représentations de janvier et février 1838 sont bien accueillies. D'après Gautier, cette fois,

> Hernani n'a pas excité le plus léger murmure : il a été écouté avec la plus religieuse attention [...]; pas un seul beau vers, pas un seul mouvement héroïque n'ont passé incompris. [...] Joanny est magnifique dans Ruy de Silva : il est ample et simple, paternel et majestueux, amoureux avec dignité, bon et confiant au commencement de la pièce, implacable et sinistre dans l'acte de la vengeance. [...] Quant à Mme Dorval, nous ne savons comment la louer; il est impossible de mieux rendre cette passion profonde et contenue qui s'échappe en cris soudains aux endroits suprêmes, cette fierté adorablement soumise aux volontés de l'amant : cette abnégation courageuse, cet anéantissement de toute chose humaine dans un seul être, cette chatterie délicieuse et pudique de la jeune fille qui dit au désir : «Tout à l'heure», et à travers tout cela, l'orgueil castillan, l'orgueil du sang et de la race[2].

La pièce est ensuite reprise régulièrement : en 1841, 1842, 1843, avec dans le rôle d'Hernani Beauvallet (comédien à la voix grave et caverneuse, maigre et osseux, très apprécié par Hugo, et qui accentue le côté sauvage du personnage), et Émilie Guyon dans celui de doña Sol. D'après Gautier, «elle a bien compris la physionomie de cette figure profondément espagnole, passionnément calme, hautaine et douce, fière et tendre à la fois, qui s'honore de l'amour d'un banni

1. Voir Anne Ubersfeld, *Le Roi et le bouffon*, José Corti, 1974, rééd. 2002, p. 287-294.
2. *La Presse*, 22 janvier 1838, repris par Françoise Court-Pérez dans son édition de *Victor Hugo*, *op. cit.*, p. 97-101.

et s'offense du caprice d'un roi. Son costume de velours, noir et or semble dérobé à un portrait de Zurbarán[1] ». En 1844, Mme Mélingue reprend ce rôle, où elle triomphe. La pièce est encore jouée en 1845, 1846, 1847 et 1849, puis interrompue par l'interdiction du théâtre de Hugo sous le second Empire.

LA REPRISE DE 1867, PENDANT L'EXIL

En 1867, sollicité par Camille Doucet, directeur de l'administration des théâtres, et par Édouard Thierry, administrateur de la Comédie-Française, le pouvoir autorise la reprise d'*Hernani*, à l'occasion de l'Exposition universelle. La notoriété de la pièce peut servir de vitrine avantageuse au pouvoir. L'auteur accepte, après avoir hésité devant ce risque de récupération politique. Mais il exige de ne subir aucune nouvelle censure. Le théâtre le lui garantit : on respectera le manuscrit du souffleur de 1830, avec quelques aménagements. Les acteurs sont parfois tentés de revenir au texte primitif ; mais Hugo, prudent, ne tient pas au rétablissement des formules litigieuses.

Hugo, qui persiste dans le refus de revenir en France tant que Napoléon III sera au pouvoir, désigne cinq personnes pour la gestion de cette reprise : Vacquerie, Thierry, Meurice, Doucet et l'auteur dramatique Paul Foucher, son beau-frère. Sa femme et ses fils également le tiennent informé. Vacquerie demande conseil à l'auteur par courrier ; celui-ci donne son avis sur quelques changements dans le texte, mais laisse dans l'ensemble carte blanche à Vacquerie.

Delaunay interprète Hernani avec jeunesse et élégance, Maubant joue don Ruy Gomez de sa voix ample et tonnante, avec son beau physique de noble vieillard ; Bressant est digne et noble, selon le témoignage de Vacquerie, dans le rôle de don Carlos ; doña Sol est jouée par Mlle Favart,

1. *La Presse*, 15 juin 1841, repris dans *ibid.*, p. 108.

jeune émule de Rachel à laquelle Gautier la compare dans la scène finale d'agonie de l'héroïne ; Mme Hugo admire dans son jeu le mélange de grâce, de fierté et de fermeté. Un nouveau décor a été réalisé par Cambon pour l'acte IV[1]. Une musique originale a été composée par Antoine Roques, destinée à remplacer les interludes dont Hugo avait demandé la suppression à la création. La première, le 20 juin, est triomphale. Vacquerie, le 23 juin, écrit à Hugo :

> L'enthousiasme allait presque trop loin et j'ai eu peur un moment que le ministère n'arrêtât la représentation. [...] Allons, il y a encore des jeunes gens ! Ils ont été admirables de fougue, d'intelligence, de tendresse, de respect. C'était furieux et c'était touchant ! Ils ne voulaient pas qu'on touchât au texte. Le premier soir, ils ont réclamé *oui, de ta suite, ô roi, de ta suite*. Ils se sont fâchés parce qu'on disait : *trop pour la favorite* au lieu de : *la concubine*. Heureusement que j'avais pris sur moi aux répétitions de faire dire *le lion* et *vieillard stupide* ; les deux mots ont été applaudis avec frénésie. Ma foi, hier soir, j'ai fait dire : *de ta suite, j'en suis* et *concubine*. Les applaudissements ont été immenses[2].

La presse est excellente. On jouera cette année-là soixante et onze fois *Hernani*. Les adversaires d'hier, pour la plupart, se rallient. Cette représentation a tout d'une célébration anniversaire. D'ailleurs, le combat romantique semble désormais bien loin à Gautier :

> La salle n'était pas moins remplie ni moins animée que le 25 février 1830 ; mais il n'y avait plus d'antagonisme classique et romantique. Les deux camps s'étaient fondus en un seul [...]. Les passages qui jadis provoquaient des luttes étaient, nuance délicate, particulièrement applaudis, comme si l'on voulait dédommager le poète d'une antique injustice. Les années se sont écoulées, et l'éducation du public s'est faite insensiblement[3].

---

1. Voir l'illustration, p. 231.
2. Lettre de Vacquerie à Hugo du 23 juin 1867, CFL, t. XIII, p. 860.
3. *Le Moniteur universel* (25 juin 1867), repris dans *Notices romantiques*, réédité par Françoise Court-Pérez dans *Victor Hugo*, *op. cit.*, p. 149.

Maquette pour les décors du IVe acte d'*Hernani*
par Charles Antoine Cambon (1867)
Paris, Comédie-Française

Quatorze jeunes poètes parnassiens envoient le soir de la première une lettre d'hommage à Hugo, pour lui témoigner leur « admiration sans bornes ». Parmi eux Sully-Prudhomme, François Coppée et Verlaine, qui écrit dans *L'International* un article dithyrambique : ce triomphe, dit-il, répare les torts que les classiques avaient faits à la pièce en 1830. Hugo, ravi de cet hommage de la jeune génération, leur répond une lettre reconnaissante et militante tout à la fois : il déclare comprendre que la consécration en 1867, par la jeune génération parnassienne, de la pièce-phare de 1830 est une légitimation du programme de 1789 : Hugo tente d'enrôler habilement ses jeunes confrères dans le combat politique, social et humanitaire qui est le programme du XIXe siècle – l'art pour l'art, comme il n'a jamais cessé de le dire, n'est pas incompatible avec l'art pour le progrès.

Sarah Bernhardt et Mounet-Sully en 1877

En 1868, Hernani est joué, par une troupe modeste, à Jersey et à Guernesey. Hugo écrit dans son Carnet : « *Hernani* a été joué entre quatre murs avec sept acteurs pour vingt-cinq personnages, sans décor, sans spectacle, comme les pièces de Shakespeare il y a deux cents ans. Je me suis vu sur la charrette de Thespis[1]. » À son retour d'exil, d'autres pièces sont reprises d'abord. Hugo n'accepte de reprendre *Hernani* à la Comédie-Française qu'en 1877.

De nouveaux passages du texte original sont rétablis. À part Maubant, toujours digne et pathétique dans le rôle de don Ruy Gomez, toute la distribution est renouvelée. Sarah Bernhardt, qui a déjà interprété la reine de *Ruy Blas* en 1872, joue doña Sol. Rompant avec les attentes du public, elle ne campe pas une farouche espagnole. Théodore de Banville la décrit « blonde, caressante, enfantine, élégiaque[2] ». Édouard Thierry note qu'elle « ne se tord pas les

1. CFL, t. XIV, p. 1341.
2. Cité par Anne Ubersfeld, *Le Roman d'Hernani*, *op. cit.*, p. 116-119.

Sarah Bernhardt dans le rôle de doña Sol, 1877
Photographie de Paul Nadar

bras ; elle ne s'arrache pas les cheveux[1] », s'éloignant donc des codes mélodramatiques. Mounet-Sully joue le rôle-titre. En 1873, il avait déjà incarné Didier dans *Marion de Lorme*. Entre-temps, son jeu s'est un peu figé : son débit est fiévreux et passionné, il joue avec emphase, et accentue la couleur locale de son costume – de « contrebandier » ou de « torero », selon les commentateurs. Gustave Worms campe un don Carlos séduisant.

La mise en scène est assurée par l'administrateur lui-même, Émile Perrin, qui déploie un luxe remarquable pour construire de nouveaux décors, inspirés de la peinture d'histoire, dans une esthétique d'opéra recourant à de nombreux figurants[2]. Le décor du premier acte est luxueux : fenêtre à petits vitraux peints, boiseries sur les murs et au plafond, grande armoire, nombreux sièges. Celui du deuxième est illusionniste : une galerie en trompe l'œil, non praticable, ouvre en perspective sur Saragosse. La galerie de portraits du troisième acte s'étend sur les trois murs visibles, très ouvragés, comme le plafond et le sol décorés. Le tombeau de Charlemagne, immense, sous de grandes voûtes en ogive, fuit vers le lointain, en diagonale, par un escalier en pente douce. La terrasse du palais d'Aragon s'ouvre au fond par une balustrade surplombant un jardin. Contre elle, un banc de pierre, et au premier plan, côté cour, un divan et son tapis. Les références historiques de ces décors somptueux sont hétérogènes. Leur perfection formelle et leur plénitude décorative saturent l'imagination du spectateur. Dans un décor si ample, les gestes des acteurs, formalisés dans le majestueux (bras tendus, agenouillements...), sont hyper-expressifs, et redondants avec le dialogue :

> Sarah Bernhardt [...] oppose la féminité de sa silhouette et de ses gestes à la massivité de ses partenaires ; bien plus, elle joue à la fois la sentimentalité bourgeoise (elle « se pend au cou d'Her-

---

1. Édouard Thierry, « Quinzaine dramatique », *Revue de France*, s.d.
2. Le cahier de régie de Valnay, illustré par son fils, a été publié dans *Le Roman d'Hernani* (*op. cit.*). On reprend ici à Anne Ubersfeld les conclusions principales de son analyse.

Mounet-Sully dans le rôle d'Hernani, 1877
Photographie de Paul Nadar

nani », pose la tête sur son épaule) et la grâce enfantine. Sa minceur caressante et blonde s'oppose à la puissance physique de Mounet-Sully[1], dont les belles cuisses font par contraste apparaître plus grêles les mollets de coq du pauvre Worms, et ses jambes torses, à peine dissimulés par la majesté des vêtements. La grande barbe carrée de don Ruy Gomez, son habit ample, achèvent de construire le rôle codé de « noble vieillard encore puissant » : telle est la composition de Maubant. Sihouettes et gestes contribuent au travail de typisation des personnages[2].

Francisque Sarcey, qui avait, reconnaît-il lui-même, « blagué » *Hernani* en 1867, se rend : « Les défauts ne me choquent plus du tout, et les admirables beautés de l'œuvre me transportent davantage. » S'il ne l'avait pas comprise à l'époque, c'était « la faute de [s]on éducation classique, de [s]es préjugés universitaires, qui [lui] avaient fait un goût très étroit[3] ». Dans l'ensemble, la presse est très élogieuse. C'est que le romantisme s'est désormais imposé, et que ses audaces ne sont plus perçues. La pièce triomphe : elle est représentée vingt et une fois en 1877 (la première ayant eu lieu le 21 novembre) et quatre-vingt-dix fois l'année suivante.

Une autre avant-garde, à cette époque, souffre de n'avoir pas assez accès à la scène : le naturalisme, qui lutte pour sa reconnaissance. D'où les attaques violentes de Zola contre les reprises de *Ruy Blas*, d'*Hernani*, et de *Chatterton*. Il ne critique pas les mises en scène – celle d'*Hernani* lui plaît ; c'est le principe même de la programmation du théâtre romantique qui lui semble anachronique. La dimension symbolique du drame d'imagination étant gommée par l'excès décoratif et la codification du jeu, Zola ne voit plus dans ce théâtre aucun message pour les contemporains, mais une coquille vide. Pour lui, l'histoire de ce « bandit platonique, qui se conduit en toute occasion comme un enfant de dix ans », est tout aussi invraisemblable que les amours de Ruy Blas pour la reine

1. Voir l'illustration, p. 235.
2. *Le Roman d'Hernani*, *op. cit.*, p. 213.
3. *Le Temps*, 20 novembre 1877.

d'Espagne. « Les lois de l'honneur ainsi comprises sont monstrueuses. Je ne vois ni la leçon ni la vérité tragique[1]. » Zola préfère encore le personnage du roi, plus pragmatique – et il loue le jeu naturaliste de Worms. Il s'agit pour lui de « bien mauvais théâtre drapé dans de la bien belle poésie[2] », du théâtre à lire, à une époque où il est urgent de montrer au public des pièces dont le sujet les concerne vraiment.

La mise en scène de 1877 est longtemps reprise à la Comédie-Française. En 1887, Mme Segond-Weber succède à Sarah Bernhardt, qui retrouve son rôle l'année suivante. En 1889, Albert-Lambert se glisse dans le costume de Mounet-Sully (qui jouera le rôle trois cent soixante-treize fois entre 1877 et 1911). La pièce est alors jouée, dans cette mise en scène, une quinzaine de fois par an jusqu'à la Grande Guerre.

PURGATOIRE ET REDÉCOUVERTE DE HUGO AU XXe SIÈCLE

De nouveaux décors sont créés par Maxime Dethomas, en 1927, pour la mise en scène d'Émile Fabre. Albert-Lambert joue le personnage éponyme, tandis que Madeleine Roch incarne doña Sol. Pendant toute la première moitié du XXe siècle, la mise en scène de Hugo s'enlise. Auteur réputé « scolaire », il attire peu l'avant-garde. Le metteur en scène Louis Jouvet est particulièrement critique à son égard :

> Dans *Ruy Blas* ou *Hernani*, il n'y a pas de message pour notre époque. Il n'y a de message pour aucune époque, excepté pour le public romantique, clientèle composée d'une bohème littéraire exaltée à l'esprit électoral et sectaire, où le spectateur n'est qu'un partisan. Et Victor Hugo a perdu peu à peu ses spectateurs, cependant que Musset règne encore sur nos théâtres. Écrites

1. Émile Zola, *Le Bien public*, 26 novembre 1877.
2. *Ibid.*

sans souci de la scène, les œuvres de Musset nous atteignent, nous émeuvent encore aujourd'hui[1].

En 1952, une représentation convenue d'*Hernani* donnée à la Comédie-Française[2] pour le cent cinquantenaire de la naissance de Hugo sombre dans le ridicule, au grand désespoir d'Aragon, qui note : « Un public qui se dit le Tout-Paris et que Paris ignore, et qui, fait de quelques crétins et de leurs dames, ose se nommer "le monde", a fêté le plus grand poète de France avec l'indécence du rire[3]. » La pièce n'y sera plus montée pendant vingt-deux ans. Aragon, qui a expérimenté, pendant la Seconde Guerre mondiale, la force de la poésie de Hugo, engage Jean Vilar à le mettre au fronton du Théâtre national populaire (TNP), avec *Ruy Blas* (1954) et *Marie Tudor* (1955). Dans des décors épurés, la vivacité, l'émotion, la puissance épique de ce théâtre sont retrouvées. Vilar, qui jugeait les auteurs romantiques qu'il portait à la scène (Hugo, Musset, Kleist, Büchner) comme « les plus immédiatement libérateurs », trouve dans l'idéal romantique d'un public uni une source inspirante pour sa conception du théâtre populaire.

En 1974, la Comédie-Française confie à Robert Hossein le soin de monter *Hernani* au théâtre Marigny. Le metteur en scène donne carte blanche à ses acteurs. François Beaulieu, qui avait déjà repris le rôle de Ruy Blas dans la mise en scène de Raymond Rouleau, joue un Hernani âpre, viril et plein de flamme. Le jeu précis et sensible de Geneviève Casile fait valoir la détermination et l'intelligence de l'héroïne. Nicolas Silberg campe un roi cynique convaincu de sa puissance. Le décor machiné de Jean Mandaroux fait primer le pittoresque sur la logique du sens : l'incendie de Saragosse, au deuxième acte, devient la cause fortuite de la fuite d'Hernani et de la séparation des amants. La réflexion sur l'Histoire passe au second plan, au profit de l'intrigue romanesque. Le metteur en scène témoigne :

1. Louis Jouvet, *Témoignages sur le théâtre*, Flammarion, 1952, p. 202.
2. Mise en scène d'Henri Rollan.
3. « Hugo vivant », *Europe*, février-mars 1952, p. 240-245.

À partir du moment où vous avez une espèce d'extraordinaire rigueur, presque mathématique, sur les places des gens dans cet échiquier, vous pouvez vous permettre tout, grâce aux comédiens qui transmettent les vers de monsieur Hugo, la folie de Hugo, le pathétique de Hugo, même le mélodrame de Hugo[1].

La mise en scène d'Antoine Vitez en 1985

La puissance évocatrice du « drame d'imagination » de 1830 est revivifiée par Antoine Vitez : celui-ci, qui avait déjà mis en scène *Les Burgraves* en 1977, crée, pour le centenaire de la mort de Hugo, deux mises en scène splendides et opératiques, d'*Hernani* et de *Lucrèce Borgia*, au Théâtre national de Chaillot[2].

La scénographie d'*Hernani*, dépouillée de tout accessoire, est due à Yannis Kokkos. Sur un plateau éclairé de temps à autre d'un rideau d'étoiles en fibre optique, les corps des acteurs modèlent l'espace. Dans trois actes sur cinq, un escalier géant occupe diverses positions ; au premier acte, il indique la puissance de don Ruy sur sa filleule ; dans le dernier acte, il se met en branle, figurant la force de la passion des amants qui l'escaladent dans leur agonie sublime, avant que don Ruy ne se suicide, terrassé par l'éperon de cette espèce de navire de haute mer.

Le gigantisme est aussi présent dans le motif de la main de l'ancêtre : dans la galerie de portraits, les aïeux sont figurés par leurs seules mains, disposées en tableaux gigantesques formant une ligne oblique[3]. Ils font écho à la main de pierre articulée qui sort du tombeau de Charlemagne pour redonner vie au jeune empereur venu consulter son aïeul. Don Carlos ressort nu de cette entrevue, étonné et tremblant devant ses nouvelles responsabilités. Enfant-roi

1. Robert Hossein, entretien avec Jean-Claude Carrière, *Voir des étoiles. Le Théâtre de Victor Hugo mis en scène*, Paris musées/Actes Sud, p. 126.
2. L'essentiel du développement qui suit est repris de mon étude parue dans *Voir des étoiles*, *op. cit.*, p. 99-100.
3. Voir la photographie, p. 240.

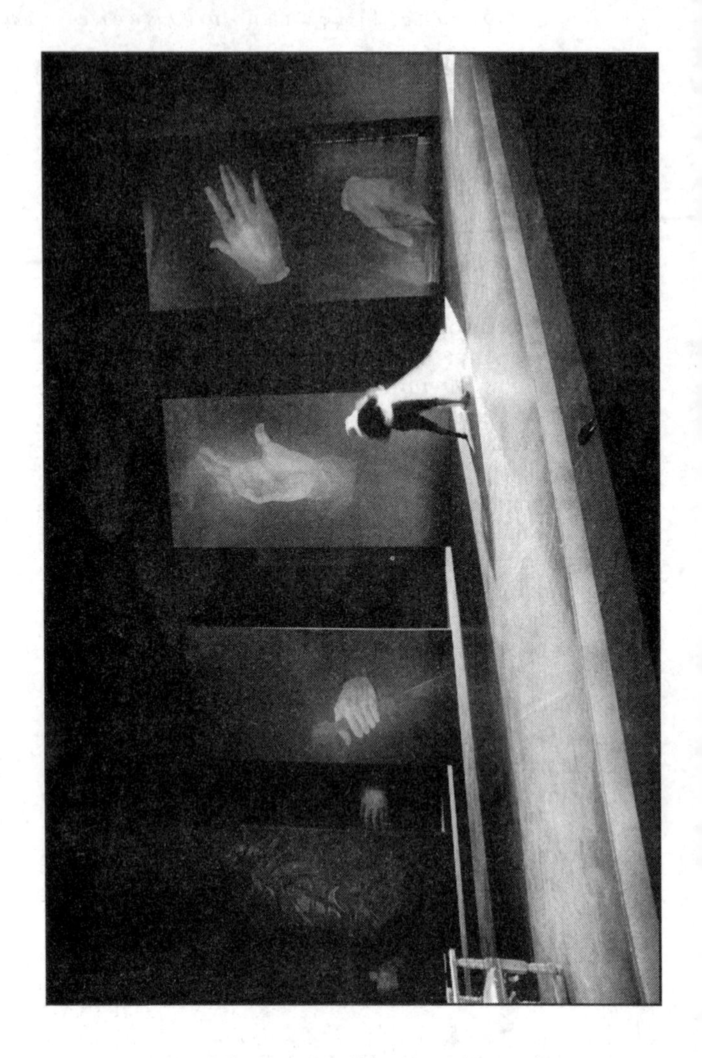

Mise en scène d'Antoine Vitez,
décors et costumes de Yannis Kokkos
Théâtre national de Chaillot, 1985

tenu entre le pouce et l'index de la statue de son aïeul, il prend l'empire en héritage. Synecdoques de l'ancêtre, les mains métaphorisent aussi la puissance du passé. Don Ruy tend d'ailleurs lui-même ses mains débiles en direction de ses ancêtres, dont il implore l'aide.

Les deux systèmes de main symbolisent l'opposition entre deux traditions, féodale et impériale : Vitez met en évidence la dimension épique du théâtre de Hugo, en montrant comment tout grand moment historique dépasse l'héritage qui le conditionne. C'est aussi ce que montre l'acte de l'élection à l'Empire de don Carlos, interprété par Redjep Mitrovitsa. Son monologue de l'acte IV, scène 2, réputé injouable, passe ici la rampe grâce à une trouvaille : prenant au pied de la lettre la didascalie «*rêvant*», Vitez transforme le discours-fleuve en rêverie éveillée. Le futur empereur somnole, ronflote même parfois, marchant comme endormi sur un fil invisible au milieu des étoiles, et se réveille ébloui par sa vision avant d'y replonger. Que lui révèle sa vision somnambulique? La puissance invisible du peuple-océan, qui a le pouvoir de renverser les trônes, juchés au sommet de la frêle pyramide du pouvoir.

Jany Gastaldi interprète une doña Sol entreprenante et intelligente, aimant son rebelle mais aussi son vieil oncle, qu'elle câline parfois avec une tendresse maternelle. Don Ruy Gomez, interprété en alternance par Vitez et Pierre Debauche, est un vieillard fou d'amour, alerte et inquiétant, père noble et barbon à la fois. Aurélien Recoing et Redjep Mitrovitsa rivalisent de charme dans leurs rôles respectifs d'Hernani et de don Carlos, laissant ouverts plusieurs désirs possibles pour doña Sol. Aurélien Recoing fait ressortir les indécisions et les maladresses d'un héros terrassé par le passé mortifère qui le condamne à mort au nom d'une loi obsolète, criant dans le désert son célèbre «je suis une force qui va» (III, 1) comme un oiseau cloué au sol. Le roi n'ayant rien d'un barbon – sa jeunesse est d'ailleurs conforme à la vérité historique –, le choix que fait doña Sol du banni est donc remotivé politiquement, et non pas seulement sentimentalement.

Le sublime et le grotesque sont présents dans le jeu de chaque personnage. Jany Gastaldi tape ainsi familièrement sur le bouchon de la fiole de poison qu'elle vient d'avaler, dans un geste touchant : elle rendra plus difficile à son amant son propre empoisonnement. Le metteur en scène joue de la familiarité et de la distance. Ainsi, il impose aux comédiens une diction savante, où les voyelles en rimes féminines sont modulées, où l'enjambement est systématiquement marqué, rendant justice aux effets de rythme syncopés. Il s'en explique :

> La force subversive d'*Hernani*, depuis la création, s'est sans doute déplacée ; elle reste dans la forme artistique. Il traite l'alexandrin avec désinvolture, les accents ne sont jamais où on les attend normalement. C'est comme l'invention de la musique contemporaine. Je songe à Stravinski. Il opère aussi le mélange détonant du lyrisme et du mauvais goût, ou, comme il dit, du sublime et du grotesque. Les moments déchirants de tendresse sont traversés par des jeux de mots, des contrepèteries, des platitudes écrasantes. Ce n'est pas du ridicule : du risible, oui, parce que Hugo écrit aussi pour nous faire rire. Des collages de réalité surviennent dans l'invraisemblable, la quotidienneté est introduite dans la fable mythologique. Tout cela est d'une modernité bouleversante, d'une grande intelligence surtout [...]. Dans l'histoire contemporaine des arts, je ne vois guère, pour en approcher, que Godard, celui d'il y a vingt ans, de *Pierrot le fou*[1].

Parmi les mises en scène plus récentes, on peut retenir celle qui fut donnée pour le bicentenaire de la naissance de Hugo à la Bibliothèque historique de la Ville de Paris. Anne Delbée avait choisi de très jeunes acteurs pour interpréter les deux héros, Clément Hervieu-Léger et Rébecca Stella, et sollicité François Beaulieu, qui jouait le rôle-titre dans la mise en scène de Robert Hossein, pour interpréter don Ruy Gomez. Emmanuel Dechartre jouait don Carlos. La mise en scène soulignait l'écart entre les générations, comme Anne Delbée s'en explique :

1. Antoine Vitez, « *Hernani* au théâtre national de Chaillot », propos recueillis par Raymonde Temkine, *Acteurs*, n° 24, 1985, p. 24.

Ce qui me frappe et m'intéresse, c'est la jeunesse d'Hernani. [...] Pourquoi Hugo, jeune poète, a-t-il choisi deux êtres jeunes qui meurent de passion ? [...] Ils meurent pour ne pas renier leur parole et ne pas ressembler trop facilement à ceux qui s'arrangent avec le monde. Ce n'est pas une défaite mais une morale de vie. Il reprend les grands schémas : le père possesseur, les deux enfants. Je ne vois pas du tout don Ruy Gomez comme le vieux dont on se moque, mais plutôt comme un Agamemnon qui représente l'ordre ancien en face d'un don Carlos plus politique. La prise de conscience de ce dernier par rapport au pouvoir dont il est investi témoigne de la responsabilité d'un héritage : là aussi il y a questionnement d'une éthique. [...] L'héroïne n'est pas du tout la doña Sol jeune femme, mais c'est une enfant qui n'a pas encore connu l'amour. C'est ce qui est extraordinaire : ce sont deux enfants qui pensent qu'on peut encore changer le monde sans en être touché. C'est logique lorsqu'on a vingt ans. Pensons à Rimbaud : « On n'est pas sérieux lorsqu'on a dix-sept ans. » À vingt ans, comme Hernani, on pense que tout est possible, et puis on atteint la raison et enfin la désillusion. Ce qui est formidable, c'est d'être comme Hugo, à près de quatre-vingts ans, et de penser encore que tout est possible[1].

1. Anne Delbée, entretien avec Jean-Claude Carrière, *Voir des étoiles*, *op. cit.*, p. 129.

3 Le vers hugolien

Jean Vilar, qui mit en scène *Ruy Blas* en 1954, recommandait à ses interprètes de faire entendre le « cliquetis » du dialogue, d'en respecter les « cadences sonores », sans pour autant « "surléche[r]" ses alexandrins écrits en pleine inspiration et de plein jet[1] ». La vivacité du vers hugolien, qui tranchait avec le fade et le pompeux des tragédies néoclassiques contemporaines, a surpris en 1830. À une époque où certains, comme Stendhal, prônaient l'abandon définitif du vers dramatique au nom du naturel, Hugo remotivait son utilisation. Il proclamait déjà, dans la préface de *Cromwell* (1827), la supériorité et la nécessité du vers de théâtre : pour lui, ce dernier, « aussi beau que de la prose », devait être la « forme optique de la pensée ».

HERNANI, POÈME DRAMATIQUE

LA QUESTION DU VERS DANS LE DRAME ROMANTIQUE

La question du vers a divisé les romantiques. Faut-il le conserver, au nom de la dignité artistique, ou y renoncer, au nom de la démocratisation du public et du naturel[2] ? Dumas est plus à l'aise dans la prose ; mauvais versificateur, il fait appel à ses amis Hugo et Vigny pour réécrire en urgence les vers sifflés de *Christine* (1830) le soir de la première. La majorité des pièces de Musset, passées les premières, sont en prose. Vigny, lui, pratique les deux formes. Hugo, d'abord

1. *Du tableau de service au théâtre*, notes de service de Jean Vilar, *Cahiers de théâtre Louvain*, n° 53, 1985, p. 48.
2. Voir les articles de Guy Rosa et de Jean-Marie Thomasseau mentionnés en bibliographie.

rétif à la prose dramatique, finit par s'y résoudre, après avoir observé les difficultés rencontrées par *Marion de Lorme*, devant le public populaire de la Porte-Saint-Martin, où est finalement créée cette pièce en vers, en 1831. Lorsqu'il y retourne en 1833, avec *Lucrèce Borgia* et *Marie Tudor*, la prose qu'il adopte pour satisfaire les attentes de son public est cependant beaucoup plus travaillée que celle du mélodrame[1]. *Angelo tyran de Padoue* (1835), joué à la Comédie-Française, est encore en prose, mais il revient au vers pour *Ruy Blas* (1838) et *Les Burgraves* (1843). Dans son théâtre de l'exil, toutes les pièces sont en vers, sauf deux, *Mille Francs de récompense* et *L'Intervention*.

Stendhal, qui dans *Racine et Shakespeare* (1822 et 1825) prône l'abandon du vers, s'inscrit dans la lignée de Diderot, Beaumarchais et Louis Sébastien Mercier. À leurs yeux, le vers n'est plus qu'une coquille vide depuis que l'enjeu de la tragédie classique – justifier les idéaux aristocratiques – a disparu : la société postrévolutionnaire ne saurait plus se représenter elle-même parlant en vers. Pour Hugo, au contraire, le vers n'est pas un vestige anachronique ; il est encore compatible avec l'écroulement postrévolutionnaire de la hiérarchie des genres. Parce qu'il est une contrainte, il élève l'art et permet de lutter contre le style prosaïque, trivial, parfois vulgaire, qui a envahi les scènes populaires. Hugo veut que le drame romantique ait autant de dignité que la tragédie ; or le vers est pour lui le *nec plus ultra* de la beauté poétique. Mais sans élitisme, ou alors, pour tous : le public dans son ensemble doit pouvoir y accéder.

EN CINQ ACTES ET EN VERS : UNE FORME CLASSIQUE

Aussi aurait-on tort d'opposer de manière binaire forme classique et forme romantique du théâtre, ce à quoi Hugo lui-même s'est d'ailleurs toujours refusé, revendiquant assez rarement la bannière « romantique » pour la brandir contre le « classicisme ».

---

1. Voir l'article d'Olivier Bara mentionné en bibliographie.

Du reste, la forme d'*Hernani* est en partie classique : la pièce comporte cinq actes (entre 300 et 600 vers environ par acte), comme les tragédies et les « grandes comédies ». Hugo respecte aussi, selon la règle classique, l'alternance des rimes masculines et des rimes féminines. Il maintient très souvent la césure à l'hémistiche, ainsi que la loi classique des quatre accents (deux principaux et fixes sur les sixième et douzième syllabes, deux secondaires et mobiles) qui donne à l'hémistiche le plus souvent la structure 2-4 ou 3-3 ou 4-2. Il écrit d'ailleurs nombre d'alexandrins très harmonieux, aux deux hémistiches balancés autour de la césure, tels « Vous êtes mon lion superbe et généreux » (v. 1024), ou « La voix est sépulcrale, autant qu'on le peut dire » (v. 1867). Certes, Hugo pratique aussi volontiers le trimètre (4-4-4) : « Je suis banni, je suis proscrit, je suis funeste ! » (v. 677) ; « Tu m'en chantais, avec des pleurs dans ton œil noir ! » (v. 684) ; « Nous aimons bien. – Nos pas sont lourds ? nos yeux arides ? » (v. 757). Mais, abusivement dit « romantique », le trimètre se trouve déjà, par exemple, chez Corneille (« Toujours aimer, toujours souffrir, toujours mourir », *Suréna*, I, 3). La césure à l'hémistiche n'y est plus visible, mais elle reste perceptible à l'oreille du public ou du lecteur du XIXe siècle. Aujourd'hui encore, on peut toujours, à la lecture, la marquer légèrement.

UN VERS « AUSSI BEAU QUE DE LA PROSE »

La formule de la préface de *Cromwell*, renvoyant à un vers qui serait « aussi beau que de la prose », est paradoxale dans une tradition qui a longtemps, depuis le XVIe siècle au moins, placé la poésie versifiée au-dessus de la prose, et identifié la poésie au vers. Mais pour Hugo, la poésie n'est pas dans le vers : on peut être versificateur sans être poète. La poésie tient à une qualité supérieure de la langue, à une synergie de la force imageante, de la mélodie et du rythme, qui peuvent se trouver aussi dans la prose, mais auxquelles le vers donne du relief. Il s'agit donc pour lui de revivifier le vers par la prose, d'enrichir la noblesse du premier par la vivacité de la seconde.

LE MOT PROPRE : « TOUT A DROIT DE CITÉ EN POÉSIE »

Cette formule de la préface des *Orientales* est un *credo* romantique, qui remonte à la critique, dès le XVIIe siècle lui-même, de l'abus des périphrases pour éviter de nommer les choses triviales par leur nom. Hugo s'en moque dans « Réponse à un acte d'accusation » (*Les Contemplations*, I, VII) en proclamant : « J'ai dit au long fruit d'or : mais tu n'es qu'une poire ! » Néanmoins, quand il écrit un peu plus loin « J'ai jeté le vers noble aux chiens noirs de la prose », dans un vers lui-même parfaitement bien balancé, la formule est ironique, comme l'est toute la posture qu'il adopte dans ce poème, qui raconte rétrospectivement (1856) le combat romantique en le dédramatisant. La portrait qu'il dresse là de lui en révolutionnaire iconoclaste est en partie au second degré.

L'inscription du vocabulaire prosaïque produit une nouvelle esthétique, de la surprise, du contraste et du naturel. Elle s'opère par diverses importations. Celle du mot trivial : le verbe « boire » ; la « barbe » ; le « balai », qui « sert de monture » à la duègne ; ou encore « fais sécher le manteau », injonction donnée par doña Sol ; l'évocation des réalités choquantes, comme « la hache » ou « l'échafaud ». Autre importation osée, celle du mot étranger, sollicité tout particulièrement par l'intrigue espagnole, et présent dans *Hernani via* les nombreux noms de lieux, de personnes ou de fonctions (l'« alcade », l'« alguazil »). Le prosaïsme tient aussi à la simplicité de certaines répliques (« Est-il minuit ? », demande le roi, v. 463), ou à l'addition de répliques courtes pour former un alexandrin de hasard, tels les vers v. 41-42 : « Jésus ! votre manteau ruisselle ! il pleut donc bien ?/ – Je ne sais. – Vous devez avoir froid ? – Ce n'est rien. »

« J'AI DISLOQUÉ CE GRAND NIAIS D'ALEXANDRIN »

Le prosaïsme passe aussi par la désacralisation du vers. Le vers célèbre des *Contemplations* « J'ai disloqué ce grand niais d'alexandrin » ne doit cependant pas être pris au premier degré. Dans son contexte – le récit d'une guerre burlesque –, la formule est ironique. Elle a fait florès à cause de l'allégorie de l'alexandrin en « grand niais » ; à l'évidence, toutefois, Hugo est un maître de l'alexandrin. Il ne vise pas celui de Corneille ou de Racine, mais celui de leurs imitateurs tardifs, qu'on ne lit plus aujourd'hui (comme Jouy, Arnaud, Lebrun…). Ils peuplaient alors la scène tragique française de leurs vers néoclassiques régulièrement balancés, regorgeant de périphrases édulcorées et de métaphores aussi usées que pompeuses.

Comment Hugo bouscule-t-il l'alexandrin dans *Hernani* ? D'abord par la fréquente mise sous tension – et non pas par la suppression totale – de la césure à l'hémistiche, ou par l'instauration d'une coupe plus forte ailleurs dans le vers. Au XIXe siècle, même quand la césure n'est pas marquée à l'hémistiche, l'auditeur l'entend toujours. Ainsi, dans cet alexandrin : « Lui dans son pré vert, moi dans mes noires allées » (v. 733), la coupe rare à la cinquième syllabe (après « vert ») n'empêche pas l'auditeur de percevoir la césure classique après « moi » ; l'effet produit est d'isoler fortement « moi » et de dire la détresse du vieillard exclu de la sphère amoureuse.

La vivacité de l'alexandrin hugolien tient aussi à la multiplicité des combinaisons rythmiques possibles. Parmi elles, Hugo affectionne l'accent oratoire produit par la coupe après la première syllabe : à l'acte III, on en dénombre cinq en sept vers (v. 950, 952-954, et 956). Il pratique aussi parfois la coupe audacieuse avant la douzième syllabe :

> Je suis Jean d'Aragon, grand-maître d'Avis, né
> Dans l'exil, fils proscrit d'un père assassiné
>
> (v. 1723-1724)

Hugo assouplit aussi son vers par la multiplicité des rejets et contre-rejets. Le tollé provoqué dès les deux premiers vers par le rejet « C'est bien à l'escalier/ Dérobé » est resté célèbre, grâce au témoignage de Gautier[1]. Sur l'exemplaire de la première édition annotée de la main de Hugo[2], rien ne témoigne d'une réaction hostile du public à cet endroit. Mais le critique du *Temps* signale cette coupe osée dans son article du 16 mars. Il trouve aussi inacceptable qu'un outil de comparaison puisse se retrouver en fin de vers, comme dans le passage suivant :

> Car ses cheveux sont noirs, car son œil reluit comme
> Le tien. [...]
>
> (v. 741-742)

L'effet syncopé créé par certains enjambements, rejets et contre-rejets est souvent spectaculaire. Ainsi, leur enchaînement dans la déclaration d'amour de don Ruy à doña Sol au début de l'acte III traduit son émotion :

> [...] Écoute : on n'est pas maître
> De soi-même, amoureux comme je suis de toi,
> Et vieux. On est jaloux, on est méchant ; pourquoi ? [...]
> Parce qu'on est jaloux des autres et honteux
> De soi. [...]
>
> (v. 722-728)

Hugo pratique aussi fréquemment la suraccentuation. De nombreux vers comprennent plus que les quatre accents réglementaires : « – Josefa ! – Madame ! – Ah ! je crains quelque malheur » (v. 34) ; ou encore le vers 2153, où la dislocation du vers épouse une parole ralentie par l'agonie :

DOÑA SOL

Pas encor.

---

1. Voir p. 224.
2. Voir Jean Gaudon, « Appendice. Annotations relevées sur l'exemplaire de Victor Hugo », dans *Victor Hugo et le théâtre. Stratégie et dramaturgie*, Eurédit, 2008.

HERNANI, *avec un soupir.*
Voici...

Il tombe.

DON RUY GOMEZ, *soulevant sa tête qui retombe.*
Mort!

DOÑA SOL, *échevelée, et se dressant à demi sur son séant.*
Mort! non pas!... nous dormons.

Il use aussi des vers à forte tendance monosyllabique. Au dénouement, la parole des amants agonisants se raréfie au point de comporter comme ici dix monosyllabes oraux : «– Souffres-tu? – Rien, plus rien. – Vois-tu des feux dans l'ombre?» (v. 2152).

Les parodistes stigmatisent dans la liberté du vers hugolien la décadence de l'école moderne. Mais ils le singent en outrepassant largement ce qu'il se permet. Ainsi, il leur arrive de placer un mot outil non accentuable à la césure. Ici un article : «On a beau dire le/ vrai bonheur n'est qu'aux champs» (*Oh! qu'nenni*). Là une préposition, incluse dans un article défini contracté : «Gouverner tout ça! Du/ Théâtre Richelieu» (*Méditation hugothique*). Ou bien ils mettent le milieu d'un mot en position de césure. Le procédé revient dans la *Méditation hugothique* : «Viennent au Père La/chaise éveiller tes mânes». Il se trouve aussi, on l'a vu, dans *Harnali* : «Trompetté pour Sa Ma/jesté le roi de Prusse». Hugo ne se permet pourtant rien de tel, même quand il décale la coupe en 4-8 ou quand il remplace le rythme binaire par le rythme ternaire 4-4-4. Le mot placé à la sixième syllabe, étant toujours accentuable, garde la trace de la césure, comme dans le vers 159 : «Vous me manquez, je suis/ absente de moi-même.»

L'irruption du matériel et du corporel ne se fait pas seulement dans le lexique : elle se produit aussi dans le vers lui-même, interrompu par le geste, la pantomime ou le bruit. L'œil du spectateur étant sollicité par l'action visuelle ou perturbé par un autre son, son oreille est moins attentive à la régularité du vers. La pièce commence d'emblée par ce type d'interruption :

DOÑA JOSEFA, *seule.*

Elle ferme les rideaux cramoisis de la fenêtre et met en ordre quelques fauteuils. On frappe à une petite porte dérobée à droite. Elle écoute. On frappe un second coup.

Serait-ce déjà lui ?

Un nouveau coup.

C'est bien à l'escalier

Dérobé.

Un quatrième coup.

Vite, ouvrons !

Elle ouvre la petite porte masquée. Entre don Carlos, le manteau sur le nez et le chapeau sur les yeux.

Bonjour, beau cavalier.

(v. 1-2)

Avant d'entendre le moindre mot, le spectateur voit une pantomime et entend deux coups. Puis le premier vers est interrompu par un troisième bruit, et le deuxième vers par un quatrième bruit et une pantomime. Ici, l'effet est très vivant et prosaïque, l'alexandrin étant peu perceptible. Au dernier acte, en revanche, l'interruption du vers 1971 par le son du cor produit un effet d'autant plus tragique que doña Sol se méprend sur son sens :

– Ah ! ce serait charmant !

On entend le bruit lointain d'un cor dans l'ombre.

– Dieu ! je suis exaucée !

Sauf à la Comédie-Française, les comédiens, au XIXe siècle, savent de moins en moins dire le vers. La virtuosité acoustique du vers théâtral de Hugo, qui pousse l'harmonie classique jusque dans ses retranchements inouïs, n'en défie que davantage les habitudes des comédiens et du public.

« La forme optique de la pensée »

Il existe chez Hugo un spectaculaire de la langue, aussi efficace que le spectaculaire de l'action et du décor. Le vers, est, comme le dit la Préface de *Cromwell*, la « forme optique de la pensée ».

Figures duelles d'une pensée dialectique

L'une des formes optiques les plus aisément repérables de la langue poétique hugolienne est l'ensemble constitué par les figures duelles de la répétition et de l'opposition.

Hugo utilise fréquemment, comme le faisait déjà Corneille, ces figures de la répétition que sont les dérivations et polyptotes. Les premières emploient dans une même phrase des mots différents mais de même racine, comme dans « Les chansons à chanter le soir sous les balcons » (v. 250) ou « Ai-je bien à ta flamme allumé mon flambeau ? » (v. 1791). Les seconds emploient dans une même phrase plusieurs formes grammaticales d'un même mot, comme dans « Je reste et resterai tant que tu le voudras » (v. 680) ou « C'étaient les plus vaillants de la vaillante Espagne » (v. 973), hommage à Corneille. Ces figures disent souvent l'harmonie, ou la grandeur.

Les répétitions simples de mots, loin d'être redondantes, sont toujours signifiantes : soit le mot répété n'a pas exactement le même sens dans les deux cas, soit il renvoie à deux référents antagonistes, soit il souligne un paradoxe, ou au contraire une harmonie, selon les cas, comme dans « Ma race en moi poursuit en toi ta race » (v. 384), « Mon pas cherche ton pas » (v. 410), « Tout marche, et le hasard corrige le hasard » (v. 1444), « Les femmes de la cour/ Ont toujours un amour tout prêt pour votre amour » (v. 527-528).

Dans certains de ces exemples, la répétition, curieusement, frôle parfois l'antithèse, autre figure privilégiée du style de Hugo. La critique a souvent stigmatisé dans l'usage de cette dernière la caractéristique d'une écriture de la démesure, voire de la grandiloquence. Certes, l'antithèse est fréquente chez lui. Mais, en réalité, elle n'est pratiquement jamais utilisée pour donner une vision simpliste ou manichéenne du monde. Favorisée par la structure classique binaire de l'alexandrin, elle exprime souvent une idée plus nuancée. Il peut s'agir de l'harmonie des contraires, comme dans la question d'Hernani mourant, à sa bien-aimée, « Vois-tu des feux dans l'ombre ? » (v. 2152), ou dans « Car ta tombe sans doute est pleine de clarté ! » (v. 1584). Il peut s'agir aussi de dire une contradiction interne, lorsque Hernani se plaint : « Qu'on m'ait fait pour haïr, moi qui n'ai su qu'aimer » (v. 964). L'antithèse peut encore dire le scandale, l'injustice, l'infortune – par exemple la menace qui pèse sur les amants, lorsque après leur baiser, ils s'exclament :

HERNANI

Hélas ! c'est le premier !

DOÑA SOL

C'est le dernier peut-être.

(v. 706)

Ou l'agacement de don Carlos, pestant : « Des lumières partout/ Où je n'en voudrais pas, hors à cette fenêtre/ Où j'en voudrais ! » (v. 416-418).

La rime provocante ou imageante

Comme dans la tradition classique, Hugo fait alterner les rimes plates féminines et masculines. Il joue avec brio de toutes leurs ressources. Certaines sont des hommages aux auteurs classiques, telle la rime « ramage/ plumage » (v. 753-754) reprise à la fable « Le Corbeau et le Renard » de La Fontaine. Certaines rimes créent des effets de grotesque en associant deux mots de manière inattendue : « duc/ caduc » (v. 5-6), « manteau/ château » (v. 69-70), « raison/ poison » (v. 2129-2130), ou « histoire/ armoire » (v. 171-172), « mémoire/ armoire » (v. 425-426). D'autres produisent de forts effets de sens : métaphysique, dans le rapprochement « beau/ tombeau» (v. 747-748) qui dit la loi implacable de la mort; existentiel, quand «Hernani» revendique ce nom de «banni» (v. 855-856); psychologique, quand le vieillard se dit «honteux» de son amour «boiteux» hors de saison (v. 727-728); politique, dans la rime «Allemagne/ Charlemagne» qui exalte la grandeur de l'Empire (v. 1493-1494).

L'ART DE LA POINTE

La virtuosité du vers hugolien se manifeste enfin dans son art de la pointe, théorisé par Baltasar Gracián dans *La Pointe ou l'Art du génie* (1648). Caractérisée par la finesse, la pertinence, l'acuité et le tranchant, la pointe est une des facultés supérieures de l'homme. Gracián distingue trois natures principales de pointes : la pointe (ou finesse) de discernement, la pointe d'artifice et la pointe d'action. La pointe de discernement donne accès aux vérités complexes, elle aide donc à connaître le monde. La pointe d'artifice, fleur de rhétorique, moins utile mais «plus délectable», comprend à son tour la pointe conceptuelle, qui met en valeur la subtilité de la pensée, et la pointe verbale, qui joue avec le mot – ainsi, le calembour et la paronomase. Quant aux pointes d'actions, «véritables filles du génie» selon Gracián, elles consistent en gestes spectaculaires et signifiants accomplis notamment par les grands hommes.

Hugo utilise la pointe à de multiples reprises, sous la forme de formules-choc qui sont autant de stimulations pour l'esprit, soulignées par l'écrin du vers. Dans la métaphore filée du peuple-océan, le vers «Vague qui broie un trône et qui berce un tombeau!» (v. 1535) fait pointe par combinaison de la métaphore, de l'antithèse, de la double allitération en [b] et [r], et du balancement parfait du vers qui dit la toute-puissance inquiétante du peuple et la fragilité de la gloire politique. Dans le distique «Je suis Jean d'Aragon, roi, bourreaux et valets!/ Et si vos échafauds sont petits, changez-les!» (v. 1735-1736), l'accumulation désacralisante et l'injonction matérielle accompagnent l'insolence hautaine du héros. L'acte IV se termine lui aussi par une pointe qui donne à Charles Quint toute sa grandeur politique[1] : « Je t'ai crié : – Par où faut-il que je commence ?/ Et tu m'as répondu : – Mon fils, par la clémence ! » (v. 1801-1802).

Le théâtre en vers a encore, en 1830, de beaux jours devant lui. Certes, au XXe siècle, il sera définitivement supplanté par la prose. Mais de *Mangeront-ils ?*, écrit par Hugo en exil (1867), à *Cyrano de Bergerac* (1897) et *L'Aiglon* (1900) de Rostand, sa fortune sera encore longue.

1. Voir Dossier, p. 264-265.

4 — *Histoire et politique dans* Hernani

HUGO ET LE DRAME HISTORIQUE

Le drame historique est l'une des veines du théâtre romantique. Il s'inscrit dans la tradition d'un genre fertile depuis la Révolution, le théâtre historique, qui utilise des épisodes de l'Histoire pour penser les bouleversements du présent. Sous la plume des romantiques, il devient « drame d'imagination », comme disait Charles Magnin[1] : il se pare d'inventions romanesques, et développe une véritable réflexion sur la philosophie de l'Histoire.

Aussi ne vise-t-il pas simplement à délivrer un message, comme c'était souvent le cas des pièces historiques révolutionnaires, dont beaucoup étaient ouvertement militantes, ou de claire propagande. En témoigne *Charles IX ou la Saint-Barthélemy* (1789), de Marie-Joseph Chénier. Son sous-titre, « L'école des rois », annonce le dénouement édifiant, où le roi mourant dit au dernier vers « Le Ciel en me frappant donne un exemple aux rois » : le message révolutionnaire, à cette date, est explicite. Les pièces historiques de la Restauration, de même, sont orientées politiquement, et perçues comme telles dans l'opinion. En 1819, le *Louis IX* royaliste d'Ancelot lui vaut une pension, juste après le grand succès des *Vêpres siciliennes* de Casimir Delavigne, d'inspiration libérale. La presse, déchaînée, se partage entre partisans de Delavigne et d'Ancelot, dont les pièces portent sur des sujets proches. Or ce partage est clairement politique : le *Louis IX* d'Ancelot, qui célèbre le grand Saint Louis, est immédiatement récupéré par les journaux légitimistes, tandis que *Les Vêpres siciliennes* sont encensées par les feuilles libérales, qui y lisent l'exaltation du sentiment

1. Voir p. 217.

patriotique, une charge anticléricale et un plaidoyer pour la liberté. Hugo, âgé de dix-sept ans, écrit alors dans *Le Conservateur littéraire*, journal royaliste qu'il a fondé avec ses frères et des amis, un article pourtant favorable à Delavigne et hostile à Ancelot, en s'appuyant sur des critères plus littéraires que politiques, et en se plaçant au-dessus de la mêlée :

> C'est une chose étrange et digne de notre siècle vraiment unique, que de voir l'esprit de parti s'emparer des banquettes d'un théâtre, comme il assiège les tribunes des chambres. La scène littéraire a acquis presque autant d'importance que la scène politique. Le public, aveugle ou malin, prête aux paroles des acteurs tout le poids qu'elles devraient avoir si elles sortaient de la bouche de ceux qu'ils représentent ; il semble ne voir dans nos comédiens que de grands personnages, de même qu'il ne voit dans plusieurs de nos grands personnages que des comédiens. Le petit marchand électeur s'en va siffler *Louis IX*, non parce que Lafon [1] manque de majesté ou la pièce de chaleur ; mais son *Constitutionnel* [2] lui a révélé que Louis IX s'appelle Saint Louis, et le marchand électeur est philosophe. Les gazettes libérales exaltent *Les Vêpres siciliennes*, non parce que cette tragédie renferme des beautés, mais en raison des mouvements d'éloquence qu'elle peut fournir contre les fanatiques, les prêtres et les massacres au son des cloches. [...] On ne s'informe plus aujourd'hui si un poète est de la bonne école, mais s'il est du bon parti.

Hugo, pour sa part, refuse de pratiquer l'allusion « misérable » à l'actualité immédiate. Au moment de l'interdiction de *Marion de Lorme*, en 1829, il s'était défendu d'avoir voulu stigmatiser Charles X sous les traits de son aïeul Louis XIII. Et, dans la préface qu'il donne à la pièce en 1831, il justifie son refus de la reprendre à la Comédie-Française, pour ne pas avoir l'air de triompher de Charles X après l'abolition de la censure en 1830.

Le théâtre historique de Hugo n'est donc pas un théâtre de l'allusion politique. Ce qui ne l'empêche pas d'être ancré

1. Lafon est le comédien qui jouait le rôle de Louis IX.
2. Journal libéral.

dans son temps, et de témoigner de préoccupations politiques contemporaines.

La position politique de Hugo vers 1830

La pièce est donnée en février 1830, sous la Restauration, quelques mois avant la révolution qui, en juillet, débouchera sur un nouveau régime, la monarchie de Juillet, dont Hugo sera assez proche. Aussi a-t-on longtemps eu tendance à considérer que la bataille d'*Hernani*, emblème d'une révolution littéraire, avait précédé – sinon influencé – la révolution politique. Cette vision schématique des choses doit être nuancée, notamment à la lumière de l'évolution politique de Victor Hugo : conservateur dans ses jeunes années, il finira par siéger sur les bancs de l'extrême gauche au Sénat. Entre ces deux moments, une longue évolution se dessine, qui s'accentue autour de 1830 d'abord, puis sous la IIe République, et lors de l'exil. C'est du premier tournant, contemporain d'*Hernani*, qu'on parlera ici. En 1830, la conversion de Hugo au libéralisme est assez récente. Hugo n'est pas du tout un chef de parti, ni un leader politique ; quand il écrit, dans la préface d'*Hernani*, que le romantisme « n'est, à tout prendre, […] que le *libéralisme* en littérature », il s'agit avant tout d'un plaidoyer pour la liberté dans l'art plus que d'une prise de position politique claire contre la Restauration (1814-1830).

À vingt ans, Hugo, éduqué par sa mère vendéenne, est ultraroyaliste. *Le Conservateur littéraire*, qu'il contribue à fonder et où il fait ses premières armes, est légitimiste. Louis XVIII lui fait verser une pension pour ses *Odes* d'inspiration royaliste. En 1825, il écrit une ode pour le sacre de Charles X, dont il se justifiera en 1831 en disant que le nouveau roi, populaire au début de son règne, disait alors : « Plus de censure ! Plus de hallebardes ! » Puis il renoue avec son père, et se passionne pour la figure de Napoléon, célébré dans l'ode *À la colonne de la place Vendôme*, et dont la silhouette se profile derrière le personnage éponyme de *Cromwell* (1827). Hugo évolue vers le libéralisme à la fin de la Restauration. En 1829, la prise de position contre la peine de mort de son *Dernier Jour d'un condamné* est très remarquée. Il fait partie de « cette élite de jeunes hommes, intelligente, logique, conséquente, vraiment libérale en littérature comme en politique, noble génération qui ne se refuse pas à ouvrir les deux yeux à la vérité et à recevoir la lumière des deux côtés », qu'il célèbre dans la préface d'*Hernani*, et à qui il rendra hommage en août 1830 dans l'*Ode à la Jeune-France.* À cette époque, il est encore fasciné par le mythe napoléonien, dont on trouve un écho dans *Hernani*, derrière la figure du grand empereur ; il écrira d'ailleurs en 1831 une lettre à l'ex-roi Joseph Bonaparte, où il dit avoir confiance dans le fils de Napoléon (qui mourra l'année suivante). La même année, Hugo se présentera, dans la préface de *Marion de Lorme*, comme « placé depuis plusieurs années dans les rangs de l'opposition », dévoué et acquis « depuis qu'il a eu l'âge d'homme, à toutes les idées de progrès, d'amélioration, de liberté ».

Sous la monarchie de Juillet (1830-1848), proche de la famille régnante, il reste à la fois libéral et monarchiste. Il se montre toujours prêt à défendre la liberté d'expression – notamment lors du discours qu'il prononce au procès du *Roi s'amuse*, interdit en 1832 après une seule représentation. La question qu'il se pose alors n'est plus de savoir quel est le meilleur régime politique, mais comment réduire les inégalités sociales. En 1834, il écrit à la *Revue du progrès social* qu'il souhaite l'avènement des principes d'égalité sociale de la Révolution française : « Concourons donc ensemble tous [...] à la grande substitution des questions sociales aux questions politiques [1]. » En 1837, dans une lettre à un ouvrier-poète, il conseille à la classe laborieuse de s'écarter de tout ce qui l'abrutit, et de s'élever par l'instruction, de respecter la femme et l'enfant :

1. Lettre de Victor Hugo à Jules Lechevalier, 1er juin 1834, CFL, t. V, p. 1046.

> *Le jour où le peuple sera intelligent, alors seulement il sera souverain* [...] c'est la civilisation qui est le souverain. Tantôt elle règne par un seul, [...] tantôt par plusieurs [...], tantôt par tous, comme le peuple régnera. En attendant que la démocratie soit légitime, la monarchie l'est[1].

Hugo considère alors que le peuple n'est pas encore mûr pour exercer ce pouvoir que lui a promis 1789. Du reste, sous la monarchie de Juillet, le suffrage censitaire, qui réserve le droit de vote aux plus fortunés, exclut toujours une bonne partie de la population de la représentation politique. C'est sous la IIe République, qui rétablira le suffrage universel, que Hugo deviendra progressivement républicain. Farouche opposant au second Empire, il sera de nouveau député sous la IIIe République, qui fera de lui une icône républicaine. À la fin de sa vie, élu au Sénat, il siège à l'extrême gauche. Cette évolution spectaculaire du positionnement politique de Hugo témoigne de la richesse de sa pensée politique, et de sa complexité.

Hernani est joué à un moment charnière de cette évolution, l'année où les Bourbons vont être définitivement écartés du pouvoir lors de la révolution de Juillet, et où les idéaux de 1789 vont renaître. En 1830, le temps n'est pas encore venu, néanmoins, pour un retour au régime républicain (que la France retrouvera en 1848), mais le mythe napoléonien, sous-jacent dans *Hernani*, va refleurir. En 1829, au moment où Hugo écrit la pièce, cette révolution n'a pas encore eu lieu, mais les forces en présence sont déjà là. Portées principalement par les héros masculins, les idéologies qui s'affrontent dans cette œuvre en témoignent.

La féodalité, la royauté et l'Empire dans *Hernani*

Si *Hernani* s'inscrit dans l'actualité politique du moment, cette dimension circonstancielle n'épuise pas son sens

1. Lettre de Victor Hugo à un ouvrier poète, le 3 octobre 1837, CFL, t. V, p. 1126.

politique. L'œuvre littéraire dépasse largement, on le sait, l'intention explicite de l'auteur, déjà rendue difficile à saisir, au théâtre, par l'absence de médiation narrative que l'on trouve par exemple dans le roman. Le sens politique d'une œuvre ne se dégage pas à partir d'un message explicite, mais d'une configuration signifiante globale où interagissent tous les codes littéraires. Pour Hugo, on l'a vu, le drame historique ne sert pas à délivrer un message politique édifiant, militant, ou de propagande. Il s'agit plutôt de faire réfléchir le spectateur à des questions posées par la marche de l'Histoire, et à de grandes questions de philosophie politique.

Les discours politiques abondent dans *Hernani.* Ils sont principalement portés par les trois rivaux qui se disputent doña Sol comme on se dispute le pouvoir. La quête amoureuse redouble ainsi la quête politique dont elle est en même temps une métaphore, selon un dispositif que l'on retrouve dans la poésie lyrique, où la femme aimée peut être aussi, comme chez Louis Aragon, une figure de la patrie. Chacun des trois héros masculins porte des idéaux qui fascinent Hugo : fidélité aux grandes valeurs héroïques du passé (don Ruy), capacité à s'opposer radicalement et héroïquement au pouvoir, au risque de sa vie (Hernani), ou à s'imposer comme un grand homme de pouvoir, qui incarne son époque (Charles Quint). Mais chacun de ces trois modèles possède aussi ses limites. Aucun des « *tres para una* » n'est un héros entièrement positif à qui s'identifier sans recul.

HERNANI

Hernani représente-t-il le peuple ? On peut être tenté d'en faire un héros populaire, une sorte de Robin des Bois qui conteste le pouvoir tyrannique arbitraire, depuis sa forêt, sa montagne, pour redistribuer les richesses aux pauvres ; mais si on lit attentivement la pièce, on s'aperçoit qu'il ne fait rien de tel. Certes, il est exclu de la sphère du pouvoir, dans les trois premiers actes, où il est un bandit, un proscrit. C'est d'abord cette marginalité dangereuse et vulnérable que doña Sol aime en lui (la révélation de ses origines nobles est tardive). Cependant, s'il appartient à cet espace de la marginalité, ce n'est pas parce qu'il serait, à l'origine, un homme du peuple, mais parce qu'il a été exclu de la sphère du pouvoir, depuis le bannissement de son père dont il hérite. Héros populaire, il l'est de commander à trois mille montagnards, force d'opposition potentiellement dangereuse pour le pouvoir en place (même si on ne les voit que très peu nombreux sur scène). Il l'est encore par son refus de se soumettre à un pouvoir qui l'opprime, quel qu'il soit, et de se permettre ce vers barré par la censure : « Crois-tu donc que les rois à moi me sont sacrés ? » (II, 3). Mais le mouvement de l'intrigue le rend à sa noblesse d'origine, dont il énumère les titres avec une certaine morgue aristocratique, concluant :

Je suis Jean d'Aragon, roi, bourreaux et valets !
Et si vos échafauds sont petits, changez-les !

(IV, 4)

Au bout du compte, sa quête, largement individuelle, consiste à récupérer sa bien-aimée et à retrouver les titres de son père, de sa *gens*. C'est par où il partage l'idéologie aristocratique de son ennemi don Ruy, auquel il se soumet, en prêtant serment sur la tête de son père (équivalent des aïeux de don Ruy dans la galerie de portraits). Chez Corneille, le dénouement opère une « dialectique du héros [1] », et l'État sort renforcé de son sacrifice. Mais ici, Hernani ne gagne rien à avoir voulu restaurer son identité passée et la « maison » de son père, et l'État espagnol non plus.

DON RUY GOMEZ

Don Ruy Gomez représente le vieux féodal. Sa fonction d'opposant aux amants pourrait disqualifier son discours politique. Mais il cumule avec l'emploi de barbon celui de père noble, qui, dans la tradition cornélienne du vieux don Diègue ou du vieil Horace, dit la loi supérieure – de la

1. Serge Doubrovsky le montre dans son ouvrage *Corneille ou la Dialectique du héros*, Gallimard, 1964.

lignée, de l'honneur, ou de l'État. L'idéologie de don Ruy est aristocratique, et même ultraféodale : il est seul maître chez lui. S'il se soumet à la visite nocturne de son roi, après en avoir appris le (supposé) motif politique – la mort de l'empereur et sa nécessaire succession –, en revanche aucune loi n'est plus forte pour lui que celle de l'honneur aristocratique, qui lui commande, au nom de la valeur suprême de l'hospitalité, de laisser plutôt partir doña Sol en otage que de livrer son hôte au roi. Le sous-titre de la pièce, « l'honneur castillan », met cet héroïsme en lumière. Mais cette fidélité aux ancêtres a son revers, car c'est encore au nom de la foi jurée (devant les portraits, et en prenant à témoin l'âme du père d'Hernani) que don Ruy va jusqu'au bout de sa vengeance, attirant sur lui la damnation. Par cette vengeance personnelle, il contrevient aux volontés de l'empereur, qui a rétabli Hernani dans son fief, selon une loi non pas psychologique ou morale (le pardon), mais politique (la clémence). Don Ruy va donc à contre-courant de l'Histoire, mais il fait partie de cette lignée de grands féodaux que l'on retrouvera dans l'œuvre de Hugo, notamment dans *La Légende des siècles*, avec « Welf, Castellan d'Osbor » et les personnages du marquis Fabrice et d'Onfroy. Les valeurs chrétiennes fondatrices de l'idéal aristocratique, Hugo les conservera, revivifiées, et laïcisées dans l'idéal républicain. Parmi elles, la fraternité et la charité, rebaptisées « solidarité » quand elles seront prises en charge par la nation.

Don Carlos

On annonce dans la presse en 1830 qu'*Hernani* est le premier volet d'une trilogie sur le règne de Charles Quint, et l'avant-dernier paragraphe de la préface le laisse encore peut-être entendre. Si Hugo ne l'a pas réalisée, c'est que son propos n'est pas de célébrer des *exempla*, dans la lignée du théâtre historique, mais plutôt de montrer les contradictions à l'œuvre dans l'Histoire. Personnage séduisant, don Carlos n'est pas un roi « de vaste circonférence » – comme les rois de théâtre dont se moque Molière dans *L'Impromptu de*

Versailles –, mais plutôt « de taille galante[1] ». Séducteur, amateur de jolies femmes, il est doué d'intelligence dramatique – à l'acte I, il trouve le subterfuge de la mort de Maximilien pour se sortir d'un mauvais pas –, du sens de l'humour, et surtout d'une grande intelligence politique qu'il manifeste à l'acte IV. Le grand homme romantique[2] a des qualités exceptionnelles (intelligence, courage, charisme) qui lui permettent d'exercer les plus hautes fonctions ; mais au lieu de confisquer le pouvoir à son profit ou au profit d'une élite, il se fait la voix de la nation, ou de son peuple, et incarne les idées de son temps. Ce qui fait de don Carlos un grand homme dans *Hernani*, ce n'est pas son élection, mais le discours visionnaire qui constitue cette élection en événement, révélant les dessous de l'Histoire : la puissance réelle et souterraine du peuple.

De ce point de vue, le référent historique auquel ne peut manquer de penser le public, c'est Napoléon Ier, empereur issu du peuple – du moins dans l'imaginaire collectif constitutif du mythe – et tenant sa légitimité de l'adhésion populaire. Son nomadisme rapproche aussi don Carlos de Napoléon : il est partout chez lui, arrive à cheval chez don Ruy, repart sans qu'on sache où il va, menace de raser les tours du grand féodal, tel Attila, après le passage de qui rien ne repousse. On ne le voit pas non plus dans son palais. Il est tourné vers d'autres territoires, vers l'expansion européenne – enjeu important, après le traité de Vienne, pour le futur auteur du *Rhin*.

Autre dimension, qui fait du personnage un grand homme : la clémence, inspirée par Charlemagne. Hugo réécrit ici l'épisode de la clémence d'Auguste dans *Cinna* de Corneille, comme il l'avait déjà fait dans *Cromwell*. Chez Corneille, ce coup de théâtre magistral n'est pas forcément un modèle de sublime : il s'agit aussi de la meilleure stratégie

1. Molière, *L'Impromptu de Versailles*, dans *Œuvres complètes*, édition dirigée par Georges Forestier et Claude Bourqui, Gallimard, « Bibliothèque de la Pléiade », t. II, p. 825.
2. On s'inspire ici des travaux de Franck Laurent mentionnés en bibliographie.

pour Auguste, qui met ainsi fin au désordre, se concilie la reconnaissance et l'admiration des conjurés, et assure sa légitimité par un geste glorieux. Les gestes édifiants de Cromwell renonçant à la couronne et pardonnant aux conjurés, et de Charles Quint inaugurant son règne par la clémence, ne sont pas dépourvus du même calcul. Du reste, le pragmatisme politique de don Carlos se mesure aussi à sa première décision, peu glorieuse : nommer don Ricardo, le plus vil de ses courtisans, alcade du palais, c'est-à-dire chef de la police. Ce qui contraste plaisamment avec son envolée grandiose sur la puissance du « peuple-océan ».

Le peuple, précisément, est le grand absent de la pièce, ce qui peut paraître emblématique de la récupération bourgeoise de la future révolution de 1830, qui, on l'a vu, ne donnera pas au peuple une représentativité politique complète. Quelques montagnards accompagnent Hernani, mais le groupe le plus visible sur scène est celui des conjurés, parmi lesquels le roi isole les grands aristocrates, pour les faire exécuter : c'est à eux qu'Hernani se rallie, abandonnant son groupe de montagnards. L'hymne au peuple est donc chanté par l'empereur, mais il n'y a aucun personnage populaire dans *Hernani*, ou qui parle ouvertement au nom du peuple. Plus tard, Hugo le fera parler plus directement dans son théâtre (*Ruy Blas*), dans sa poésie lyrique ou épique, ou encore dans un roman comme *Les Misérables.* Mais dans *Hernani*, le temps de la fiction ne permet pas de montrer une prise du pouvoir par le peuple : à une époque où la royauté espagnole n'est pas encore complètement assurée de sa suprématie sur l'aristocratie, c'est le combat entre pouvoir royal et pouvoir féodal qui est en jeu. Et en 1830, pour Hugo, la solution de rechange à la monarchie ne pourrait encore être que l'Empire : don Carlos devenant Charles Quint incarne précisément ce passage de l'une à l'autre.

CHRONOLOGIE

Cette chronologie privilégie les données nécessaires à la connaissance d'*Hernani* et du théâtre de Hugo.

1802 : Naissance à Besançon, le 26 février, de Victor Hugo, fils du chef de bataillon Léopold Hugo et de Sophie Trébuchet. Il a deux frères, Abel (né en 1798) et Eugène (né en 1800). Léopold est muté à Marseille, où le suivent sa femme et ses fils. En novembre, Sophie vient à Paris effectuer des démarches pour son mari, et y rejoint le général Lahorie, parrain civil de Victor, que ses liens avec le général Moreau, opposant au Consulat, rendent suspect.

1803 : Léopold est muté en Corse, puis à l'île d'Elbe. Il commence une liaison avec Catherine Thomas. Les retrouvailles avec Sophie, venue rejoindre son mari et ses enfants, sont orageuses. Elle revient à Paris avec ses fils.

1804 : Lahorie, qui conspire contre le régime, se cache quelques jours chez Sophie.

1806 : Léopold prend part à la conquête du royaume de Naples. Il fait arrêter le « bandit » Fra Diavolo.

1807 : Léopold est nommé commandant militaire de la province d'Avellino.

1808 : Sophie et ses fils ayant rejoint Léopold Hugo à Naples, en garnison, le couple échoue à se reformer. Léopold doit suivre Joseph Bonaparte en Espagne. Retour de Sophie et de ses enfants à Paris.

1809 : Sophie s'installe avec ses enfants aux Feuillantines, couvent désaffecté doté d'un beau jardin. Elle y cache Lahorie. Léopold est nommé général de brigade et gouverneur de la province d'Ávila, puis inspecteur général des troupes espagnoles.

1810 : Léopold bat l'Empecinado. Lahorie est arrêté aux Feuillantines pour complot contre l'Empereur et mis au secret.

1811 : Sophie et ses fils rejoignent Léopold à Madrid. Entre les Pyrénées et leur destination, ils traversent Ernani (autre orthographe : Hernani), Tolosa, Torquemada, Burgos, Valladolid, Ségovie. Ils s'installent au palais Masserano. Léopold, qui vit avec Catherine Thomas, avertit Sophie qu'il a déposé une requête en divorce. Ses fils sont placés au Collège des Nobles. Abel n'y reste pas longtemps, car il entre dans les Pages du Roi. Victor et Eugène n'y sont pas heureux. Joseph Bonaparte échoue à réconcilier le couple Hugo.

1812 : Retour de Sophie, Eugène et Victor à Paris. Léopold est nommé commandant de la place de Madrid. Lahorie est fusillé après l'échec de la conspiration du général Mallet. Hugo écrit *L'Enfer sur terre* et *Le Château du diable*, ses premières pièces.

1813 : Léopold revient en France.

1814 : Léopold est chargé de la défense de Thionville. Il attaque Sophie en divorce et ordonne à sa sœur (« Goton ») d'enlever les enfants à leur mère. Il vient s'installer à Paris avec Catherine Thomas. Les frères Hugo achètent un théâtre de marionnettes pour lequel Victor compose *Le Palais enchanté*.

1815 : Études à la pension Cordier, comme interne. Victor écrit *Cahier de vers français*.

1816 : Élève à Louis-le-Grand, il écrit *Irtamène*, tragédie.

1817 : Abel Hugo, Armand Malitourne et Jean Joseph Ader écrivent un plaisant *Traité du mélodrame*. Victor obtient une mention au concours de l'Académie française. Il écrit *Athélie ou les Scandinaves*, tragédie inachevée.

1818 : Victor achève le jour de l'an l'opéra-comique *A.Q.C.H.E.B.* Les enfants reviennent chez leur mère, et s'inscrivent en droit. Premiers signes des troubles mentaux d'Eugène.

1819 : L'ode de Hugo sur le rétablissement de la statue d'Henri IV est primée aux Jeux floraux. Il se fiance secrètement avec Adèle Foucher. Sa mère est très opposée à cette relation, bien qu'Adèle soit la fille d'une famille amie. Victor écrit des articles dans *Le Conservateur littéraire*, qu'il fonde avec ses frères, et le mélodrame *Inez de Castro*.

1820 : Il fait la connaissance de Lamennais, Chateaubriand, Lamartine. Correspondance avec Adèle Foucher (*Lettres à la fiancée*), dont certains accents se retrouveront dans *Hernani*. *Bug-Jargal* (1re version).

1821 : Sa mère meurt. Il retrouve son père.

1822 : Il reçoit une pension royale (pour ses *Odes*) et épouse Adèle Foucher. *Inez de Castro*, qui devait être jouée au Panorama-Dramatique, est interdite par la censure.

1823 : *Han d'Islande*. Mort de son premier-né Léopold, qui aura vécu moins de trois mois. Victor est l'un des fondateurs de *La Muse française*.

1824 : *Nouvelles Odes*. Naissance de sa fille Léopoldine.

1825 : En compagnie de Nodier, il assiste à Reims au sacre de Charles X.

1826 : *Bug-Jargal* (2e version). *Odes et Ballades*. Naissance de son fils Charles.

1827 : *Ode à la colonne de la place Vendôme*. *Cromwell* et sa préface.

1828 : Mort du père de Hugo. *Amy Robsart*, écrit en collaboration avec son beau-frère Paul Foucher, chute à l'Odéon. Hugo dévoile son nom pour assumer l'échec. Naissance de son fils François-Victor.

1829 : *Les Orientales*. *Le Dernier Jour d'un condamné*. 14 juillet : la pièce *Marion de Lorme* est acceptée à la Comédie-Française. Le 1er août, Hugo apprend par le censeur Brifaut que le ministre Martignac a décidé de l'interdire. Le lendemain, il écrit au ministre pour protester. Le 7 août, le roi Charles X reçoit Hugo et lui explique la décision du ministère. Le 8 août, Martignac n'est plus ministre. Le 13 août, le nouveau ministre de l'Intérieur La Bourdonnaye confirme la décision, mais offre à Hugo une position politique au Conseil d'État et une place dans l'administration : Hugo refuse. Le 14 août, le ministre l'informe du triplement de sa pension, qu'on lui propose en guise de réparation. Hugo refuse et répond : « J'avais demandé que ma pièce fût jouée ; je ne demande rien autre chose. » Les 15 et 19 août, le journal *Le Globe* se fait l'écho de cette affaire.

Le 29 août, Hugo commence *Hernani*. L'acte I est achevé le 2 septembre, l'acte II le 6, l'acte III le 14, l'acte IV le 20, la pièce le 24. Le 30 septembre, Hugo lit sa pièce à ses amis ; d'après les souvenirs de Mme Hugo, il s'agissait à peu près des mêmes qui avaient écouté la lecture de *Marion de Lorme* deux mois plus tôt ; parmi eux purent figurer Balzac (?), Delacroix, Louis Boulanger, Achille et Eugène Devéria, Armand et Édouard Bertin, Émile et Antony Deschamps, Dumas, Mérimée, Musset, Sainte-Beuve, Soumet, Vigny, Villemain, Mme Tastu, le baron Taylor, commissaire royal auprès du Théâtre-Français. J.-B. A. Soulié, journaliste à *La Quotidienne*, et Charles Magnin, du *Globe*, ont pu y assister aussi.

Le 5 octobre, *Hernani* est lu par Hugo et reçu à l'unanimité au Théâtre-Français. Les journaux l'annoncent sous le titre *Hernani ou la Jeunesse de Charles Quint*. Le 23 octobre, Brifaut signe son rapport de censure, contresigné par Laya, Sauvo et Chéron. Rives prescrit des corrections ; le baron Trouvé les adopte et les transmet à Hugo. Le 6 novembre, Hugo écrit à La Bourdonnaye pour réclamer le maintien de certaines formules auxquelles il ne veut pas renoncer. Le 11 novembre, Hugo négocie cette requête dans un entretien avec le baron Trouvé. Le 30 novembre, le poète Charles Dovalle est tué en duel à vingt-deux ans. Le 6 décembre débutent les répétitions d'*Hernani*.

1830 : Le 3 janvier, un article du *Figaro* dénonce des fuites et inventions malveillantes destinées à nuire à la pièce. Le 5, Hugo écrit une lettre ouverte au ministre de l'Intérieur pour s'en plaindre, et accuse la censure d'être responsable de ces fuites et diffamations. Le 12 février, les censeurs Brifaut et Sauvo signalent que Hugo n'a pas intégré toutes les corrections demandées. Le 22 février, préface de Hugo à la publication des *Poésies* de Charles Dovalle (dont un extrait sera repris sans la préface d'*Hernani*). Le 24 février, parution de la *Lettre trouvée par Benjamin Sacrobille, chiffonnier sous le n° 47, laquelle lui a paru relater des particularités et arrangements curieux et intéressants touchant la première représentation de la pièce de comédie ayant titre* Hernani, pamphlet dirigé contre la cabale classique qui s'apprête à faire chuter la pièce romantique.

25 février : première représentation d'*Hernani* (Mlle Mars joue doña Sol, Firmin Hernani, Joanny don Ruy Gomez, et Michelot don Carlos). 27 février : deuxième représentation. 1er mars : troisième représentation. 2 mars : Émile Deschamps écrit une lettre à Hugo, où il lui conseille de nouvelles modifications, après celles que l'auteur a déjà effectuées depuis la première ; Hugo signe un contrat d'édition avec Mame. À partir du 8 mars, il peut avoir eu entre les mains un exemplaire de l'édition originale, qui paraît

le lendemain. Le 6 mars, *Le Moniteur* publie la réponse de Brifaut à l'accusation portée par Hugo contre lui début janvier. Le 7 mars, Hugo dîne chez Joanny, interprète de don Ruy Gomez. Le 8 mars, premier article d'Armand Carrel contre la pièce, dans *Le National.* Le 11 mars, Hugo répond à Brifaut.

Le 13 mars, à la Porte-Saint-Martin, première de la parodie *N, I, Ni ou le Danger des Castilles*, de Carmouche, Decourcy et Dupeuty. Le 15 mars, lettre inutile de Hugo à Carrel. Le 16 mars, à la Gaîté, première de la parodie *O qu'nenni ou le Mirliton fatal*, de Brazier et Carmouche. Le 23 mars, au Vaudeville, première de la parodie *Harnali ou la Contrainte par cor*, de Lauzanne ; première, aux Variétés, de la parodie *Hernani*, de Manœuveriez. Le 24 mars, second article hostile de Carrel dans *Le National.* Le 7 avril, Balzac éreinte la pièce dans le *Feuilleton des journaux politiques.* Le 10 avril, l'imprimerie Lachevardière déclare le tirage des 2e et 3e éditions, chez Barba. Le 22 juin, arrêt provisoire des représentations (36e).

Le 24 août, naissance d'Adèle, fille de Victor Hugo ; son parrain est Sainte-Beuve, qui a déclaré son amour à Mme Hugo, et dont les relations avec Victor sont troublées.

Le 21 novembre, trente-neuvième et dernière représentation d'*Hernani.*

1831 : *Notre-Dame de Paris, Les Feuilles d'automne. Marion de Lorme* est créée à la Porte-Saint-Martin.

1832 : *Le roi s'amuse* est suspendu après sa première représentation, le 22 novembre, puis interdit en décembre. Hugo attaque le Théâtre-Français au tribunal de commerce, pour rupture de contrat.

1833 : Au procès, il est défendu par Odilon Barrot et prononce lui-même un discours contre la censure. Sa plainte est déboutée. Il rencontre Juliette Drouet pendant les répétitions de *Lucrèce Borgia*, qui remporte un triomphe à la Porte-Saint-Martin. Accueil mitigé de *Marie Tudor* à la Porte-Saint-Martin.

1834 : *Étude sur Mirabeau. Littérature et philosophie mêlées. Claude Gueux.*

1835 : *Angelo tyran de Padoue* à la Comédie-Française, avec Mlle Mars et Marie Dorval. *Les Chants du crépuscule.*

1836 : Deux échecs à l'Académie française. Échec de *La Esmeralda*, opéra de Louise Bertin sur un livret de Hugo.

1837 : Mort de son frère Eugène à l'asile de Charenton. Son titre de vicomte passe à Victor. *Les Voix intérieures.*

1838 : En janvier, reprise d'*Hernani* à la Comédie-Française, avec Marie Dorval et Firmin. Le 8 novembre, ouverture du Théâtre de la Renaissance, avec *Ruy Blas* ; Frédérick Lemaître et Atala Beauchêne jouent les deux rôles principaux (celui de la Reine a échappé à Juliette Drouet).

1839 : Il entreprend et abandonne *Les Jumeaux.* Nuit du 17 au 18 novembre : « Mariage » mystique de Juliette Drouet et Victor Hugo : elle renonce à sa carrière d'actrice et reçoit l'assurance qu'il ne l'abandonnera jamais (promesse tenue), et s'occupera de sa fille Claire Pradier (fille du sculpteur). Nouvel échec à l'Académie française.

1840 : Président de la Société des gens de lettres. *Les Rayons et les Ombres.*

1841 : Il est élu à l'Académie française, au fauteuil de Népomucène Lemercier.

1842 : *Le Rhin.*

1843 : Mariage de Léopoldine Hugo et de Charles Vacquerie. *Les Burgraves* affrontent une cabale à la Comédie-Française. 4 septembre : mort de Léopoldine et de Charles, par noyade dans la Seine, en Normandie. Hugo apprend la nouvelle avec retard, en voyage, en lisant le journal. Cette année-là, ou la suivante, débute une liaison durable avec Léonie Biard.

1845 : Nommé pair de France. Scandale consécutif au flagrant délit d'adultère avec Léonie Biard ; Juliette Drouet n'en sait rien. Hugo commence l'écriture d'un roman, *Jean Tréjean*, qui deviendra ensuite *Les Misères*, puis *Les Misérables.*

1846 : Mort de Claire Pradier, fille de Juliette Drouet.

1847 : Projet de discours pour la discussion de la loi sur les prisons.

1848 : Il interrompt l'écriture des *Misères* « pour cause de révolution ». Plutôt favorable à une régence, il refuse le ministère de l'Instruction publique que lui propose Lamartine. Élu à la Constituante. Répression des émeutes ouvrières de juin. Hugo fait partie des élus envoyés sur les barricades pour calmer l'insurrection. Il intervient en faveur de prisonniers politiques pour leur éviter l'exécution ou la déportation. Ses fils dirigent le journal

L'Événement. Il soutient d'abord Lamartine, puis Louis-Napoléon Bonaparte aux élections présidentielles de décembre.

1849 : Élu à l'Assemblée législative, il prononce un *Discours sur la misère* où il tente d'empêcher le renoncement à un projet de loi sur la prévoyance et l'assistance publique.

1850 : *Discours sur la liberté de l'enseignement. Discours sur la déportation. Discours sur le suffrage universel. Discours sur la liberté de la presse.*

1851 : Il visite les caves de Lille et mesure l'ampleur de la misère dans laquelle y vivent les ouvriers. Il défend en cour d'assises son fils Charles, condamné à six mois de prison pour un article contre la peine de mort. Le 28 juin, Juliette Drouet découvre la liaison durable de Hugo avec Léonie Biard. Le 17 juillet, Hugo prononce un discours à l'Assemblée contre la révision de la Constitution demandée par Louis-Napoléon Bonaparte, devant l'autoriser à se représenter à l'élection présidentielle. François-Victor et Paul Meurice sont condamnés à neuf mois de prison pour avoir réclamé dans un article le droit d'asile pour les proscrits. Après le coup d'État du 2 décembre, Hugo participe au comité de résistance. Recherché, il se cache pour éviter l'arrestation, et part en Belgique sous l'habit de l'ouvrier Lanvin, ami de Juliette Drouet, qui lui fournit son passeport.

1852 : Il interrompt l'écriture d'*Histoire d'un crime* pour *Napoléon le Petit* (publié à Bruxelles). Il quitte la Belgique pour Jersey.

1853 : Mme de Girardin, en visite, initie la famille Hugo au spiritisme (tables parlantes). *Les Châtiments.*

1854 : Il défend vainement l'assassin Tapner qui doit être pendu à Guernesey.

1855 : Mort de son frère Abel. Après s'être associé à une protestation contre l'expulsion de proscrits signataires d'une « Lettre ouverte à la reine Victoria », Hugo est expulsé de Jersey. Installation à Guernesey.

1856 : *Les Contemplations.* Il achète Hauteville House.

1858 : François-Victor Hugo publie le premier tome de sa traduction des œuvres de Shakespeare, et celle du *Faust* de Marlowe. Hugo réchappe d'un anthrax qui a failli l'emporter.

1859 : Hugo refuse l'amnistie accordée aux condamnés politiques. *La Légende des siècles* (première série). Appel en faveur de John

Brown, militant antiesclavagiste, condamné à mort aux États-Unis (il est pendu).

1860 : Hugo apporte son soutien à Garibaldi. Il reprend le manuscrit des *Misérables*, abandonné depuis 1848.

1862 : *Les Misérables* connaissent un immense succès public.

1863 : Création à Bruxelles de l'adaptation théâtrale des *Misérables. Victor Hugo raconté par un témoin de sa vie*, écrit par Adèle Hugo. Fuite et démence de leur fille Adèle, qui prétend s'être mariée avec le lieutenant Pinson ; début d'une errance de plusieurs années.

1864 : *William Shakespeare*, essai sur le génie. Interdiction à Paris d'un banquet en l'honneur de Shakespeare (pour son tricentenaire) : Hugo, choisi pour le présider, devait y être représenté par un fauteuil vide.

1865 : Dernier tome de la traduction de Shakespeare par François-Victor (préface de son père). Rédaction de la pièce *La Grand-mère.* Mariage de Charles Hugo avec Alice Lahaene. *Chansons des rues et des bois.*

1866 : Rédaction de la pièce *Mille Francs de récompense. Les Travailleurs de la mer.* Rédaction de la pièce *L'Intervention.*

1867 : Rédaction de la pièce *Mangeront-ils?* Première visite de Mme Hugo à Juliette Drouet. Naissance du petit-fils Georges Hugo, fils de Charles. Le 20 juin, reprise d'*Hernani* à la Comédie-Française (mise en scène d'Auguste Vacquerie), avec Mlle Favart et Delaunay. Quatorze jeunes parnassiens cosignent une lettre enthousiaste à Hugo. *La Voix de Guernesey.* Interdiction de la reprise de *Ruy Blas.*

1868 : Les 29 et 31 janvier, *Hernani* est joué au Royal Theatre de Jersey et au Théâtre Royal de Guernesey. Mort de son petit-fils Georges. Quatre mois plus tard, Charles et Alice ont un second fils, à qui ils donnent le même prénom, Georges. Mort de Madame Hugo à Bruxelles ; Victor accompagne son cercueil jusqu'à la frontière ; elle sera inhumée à Villequier, auprès de sa fille Léopoldine. Hugo écrit la pièce *Zut dit Mémorency* (qui n'a pas été retrouvée) et réfléchit à une possible publication de son *Théâtre en liberté* écrit en exil.

1869 : Il écrit de nouvelles pièces pour le *Théâtre en liberté* : *Les Deux Trouvailles de Gallus* et *L'Épée. L'homme qui rit.* Fondation du journal républicain *Le Rappel*, par Paul Meurice, Auguste Vacquerie, Rochefort et les fils Hugo.

1870 : Reprise de *Lucrèce Borgia* à la Porte-Saint-Martin. Charles Hugo, condamné à six mois de prison pour avoir protesté dans *Le Rappel* contre l'acquittement de Pierre Bonaparte, quitte la France. Après la défaite de Sedan et la fin du second Empire le 4 septembre, Victor Hugo rentre en France. Première édition française des *Châtiments*, avec des pièces nouvelles. Lectures publiques de divers textes de Hugo.

1871 : Il est élu député. En février et mars, il part à Bordeaux rejoindre l'Assemblée, préside les réunions des députés de la gauche radicale, et démissionne après l'invalidation de l'élection de Garibaldi. Son fils Charles meurt d'une apoplexie. Séjour à Bruxelles (pour régler la succession délicate de son fils Charles), où son domicile est lapidé, après qu'il a offert son hospitalité aux proscrits de la Commune. Expulsé, il s'installe à Vianden, au Luxembourg. À son retour à Paris, il sauve Rochefort de la déportation.

1872 : Il échoue à une élection partielle à Paris. Sa fille Adèle, revenue de la Barbade, est internée à Saint-Mandé. La reprise de *Ruy Blas* à l'Odéon, avec Sarah Bernhardt, connaît un grand succès. En août, il retourne à Guernesey, avec Juliette Drouet, pour un long séjour d'un an. Début d'une liaison avec la servante Blanche Lanvin.

1873 : Il rédige la pièce *Sur la lisière d'un bois.* Fin juillet, retour de Guernesey. Fuite de Juliette Drouet, après sa découverte d'une lettre d'amour adressée à Hugo. Désespoir de Hugo. Retrouvailles. Ils habitent désormais sous le même toit. François-Victor Hugo meurt de la tuberculose.

1874 : *Quatrevingt-treize. Mes fils.*

1875 : *Actes et paroles I (Avant l'exil)* puis *II (Pendant l'exil).*

1876 : Il est élu sénateur de la Seine. Président de l'Union républicaine (extrême gauche du Sénat), il fait campagne pour l'amnistie des communards. *Actes et paroles III (Depuis l'exil).*

1877 : Nouvelle série de *La Légende des siècles.* Sa belle-fille Alice épouse le journaliste Édouard Lockroy. *L'Art d'être grand-père. Histoire d'un crime* (t. I). Le 21 novembre, reprise d'*Hernani* à la Comédie-Française (mise en scène d'Émile Perrin), avec Sarah

Bernhardt et Mounet-Sully. Article de Zola dans *Le Bien public*, hostile aux reprises du théâtre romantique.

1878 : *Histoire d'un crime* (t. II). Création parisienne de l'adaptation des *Misérables* par Charles Hugo et Paul Meurice. *Le Pape.* Discours pour *Le Centenaire de Voltaire.* Dans la nuit du 27 au 28 juin, congestion cérébrale ; il part en convalescence à Guernesey avec Juliette Drouet.

1879 : *Discours pour l'amnistie. La Pitié suprême.* Reprise de *Ruy Blas* à la Comédie-Française (avec Sarah Bernhardt et Mounet-Sully).

1880 : *Religion et religions.* Troisième discours pour l'amnistie au Sénat (elle est adoptée le 11 juillet). *L'Âne.*

1881 : Pour son entrée dans sa quatre-vingtième année, le Conseil municipal et le peuple de Paris lui rendent hommage : défilé monstre sous ses fenêtres. Une partie de l'avenue d'Eylau, où il habite, est rebaptisée « avenue Victor-Hugo ». *Les Quatre Vents de l'esprit.* Création de l'adaptation théâtrale de *Quatrevingt-treize* par Paul Meurice.

1882 : Il est réélu sénateur. Le Cercle des Arts monte *Margarita.* La pièce *Torquemada* est publiée pour soutenir les Juifs de Russie victime de pogroms. Deuxième représentation du *Roi s'amuse* à la Comédie-Française, le 22 novembre (cinquantenaire de la première).

1883 : Mort de Juliette Drouet ; Hugo est dissuadé par les siens d'assister aux obsèques. Dernière série de *La Légende des siècles.* Dans un codicille à son testament, Hugo demande le corbillard des pauvres et refuse l'oraison de toutes les églises. *L'Archipel de la Manche.* Buste de Victor Hugo par Rodin.

1885 : Le 22 mai, mort de Victor Hugo. Son cercueil est exposé sous l'Arc de triomphe. Funérailles nationales le 1er juin : il repose au Panthéon.

1886 : Publication posthume des pièces en vers du *Théâtre en liberté*.

BIBLIOGRAPHIE

Manuscrits et éditions

Manuscrits

Le Manuscrit d'Hernani, fac-similé du manuscrit autographe, introduction d'Anne Ubersfeld, Florence Naugrette et Arnaud Laster, Maisonneuve et Larose, 2002. L'édition du texte procurée ensuite n'est pas celle du manuscrit.

Evelyn BLEWER, *La Campagne d'Hernani, édition du manuscrit du souffleur*, Eurédit, 2002.

Éditions imprimées

Victor HUGO, *Hernani, ou l'Honneur castillan*, drame, Mame et Delaunay-Vallée, 1830.

Victor HUGO, *Hernani, ou l'Honneur castillan*, drame, Barba, 1830.

Victor HUGO, *Hernani*, Renduel, 1836.

Victor HUGO, *Hernani*, Furne, 1841. C'est le texte de cette édition que nous reproduisons ici.

Victor HUGO, *Hernani*, Hetzel-Quantin, 1880.

Victor HUGO, *Hernani*, dans *Œuvres complètes*, présentation de Jean Massin, Club français du livre (abrégé CFL), t. III, 1967. Nombreux documents utiles en annexes.

Victor HUGO, *Hernani*, édition d'Anne Ubersfeld, dans *Théâtre I*, Jacques Seebacher et Guy Rosa (dirs), Laffont, « Bouquins », 1985.

Victor HUGO, *Hernani*, édition d'Anne Ubersfeld, préface d'Antoine Vitez, Le Livre de Poche, 1987.

Victor HUGO, *Hernani*, édition d'Yves Gohin, Gallimard, « Folio », 1995.

Victor HUGO, *Hernani*, édition critique de John J. Janc établie sur l'édition Renduel de 1836, University Press of America, 2001.

DOCUMENTS

Émile DESCHAMPS, lettre à Victor Hugo du 2 mars 1830, CFL, t. III, 1985, p. 1280-1281.

Alexandre DUMAS, *Mes Mémoires* (1852-1854), Laffont, « Bouquins », 1989.

Jean GAUDON, « La bataille d'*Hernani* », relevé et commentaire de l'exemplaire de l'édition originale annoté par Hugo, dans *Victor Hugo et le théâtre* (voir ci-dessous).

Théophile GAUTIER, *Victor Hugo*, choix de textes, introduction et notes par Françoise Court-Pérez, Champion, 2000.

Françoise GOMEZ (dir.), *Jeunesse d'Hernani*, vidéo-cassette, CRDP Académie de Paris/ CRDP Nord-Pas-de-Calais, 2003. Sur les mises en scène d'Émile Perrin (1877), d'Antoine Vitez (1985) et d'Anne Delbée (2002).

JOANNY, *Journal*, CFL, t. III, 1985, p. 1443.

Claudia MANENTI-RONZEAUD, *Les Parodies d'Hernani*, édition critique, thèse de doctorat dirigée par Marie-Claude Hubert, université Aix-Marseille, 14 octobre 2011.

Victor Hugo raconté par Adèle Hugo, édition dirigée par Guy Rosa et Anne Ubersfeld, Plon, 1985.

OUVRAGES ET SITE DE RÉFÉRENCE SUR VICTOR HUGO

Jean-Marc HOVASSE, *Victor Hugo*, t. I et II, Fayard, 2001 et 2008.

Arnaud LASTER, *Pleins Feux sur Victor Hugo*, Comédie-Française, 1981.

Annette ROSA, *Victor Hugo. L'Éclat d'un siècle*, Messidor/ La Farandole, 1985. Accessible sur le site du Groupe Hugo.

Le site internet de référence, conçu, réalisé et administré par Guy Rosa, est celui du Groupe Hugo (dir. Claude Millet) : groupugo.div.jussieu.fr

Ouvrages de référence et études spécifiques sur le théâtre romantique

Patrick BERTHIER, *Le Théâtre au XIXe siècle*, PUF, « Que sais-je ? », 1984.

Gérard GENGEMBRE, *Le Théâtre en France au XIXe siècle*, Armand Colin, 1999.

Odile KRAKOVITCH, *Hugo censuré. La Liberté au théâtre au XIXe siècle*, Calmann-Lévy, 1985.

Hélène LAPLACE-CLAVERIE, Sylvain LEDDA, Florence NAUGRETTE (dirs), *Le Théâtre français du XIXe siècle. Histoire, textes choisis, mises en scène*, Éditions L'Avant-Scène théâtre, « Anthologie de l'Avant-Scène théâtre », 2008.

Isabelle MOINDROT (dir.), *Le Spectaculaire dans les arts de la scène du romantisme à la Belle Époque*, CNRS Éditions, 2006.

Claude MILLET, *Le Romantisme*, LGF, 2007.

Florence NAUGRETTE, *Le Théâtre romantique*, Seuil, « Points », 2001.

Florence NAUGRETTE, « La périodisation du romantisme théâtral », *Les Arts de la scène à l'épreuve de l'histoire*, Roxane Martin et Marina Nordera (dirs), Champion, 2010.

Florence NAUGRETTE, « Morales de l'émotion forte : la *catharsis* dans le mélodrame et le drame romantiques », *Littérature et thérapeutique des passions*, Jean-Charles Darmon (dir.), Hermann, 2011.

Sylviane ROBARDEY-EPPSTEIN, « La survivance du théâtre romantique », *Les Spectacles sous le Second Empire*, Jean-Claude Yon (dir.), Armand Colin, 2010.

Anne UBERSFELD, *Le Drame romantique*, Belin, « Lettres Sup », 1993.

Études sur le théâtre de Hugo et sur *Hernani*

Clélia ANFRAY, « Hugo et la censure : Brifaut censeur intime », communication du 5 février 2011. Accessible sur le site du Groupe Hugo.

Olivier BARA, « Langue du drame en prose et langue du mélodrame », *Victor Hugo et la langue*, actes du colloque de Cerisy-la-Salle (2002), textes réunis par Florence Naugrette et Guy Rosa, Bréal, 2005. Accessible sur le site du Groupe Hugo.

Olivier BARA (dir.), *Hernani et Ruy Blas de Victor Hugo*, Atlande, 2008.

Olivier BARA, « National, populaire, universel : tensions et contradictions d'un théâtre peuple chez Victor Hugo », *Théâtre populaire et représentation du peuple*, Marion Denizot (dir.), Presses universitaires de Rennes, 2010. Accessible dans les actes de la journée d'études du 29 novembre 2008 sur le site du Groupe Hugo.

Fernande BASSAN, « La réception critique d'*Hernani* de Victor Hugo », *Revue d'histoire du théâtre,* n° 36, 1984.

Patrick BERTHIER, « L'"échec" des *Burgraves* », *Revue d'histoire du théâtre*, n° 187, 1995.

Ludmila CHARLES-WURTZ, « Le lyrisme dans *Hernani* et *Ruy* Blas : l'anti-théâtre ? », *Hugo sous les feux de la rampe. Relire Hernani et Ruy Blas*, Bertrand Marchal et Arnaud Laster (dirs), Presses universitaires de Paris-Sorbonne, 2009.

Françoise COURT-PÉREZ, « Gautier lecteur de Hugo », *Victor Hugo et la langue*, *op. cit*. Accessible sur le site du Groupe Hugo.

Jean GAUDON, « Sur *Hernani* », *Cahiers de l'Association internationale des études françaises*, n° 35, mai 1983.

Jean GAUDON, *Victor Hugo et le théâtre. Stratégie et dramaturgie*, Eurédit, nouvelle édition revue et augmentée, 2008.

Pierre LAFORGUE, « La figure du commandeur d'*Hernani* aux *Burgraves* », *Statisme et mouvement au théâtre,* Michel Autrand (dir.), Poitiers, Publications de la Licorne, 1995.

Frank LAURENT, « La question du grand homme dans l'œuvre de Victor Hugo », *Romantisme*, n° 100, 1998.

Franck LAURENT, *Victor Hugo : espace et politique – jusqu'à l'exil*, Presses universitaires de Rennes, 2008.

Franck LAURENT, « Où est le pouvoir ? Sur la dimension politique du rapport scène/ hors-scène dans *Hernani* et *Ruy Blas* », *Hugo sous les feux de la rampe. Relire Hernani et Ruy Blas*, *op. cit*.

Sylvain LEDDA, *Hernani et Ruy Blas. De flamme et de sang*, Toulouse, Presses universitaires du Mirail, 2008.

Sylvain LEDDA, « La mort dans *Hernani* et dans *Ruy Blas* », *Hernani et Ruy Blas ou le Drame de la parole*, Yvon Le Scanff (dir.), PUF/CNED, 2008.

Sylvain LEDDA, « *Hernani* et *Ruy Blas* », *L'Information littéraire* n° 3, Les Belles Lettres, 2008.

Sylvain LEDDA, « Les personnages secondaires dans *Hernani* et dans *Ruy Blas* », *Lectures du théâtre de Victor Hugo*, Judith Wulf (dir.), Presses universitaires de Rennes, 2008.

Claude MILLET, « *Hernani*, *Ruy Blas* et les complications du pathétique », actes de la journée d'études du 29 octobre 2008. Accessible sur le site du Groupe Hugo.

Claude MILLET, « Réalisme et théâtralité dans *Hernani* et *Ruy Blas* », *Hugo sous les feux de la rampe. Relire Hernani et Ruy Blas*, *op. cit.*

Catherine NAUGRETTE, « Aux marches du tombeau : à propos de quelques escaliers dérobés dans le théâtre de Victor Hugo », *Travaux de littérature*, n° 9, 1996.

Florence NAUGRETTE, « Antoine Vitez metteur en scène de Victor Hugo », *Romantisme*, n° 102, 1998.

Florence NAUGRETTE, « Marges de l'héroïsme dans *Hernani* », *Bulletin de littérature générale et comparée*, n° 28, automne 2002.

Florence NAUGRETTE, « Pantomime et tableau dans le théâtre de Hugo », *Victor Hugo et la langue*, *op. cit.* Accessible sur le site du Groupe Hugo.

Florence NAUGRETTE, « Le devenir des emplois tragiques et comiques dans le théâtre de Hugo », *Littératures classiques*, Georges Forestier (dir.), 2003.

Florence NAUGRETTE, « La cachette sous le portrait : symbolisme de l'espace machiné dans *Hernani* », *Hugo sous les feux de la rampe. Relire Hernani et Ruy Blas*, *op. cit.*

Jacqueline RAZGONNIKOV, « Le drame romantique en coulisse : l'atmosphère de la Comédie-Française en 1828-1829 », *Dramaturgies romantiques*, textes réunis par Georges Zaragoza, Publications de l'université de Bourgogne, 1999.

François REGNAULT, « Et puis on est bourgeois de Gand », *L'Art du théâtre*, TNP Chaillot/Actes Sud, n° 1, 1985.

Myriam ROMAN, « La "bataille" d'*Hernani* racontée au XIXe siècle : pour une version romantique de la "querelle" », *Qu'est-ce qu'un événement littéraire au XIXe siècle*, Corinne Saminadayar-Perrin (dir.), Publications de l'université de Saint-Étienne, 2008.

Guy ROSA, « Hugo et l'alexandrin de théâtre aux années 1830 : une question secondaire », *Cahiers de l'association internationale des études françaises*, n° 52, 2000. Accessible sur le site du Groupe Hugo.

Agnès SPIQUEL, « La légende de la bataille d'*Hernani* », *Quel scandale !*, Marie Dollé (dir.), Presses universitaires de Vincennes, 2006.

Jean-Marie THOMASSEAU, « "Les chiens noirs de la prose" », *Dramaturgies romantiques*, Éditions des Quatre vents, 1999.

Jean-Marie THOMASSEAU, « Dialogues avec tableaux à ressorts ou Dago et Hernani », Mélodramatiques, Presses universitaires de Vincennes, 2009.

Anne UBERSFELD, « Catalogue des œuvres empruntées par Hugo à la Bibliothèque royale », *Romantisme*, n° 6, 1973.

Anne UBERSFELD, *Le Roi et le bouffon*, José Corti, 1974. Rééd. 2002.

Anne UBERSFELD et Noëlle GUIBERT, *Le Roman d'Hernani*, Comédie-Française/Mercure de France, 1985.

Anne UBERSFELD, *Victor Hugo et le théâtre*, Le Livre de Poche, 2002.

Anne UBERSFELD, « La parole de l'hypotypose : *Hernani* », *Elseneur*, n° 10, 1995.

Sylvie VIELLEDENT, « Les parodies d'*Hernani* », communication au Groupe Hugo. Accessible sur le site du Groupe Hugo.

Sylvie VIELLEDENT, « Le galimatias », *Victor Hugo et la langue*, colloque de Cerisy-la-Salle (2002), Bréal, 2005. Accessible sur le site du Groupe Hugo.

Sylvie VIELLEDENT, *1830 aux théâtres*, Champion, 2099.

Voir des étoiles. Le Théâtre de Hugo mis en scène, catalogue de l'exposition de la Maison Victor Hugo, Paris musées/Actes Sud, 2002.

Georges ZARAGOZA, *Hernani. Victor Hugo*, Bordas, 2005.

Georges ZARAGOZA, « Petite grammaire du costume hugolien », *Arts et usages du costume de scène*, Beaulieu, Lampsaque, 2007.

Georges ZARAGOZA, *Dramaturgie hugolienne. Hernani, Ruy Blas*, Éditions du Murmure, 2008.

TABLE

PRÉSENTATION 7

NOTE SUR L'ÉDITION 26

Hernani

Préface 30
Acte I 37
Acte II 69
Acte III 95
Acte IV 139
Acte V 177

DOSSIER

1. La réception de l'œuvre 211
2. Fortune d'*Hernani* à la scène 227
3. Le vers hugolien 244
4. Histoire et politique dans *Hernani* 256

CHRONOLOGIE 267

BIBLIOGRAPHIE 277

Mise en page par Meta-systems
59100 Roubaix

N° d'édition : L.01EHPN000880.C002
Dépôt légal : juin 2018
Imprimé en Espagne par Novoprint (Barcelone)